身栖两境

Between Two Kingdoms

Suleika Jaouad

一场与绝症共处的生命思旅

A Memoir of a Life Interrupted

［美］苏莱卡·贾瓦德 著　邵逸 译

九州出版社
JIUZHOUPRESS

献给梅利莎·卡罗尔和马克斯·里特沃——是你们写就了这个故事。
献给所有过早离开，去往对岸的人们。

死亡降临之前，活尽每时每刻。
　　——米格尔·德·塞万提斯

作者说明

为撰写本书，我参考了我的日记、医疗记录、对人物的采访以及我的记忆。我还摘录了信件的内容，为了简洁起见，我对部分信件进行了简单的编辑。

为不泄露部分人物的真实身份，我修改了可辨识的细节和人物的姓名，书中人物原型的姓名按字母顺序排列为：丹尼斯、埃丝特尔、杰克、琼妮、卡伦、肖恩、威尔。

目录

第一部

第一章	痒	3
第二章	地铁，工作，睡觉	10
第三章	蛋壳	17
第四章	不断加速的太空旅行	22
第五章	在美国	30
第六章	分水岭	38
第七章	余波	41
第八章	残次品	46
第九章	泡泡里的女孩	55
第十章	暂停	67
第十一章	困在原地	75
第十二章	临床试验的忧郁	81
第十三章	百日计划	86
第十四章	移植在即，喜忧共舞	91
第十五章	在望远镜的两端	99

第十六章	希望之居	108
第十七章	自由的进化	116
第十八章	田园犬	122
第十九章	水彩之梦	126
第二十章	癌友杂牌军	134
第二十一章	沙漏	140
第二十二章	破裂的边缘	148
第二十三章	最后一个美好的夜晚	153
第二十四章	结束	157

第二部

第二十五章	中间地带	165
第二十六章	通过仪式	179
第二十七章	回归	188
第二十八章	被留在世上的人	202
第二十九章	路漫漫，向未知	211
第三十章	写在皮肤上	220
第三十一章	痛苦的价值	227
第三十二章	萨尔萨和生存主义者	238
第三十三章	做一次布鲁克	249
第三十四章	回家	263
尾声		281

致谢	284

第一部

[第一章]

痒

一切从一种瘙痒开始。不是想要旅行或者某种 20 岁危机的那种心痒，而是真实的、生理上的痒。一种抓心挠肝的、让人难以入睡的痒，这种感觉从我大四那年开始出现，它从脚面开始，后来蔓延到小腿和大腿。我努力不去抓，但它毫无消退的迹象，就像皮肤上有无数看不见的蚊子包。无意识地，我的手伸向我的腿，指甲隔着牛仔裤抓，后来更是直接伸进裤筒，在皮肤上挠。无论是在学校的胶片冲印店兼职，还是在图书馆研习间坐在木桌前，抑或是和朋友在地下室酒吧那泼洒了啤酒的湿滑地板上跳舞时，甚至是睡觉时，我都瘙痒难耐。我的腿上开始出现斑斑点点的渗液的伤口、厚厚的痂和新形成的疤痕，好像被带刺的蓟鞭打过一样。它们是我体内一场愈演愈烈的战斗的血腥使者。

"可能是你在国外学习的时候染上了寄生虫。"一位中医告诉我，然后他给我开了味道难闻的营养品和很苦的茶。大学健康中心的护士认为可能是湿疹，并推荐我用一种药膏。一位全科医生推测那可能是压力引起的，并给了我一种抗焦虑药品的样品。但每个人似乎都不确定，所以我尽量不大惊小怪。希望它能够自愈。

每天早晨，我都把宿舍的门打开一条缝，扫一眼大厅，裹着浴巾冲进公用盥洗室，不让任何人看到我的四肢。我用一块湿布清洗我的皮肤，看被血染红的水打着旋儿从排水口流走。我往身上涂大量含金缕梅液的药水，捏着鼻子喝苦茶。天气热到无法整天穿牛仔裤之后，我买了很多不透明的黑色紧身裤袜。我还买了深色的床单掩盖铁锈色的血迹。做爱时，我总是关着灯。

瘙痒之外，还有嗜睡。小睡从2小时变成4小时，然后是6小时。无论睡多久，我的身体似乎都得不到休息。管弦乐团排练时、工作面试时、赶"死线"时、吃晚餐时，我都会睡着，睡醒后感到更疲惫。"我这辈子从来没有这么累过。"一天在去教室的路上，我向朋友承认。"我也是，我也是。"他们同情地附和道。大家都很累。上个学期我们看的日出比以往都多，为了完成毕业论文，我们在图书馆里没日没夜地学习，随后再去参加派对，喝酒狂欢直到黎明。我住在普林斯顿大学校园的中心，哥特式的宿舍楼，顶上装饰着表情狰狞的滴水兽，我住顶层。在一个又一个深夜，朋友们聚在我的房间，睡前最后小酌一杯。我的房间有大教堂式的窗户，我们喜欢悬着腿坐在窗台上，目送结束狂欢的醉鬼们跌跌撞撞地回家，看铺着石板的地面被第一缕琥珀色的阳光照亮。我们很快就要毕业了，想珍惜在各奔东西之前最后几周的时光，哪怕这意味着把我们的身体用到极限。

然而，我担心我的疲惫是其他原因引起的。

所有人都离开之后，我一个人躺在床上，感觉有什么在大肆享用我的身体，沿着我的动脉蠕动，啃噬我的心神。随着我的精力越来越不济，瘙痒越来越严重，我告诉自己寄生虫的胃口越来越大。但在内心深处我怀疑或许根本没有寄生虫。我开始怀疑真正有问题的或许是我。

之后的几个月里，我感觉自己在海中挣扎，在溺水的边缘，试图抓住任何有浮力的东西。我撑了一段时间。成功毕业后，我和同学一起加入了前往纽约的大军。我在克雷格清单①上找到了一则顶楼大平层公寓里空卧室招租的广告，那套公寓位于坚尼街（Canal Street），楼下是一家艺术用品商店。那是 2010 年的夏天，被热浪席卷的城市令人窒息。走出地铁站时，腐败的垃圾发出的恶臭给了我迎头一击。通勤的人们和大群来买假名牌包的游客在人行道上摩肩接踵。那是一幢没有电梯的三层公寓楼，当我把行李箱拖到前门时，身上的白色背心已经被汗水浸湿而变得透明。

我向我的新室友们做自我介绍——一共有 9 名室友，大家都 20 多岁，有各自不同的理想：3 位演员、2 位模特、1 位厨师、1 位珠宝设计师、1 名研究生，还有 1 名金融分析师。在这幢贫民窟房东②为了最大利益而建造的建筑物中，我们每月花 800 美元换取一间用像纸一样薄的石膏板隔出来的、没有窗的容身之穴。

我拿到了宪法权利中心的一个暑期实习机会，第一天上班时，我因为和全国最无畏的几位公民自由律师同处一室而肃然起敬。这份工作给人很重要的感觉，但实习没有报酬，而住在纽约就像带着破了大洞的钱包到处走。我很快花光了这学年存下的 2000 美元。即使我晚上帮人照看孩子，还在餐厅打工，仍旧几乎无法维持生计。

想象我的未来——辽阔无垠却空空如也——令我心中充满恐惧。在我允许自己做白日梦的那些时刻里，畅想未来也是件让人激动的事。关于我会成为什么样的人、去什么地方的可能性似乎是无限的，像一卷丝带向远超我想象的地方延伸着。我幻想成为一名去北非的驻外记者——我的爸爸就来自那里，我儿时也曾在那里住过一段时间。我也考虑过上法学院，这似乎是一条更谨慎的道路。说白了，我需要钱。我之所以能上常春藤联盟大学是因为我拿到了全额奖学金。但在校园之外，在真实世界，我没有很多同学拥有的那种安全网——信托基金、家庭关系、六位数年薪的华尔街工作。

---

① Craigslist，免费分类广告网站。——译者注（若无特殊说明，本书注释皆为译者注）
② slumlord，在贫穷地区拥有房屋或公寓的人，通常出租状况不佳的房屋并收取高昂租金。

相较于为未来的不确定性担忧，直面眼前更令人不安的变化更加艰难。在最后一个学期，为了对抗疲惫，我灌下很多含咖啡因的能量饮料。它们失效之后，一个我交往过一阵的男孩给了我一些阿德拉①让我撑过期末考试。但很快吃药也没有用了。在我的朋友圈子里，可卡因是派对必备品，我身边不乏免费请人吸可卡因的人。我开始参加派对后根本无人关注我。坚尼街顶层公寓的室友们也是派对狂魔，我开始尝试可卡因并像有些人会往咖啡中多加一份浓缩咖啡液一样加量——这是我抵抗愈加强烈的疲惫感的办法。我在日记中写下："不可沉沦。"

到了夏末，我几乎不认识自己了。模糊的闹铃声像一把钝刀撕开我无梦的沉睡。每天早晨，我跌跌撞撞地起床，站在落地镜前，检查身上的情况。镜中我的两腿上开始出现的新的抓痕和干掉的血迹，因为太累而疏于打理的及腰长发干枯凌乱，挂在一双充血的大眼下面的黑眼圈从浅灰的新月变成了深灰的满月。我身心俱疲，无法面对阳光，去实习的时间越来越晚——从某天起，我干脆彻底不去了。

我讨厌自己正在变成的那个人——跌跌撞撞一头栽进每一个日子，一刻不停却没有方向；在一个又一个夜晚像私家侦探一样拼凑着失神的时刻；不断背弃承诺；不好意思接父母的电话。这不是我，我想道，厌恶地看着镜中自己的倒影。我需要重整旗鼓。要找一份真正的工作，有报酬的。要和我的大学同学和坚尼街的室友们保持距离。要逃离该死的纽约，刻不容缓。

在我辞掉实习几天后的一个8月清晨，我早早起床，拿着我的笔记本电脑来到安全梯，开始找工作。这是一个没有雨水的夏天，炎炎烈日把我的皮肤晒黑了，我腿上抓破又结痂的地方变成盲文般星星点点的小白斑。一家美国律所驻巴黎的律师助理职位吸引了我的注意，我一时兴起决定申

---

① Adderall，一种治疗注意缺陷多动障碍（ADHD）和嗜睡的处方药。

请。我花了一整天时间写求职信。我特地提到法语是我的第一语言，我还会说一点阿拉伯语，希望显得更具竞争力。做律师助理并非我的理想工作——我甚至不知道那具体是干什么——但这似乎是一个理智的人会选择的工作。最重要的是，我认为换换环境或许能够让我摆脱日益莽撞的行为。搬到巴黎并不是我死前想要完成的人生目标之一：它是我的逃避计划。

离开纽约几天前的一个夜晚，我身处当晚的第三场派对，把衣领竖起来的投资银行家们弓着腰，拿着毛虫粗细的可卡因围坐在一起，大汗淋漓又兴致勃勃地聊他们的股票投资组合、位于蒙托克（Montauk）的夏日短租度假屋之类的话题。已经凌晨5点了，我与现场的气氛格格不入。我想回家。

我独自一人站在人行道上，被香烟产生的蓝色烟雾所笼罩，看着天空逐渐变亮。在这个垃圾车已经走完既定路线，而咖啡店尚未开门的短暂静谧时刻，曼哈顿还在沉睡。我在等出租车，等了10分钟时，一个男人——我认出他刚才和我在同一个派对——闲庭信步般走过来，问我要烟。我只剩最后一根烟了，但还是给了他。他点烟，棒球手套般的大手窝成杯状遮住烟的末端。他吐烟时露出了微笑，我们俩站着，时不时调整一下重心，害羞地彼此打量，然后又注视着空荡荡的街道。

"拼车吗？"他问。一辆孤零零的出租车正向我们开来，这问题似乎并不危险，所以我说没问题，就和他一起上了车。告诉司机我的地址之后，我才意识到这个年轻男人不知道我要去哪里就提出要拼车。

我知道不应该和陌生男人拼车。20世纪80年代纽约犯罪率很高时曾住在东村（East Village）的爸爸一定会强烈反对。但这个年轻男人身上有某种让我觉得安全和神秘的东西。他蓬乱、金棕相间的头发盖在睿智的蓝眼睛上，他身材修长，下巴棱角分明，脸颊上有酒窝，非常英俊，但体态欠佳，给人一种帅而不自知的谦虚感。

"你可能是我遇见的最高的人。"我说，从眼角偷偷观察他。他有6尺6

寸^①之高，蜷腿坐在车里时膝盖顶着驾驶座的背面。

"常有人这么说。"他温和地回答道，体型高大的他气质却很温柔。

"很高兴认识你。我叫……"

"我们之前说过话，记得吗？"

我耸了耸肩，对他抱歉地笑了笑。"这是个漫长的夜晚。"

"你不记得你试图给我看你眼皮的反面了？还有用拉丁文背诵《玛丽有只小绵羊》？"他调笑道。"还有把铅笔屑撒在头上，一直吓人地喊'纸屑彩蛋[②]！'的事情呢？都不记得了？"

"哈。哈。很好笑。"我说道，开玩笑地用拳头打他的手臂。那一刻我意识到我们在调情。

他凑过来和我握手。"我叫威尔。"

出租车在市中心行驶，一路上我们都在聊天，每穿过一个街区，我们之间的化学反应都会变得更加强烈。到我的公寓之后，我们都下了车，站在人行道上。我在考虑要不要邀请他上楼，他则出于礼貌不好意思开口问。我从来没有和陌生人上过床——尽管我做过很多令人吃惊的决定，但我一直可以算一个浪漫的，对恋人忠诚的人——但我受到了诱惑。我想了一会儿。"你饿吗？"威尔问。

"快饿晕了。"我答道并松了一口气，带他离开了公寓楼的入口。我们沿着坚尼街走，路过关着门的编发店、熟食店橱窗里挂着的烤鸭和正在用硬纸板搭建摊位的街边水果摊摊主，走进一家街坊咖啡店，成为当天的第一组客人。

喝着咖啡吃着贝果，威尔开始告诉我他刚从中国回来，之前在那里为一家运动组织工作，带头为本地青少年开展体育推广项目。知道他会说中文之后，我感到很佩服。目前，他在为他的教父母看房子，并用几个星期的时间决定接下来要做什么。他认真又笨拙，有点书呆子气，会开很土的

---

① 1 英尺约 30.48 厘米，1 英寸约 2.54 厘米，6 尺 6 寸约 1.98 米。
② cascaron，狂欢者和舞者在舞会或狂欢节上扔的装满彩色纸屑的蛋壳。

玩笑。但在随和的外表下，我感觉他有一点迷茫和脆弱。两小时后，我们还在原地聊天。我真的很喜欢你，起身离开时我心里想。随后我又想道：要是我不是即将搬去另一个大洲就好了。

吃完早餐后，威尔和我走回我住的公寓楼，爬楼梯来到了我的房间。我们一整天都待在床上，小睡、聊天、开玩笑。我习惯急不可耐的、满口花言巧语的男人，但威尔似乎满足于与我并肩躺在床上。几个小时过去了，他仍旧没有尝试吻我，我翻身面对他，主动吻了下去。最终，我们确实发生了一夜情——之后又共度了更多的夜晚。和他在一起感觉不同，我会留着灯。我感觉自己无需隐瞒任何东西。和他这样的人在一起，你会不那么在意自己身上会引发自我厌恶的那些东西。我当时想他是那种，如果我不离开纽约，会花时间慢慢了解的人。

在纽约的最后一天的清晨，我在被柠檬色的阳光照亮的厨房里煮咖啡，能够隐隐听见出租车的喇叭和公交车的叹息。我踮着脚走进卧室，收拾好最后几件衣服并把它们塞进行李箱。拉上拉链时，我望向威尔裹在被子中的修长身躯，他的睡颜好似天使。他躺在那里睡得如此安详，我不想叫醒他。童年频繁搬家的经历让我疲于告别。离开时，我在他的鞋子上留了一张字条："谢谢意外的快乐时光。但凭天意，未来我们会再次相遇。"

[第二章]

地铁，工作，睡觉

如果说曼哈顿是人们推进事业的地方，巴黎就是人们去实现过不一样的生活的梦想的地方，这也正是我想做的。走出地铁，我走在玛莱区（Le Marais）的街道上，鼓鼓囊囊的红色行李箱在身后哐当作响，我每走几步就停下来看街边的咖啡馆、烘焙店和我的新街区那爬满藤蔓的建筑立面。通过朋友的朋友，我很幸运地租到了杜佩特-图阿斯街（rue Dupetit-Thouars）一幢18世纪建筑中的单间公寓。我乘摇摇晃晃的铸铁货梯到三楼。打开前门时，我的新公寓让我开心得想在门垫上跳舞。光线充足！安静！隐私！硬木地板！贝壳形状的巨大粉色浴缸！公寓面积不超过400平方英尺[①]，但在我眼中如宫殿般豪华，而且全属于我。

我花了一个周末的时间安顿下来，归置行李，开银行账户，买新的床单，把厨房擦干净。周一早晨我乘地铁去律所，律所位于第八区、毗邻蒙索公园（Parc Monceau）的一幢联排别墅中。一群律师助理在大堂迎接我，带我参观时她们的高跟鞋踩在抛光的大理石地面上嗒嗒作响。少年时期起

---

① 1平方英尺约等于0.093平方米。

我干过各式各样奇怪的工作——帮人遛狗、带孩子、做个人助理、教低音提琴、在餐厅做迎宾员——但这是我第一次在企业的环境中工作。办公室有装饰着精美皇冠形线脚的、高达20英尺的天花板，镶在金色画框里的画和一个华丽的旋转楼梯。律师们坐在木桌前，一手夹着烟，一手端着浓缩咖啡，我觉得这画面很法国很时髦。中午，我们一群人去街角的一家咖啡馆吃一顿慵懒的午餐，点牛排和两瓶红酒，餐费公司报销。回办公室后，我拿到一台工作用的黑莓手机，并参观了办公用品储藏室。有了一叠亮黄色的横线簿和几支精致的钢笔之后，我坐在我的办公桌前，向后靠住椅背并点燃一支香烟，开心地环顾新环境，自我感觉像个大人。

结束第一天的工作之后，我决定不坐地铁，走路回家。在黄昏，玛莱区狭窄扭曲的小巷让人感觉回到了中世纪。街灯"咔"的一声亮起，我一边走一边幻想现在的我会变成什么样的人。那些假的朋友——不过是喜欢淘气和熬夜的人而已——消失了。就连瘙痒似乎都消退了。现在那一切和我远隔重洋，我想象着自己在宁静、无人打扰的周末探索巴黎，在杜乐丽花园（Tuileries Garden）野餐，在街角小咖啡店读一本好书。我会买一辆有篮子的自行车，篮子里装满我每周日在共和广场（Place de la République）的室外市场买的食品杂货。我会像其他律师助理一样开始涂红色的口红，穿高跟鞋。我会学做我姑姑法蒂玛那著名的蒸粗麦粉（couscous），在我的新家举办家宴。我决心真正去做我想做的事情，而不是把时间都花在谈论我想做什么上。我要报名参加塞纳河畔著名的莎士比亚书店（Shakespeare and Company）的小说工作坊。可能还会养一只狗，一只胖胖的查理王小猎犬（King Charles spaniel），我要叫它肖邦。

但我没有空闲时间，偶尔有几个周日我成功去了市场，买回来的农产品却在我的冰箱里一直放到发霉。相反，我陷入了被法国人称为"地铁、工作、睡觉"（métro, boulot, dodo）的生活。结束第一周工作之后，我就清楚地认识到我不适合法律行业。相较于表格，我更喜欢创意写作，相较于高跟鞋，我更喜欢勃肯凉鞋（Birkenstock）。律所专攻国际仲裁，我一开始觉得这听起来很有趣，但每次尝试读我桌上的诉讼摘要，我都会觉得法律术语如同天书，内容乏味到令人头脑麻木。大多数日子我都是在办公室的地下室度过的，校对、打印、把成千上万份文件整理进整齐有序的活页夹，让律师帮助没有灵魂的公司赚更多的钱。公司要求我们时刻处于待命状态，我把工作手机放在枕边睡觉，设半夜的闹铃，起来查看是否有紧急邮件。我常常根本不离开办公室：律师助理经常通宵加班，我们甚至开始比赛谁熬得更晚。除此之外，我还有一位变态的上司，他把女鞋广告目录藏在办公桌抽屉里，用手机偷拍我的脚。又一次一周工作了 90 小时之后，我的放松方式是拿着一个巧克力面包逃走，去外面跳舞。长夜将尽时，我会拖着任何和我在一起的人去一家叫在三梅利茨（Aux Trois Mailletz）的老爵士俱乐部，在那里，我们在钢琴边唱走调的歌，喝红酒直到嘴唇发紫。

我在巴黎的生活与我幻想的截然不同，但我又开始构造一个全新版本的生活。我意外地开始和威尔通信，从很短的"嗨，你还好吗？""最近怎么样了"之类的短信变成很长的、相互打趣的电子邮件，再变成塞着手写信和用心做标注的《纽约客》文章的厚信封。威尔从新罕布什尔州白山山脉的小木屋里给我寄了一张明信片，他和朋友一起去那里过周末："这里没有电，只有 20 世纪初的烧木头的暖炉，除了猫头鹰的啼叫、木头燃烧的噼啪声和风声，没有其他声音，"他写道，"这让我渴望去走美国偏僻的小路。想来场公路旅行吗？"和他一起开车穿越美国的念头让我心神荡漾。

在信件最后我们总是会写同样的一句话——"回信不用也这么长。"但随着时间的推移，我们的交流越来越深入和频繁。我反复读他的信，好像那些信是加密地图，能为我提供秘密线索和内情，让我了解写下这些文字的那个人。我向威尔描述了我毕业后任性的轨迹和我在国外的新生活：我关掉电脑和手机，一个人度过了来到巴黎的前 36 个小时。我在城里到处走，直到因为鞋跟坏了不得不打车回家。尽管我努力尝试过更离群、克制的生活，我还是交了一群新朋友——拉霍拉，一位丧偶的瑜伽士；扎克，为成为默剧演员在接受培训的大学老同学；巴德尔，一位喜欢出去跳舞的年轻摩洛哥商人；还有大卫，一位年长的侨民，总是打扮得像一位国际花花公子，会举办豪华派对。不能把孤独强加于渴望飞翔的灵魂，威尔回复道。看到这样的话语，我怎能不为他倾倒？

我告诉威尔我想成为记者的梦想，并给他看了一篇我写了好几个月的关于阿以冲突的论文。真巧啊，他回复道。他也渴望从事新闻事业。他最近找了一份给教授做研究助理的工作，并希望未来能成为一名编辑，他还就我的论文可以如何修改发来了细致的意见。尽管我们在一起度过了我在纽约的最后一周，这些心意相通的小小时刻才是意外的惊喜，因为我们通过通信才真正相互了解，这种古老的联系方式是恋爱猫鼠游戏的一种更安全和诚实的替代方案。很快，我为我的新笔友神魂颠倒，每天心里想的，梦中梦到的，嘴上说的都是他。我希望现实中的他和笔墨筑就的他一样美好。

那是一个深秋的午后，办公室难得不那么忙，我和与我共用一张办公桌的律师助理卡米拉争辩起我应不应该请威尔到巴黎来看我。我不确定来往信件中潜藏的爱慕是不是我想象出来的，但又担心如果我不尽快采取行动，我们会逐渐疏于联络。在接下来的一个小时中，我写了好几版给威尔邮件的草稿，努力寻找介于真诚热情和疏离冷淡之间的合适语气。"亲爱的，拜托，勇敢一点①，照这样下去你整晚都要在这里了。"卡米拉说，在离开的路上轻轻在我的脸颊上亲了一下。

确定最终版时，天已经黑了，办公室几乎全空了。我在心里从 1 数到 10，一边自问敢不敢点击"发送"，一边觉得自己太幼稚了。终于鼓起勇气发出邮件之后，我感到一阵激动——但那种心情又很快被等待回复的焦虑所取代。时间仿佛过得特别慢。我抽了半包高卢牌香烟（Gauloises），在网

---

① 原文为法语。

上闲逛,整理了我的桌面。到了9点才乘地铁回家。我查看了邮箱。没有回复。我焦躁不安地给自己做了涂着厚厚的能多益榛子巧克力酱（Nutella）的吐司当晚餐。我是不是越界了,或者误读了我们之间的氛围？睡前我会洗个澡,如果到时候还没有回应,我就把他从我的脑中清出去。

午夜,我最后一次查看邮箱。一封新邮件进入了我的收件箱。我打开发现那是一封转发的机票确认信。目的地：法国巴黎。

近一个月后,威尔来到巴黎,正好赶上感恩节。他来之前的周末我一直在忙着做各种准备。我把浴缸刷到反光,把地板扫到一尘不染,去自助洗衣店洗了床单。我去红孩儿市场（Marché des Enfants Rouges）挑了一条面包、一整块圆形的金文奶酪（Camembert）,还买了酸黄瓜、熟肉片和一束薰衣草干花。回家的路上,我买了些红酒,并在最后时刻钻进街对面的理发店,完成了我的头发急需的修剪。威尔到达的当天,我一大早就起来了,换了不下6次衣服才确定穿最衬我的一条牛仔裤、黑色紧身高领毛衣,并戴上我的幸运金耳环。我出发去机场时,已经晚了快1小时了。

杜佩特-图阿斯街上刮着雾蒙蒙的微风,我的靴跟有力而快速地踏着因雨水而湿滑的人行道。快到地铁站的时候,我听到手机响了一声。威尔给我发了一条短信,他说他的航班提前降落了,他直接打车去我的地址,有人带他进了楼,现在他正在我公寓门前等我。我赶紧两步并一步地奔回公寓,在二楼的楼梯平台停下来冷静一下。我心脏像上了发条的节拍器一样怦怦直跳,额头已经被汗水浸湿,喘着粗气。最近几周我注意到我更容易变得呼吸急促了,在心里暗下决心买健身房会员卡。我拨开脸上的头发,深呼吸,然后转过弯去。

"嗨,嗨！"威尔一看到我就出声叫道,他直起身子,咧嘴一笑。我们犹豫了一下才拥抱,两人突然都变得非常胆小,不敢亲吻对方,连亲脸颊都不行。被一个熟悉又陌生的人搂在怀里,几个月以来,我第一次感到自己站在坚实的地面上。

"欢迎。"① 我们分开时我对他说，我带他进屋。我的单间公寓很小，除了厨房和洗手间，就只有一个多功能的房间。"这是卧室。"我指着高架床说。"这是客厅。"我指着亮红色的沙发。"这是餐厅。"我向他展示同时是咖啡桌、写字台和橱柜的旧旅行箱。这是我的第一个独居之所，尽管还有点简陋，而且我还没有抽出时间去买窗帘，但我为它骄傲。"还有，看！"在参观的最后，我打开了大凸窗，展示外面的小露台。

"完美。"威尔肯定道。

关于那天后来发生的事情，我的印象很模糊，只记得一些零散的画面：我们坐在客厅一边喝咖啡一边紧张地闲聊，威尔把好几个单独包装的礼物放在旅行箱上，我们沿着塞纳河蜿蜒漫步，嘲笑戴着贝雷帽、说着蹩脚法语的美国留学生。"别想在这里亲我。"穿过艺术桥（Pont des Arts）时，我警告道，情侣们在这座桥的铁架上挂满了挂锁。那天晚上晚些时候，一瓶红酒放松了我们的神经之后，他才吻了我。

威尔跟着我顺着梯子爬上了高架床，这张由四根木柱和一张脆弱的胶合板平台组成的床廉价而摇摇欲坠，是前任房客组装的，质量堪忧。我们并肩躺在一起时，感觉和在纽约共度的那三个夜晚不同。我们脱衣服时，一种温柔的尴尬在空气中蔓延。月光透过窗户照射进来，把我腿上的伤疤染成银色。在我们身下，床柱摇晃了起来。

"该死的宜家。"我说道。

"床塌了怎么办？"威尔是真的担心。

"想象一下我爸爸读明天的报纸头条：宜家家具残骸中发现死亡的裸体美国情侣。"

威尔从梯子上跳了下去——"稍等，我要评估一下。"他检查了螺丝有没有拧紧，摇晃了床架几下。我笑了起来："抗震评估！"

两周的旅程结束后，威尔返回纽约——收拾东西和辞职。他要搬来巴

---

① 原文为法语。

黎和我在一起——我在我的日记中一遍又一遍地写下这句话，直到我感觉这是真的。坐地铁去上班时，我脸上挂着愚蠢的微笑。喜悦是一种吓人的情感，不要信任它。我在那一页上补充道。因为喜悦的表面下，一场风暴正在加速形成，一种不祥的预感在搅动，某种潮湿的、黑暗的暴举正在我的皮肤下发生。

[第三章]

蛋壳

17 岁以后，我单身的时间不超过一两个月。我并不以此为傲，也不认为这是健康的，但事情确实如此。大学的大部分时间里，我都在和一个聪明的英国中国比较文学专业的学生认真恋爱。他是我的第一个真正的男友，带我去城里的高级餐厅吃晚餐，去怀基基海滩度假，但随着时间的推移，我开始感到不安，希望自己在遇见他之前有更多的经验。这段感情在我和一个年轻的埃塞俄比亚导演激情邂逅后结束。之后的男友是我寒假在开罗做研究时认识的一个波士顿人，他有大型恶作剧和行动主义[①]的天赋，刚刚因为在金字塔展开一幅 30 英尺的巴勒斯坦国旗而被逮捕。相处一周之后，我们在一家俯瞰红海的酒吧喝私酿威士忌，他拨通了父母的电话。"认识一下我要娶的女孩。"他宣布道，然后把电话塞给我，根本不给我抗议的机会。不久之后我就和他分手了。毕业前后，我开始和一位立志成为编剧的墨西哥裔得克萨斯州人交往。我们以情侣身份在纽约度过了灾难般的两个月，我实习，他在市中心一家时髦的酒店做餐厅服务员。他喝醉时就会

---

① activism，用直接、显著的行动实现结果，通常是为达到政治或社会目的。

很恶毒,而他大部分时间都处于醉酒状态。

每段感情都是认真的。我身在其中时都全心投入,满脑子想着和对方共度一生。但哪怕是在感情最热烈的时期,我也知道有一个出口标志在远处发出微弱的光——其实,我总是处于逃跑的边缘。我喜欢的是恋爱的感觉。换句话说,我太年轻了:面对他人的情感太冲动和放肆,过于自我,一门心思只想着自己的未来,从不把零碎的承诺放在心上。

和威尔在一起的感觉不同。他和过去我交往过的任何男孩都不一样。他是不同特质的奇怪集合——既是运动明星,又是知识分子,还是班级小丑——在篮球场上扣篮和背诵几段 W. B. 叶芝的诗歌对他来说同样容易。我惊讶于他的周到,他总是坚持让房间里的所有人都感到舒服。他比我大 5 岁,但他所拥有的低调谦逊的智慧和调皮的精神令他既比实际年龄成熟很多,又比实际年龄年轻很多。威尔再次来到我巴黎公寓门前的那一刻——这一次他带着一个装着他的所有资产的巨大桶状帆布包——逃生出口的标志消失了。我再也不想着离开了。

威尔开始收拾他带来的东西,把他的衣服折好,一叠一叠整齐地放在我为他腾空的书架上。他从帆布包中翻出一个便携音箱,问我能不能放点音乐。他听的是 20 世纪 90 年代的嘻哈音乐,沃伦·G(Warren G)的歌循环得最多。他跟着歌词说唱,在硬木地板上跳舞的样子把我逗乐了。他拉起我的手,让我在厨房里转圈,差点打翻平底煎锅。

"你在让我分心。"我说道,用一条洗碗布抽他,把他赶走。

我在为午餐做牧羊人派(shepherd's pie),想用我的厨艺给威尔留下好印象。我精神高度集中地剁胡萝卜,炒红葱,煎肉,做土豆泥。除了炒鸡蛋、偶尔做的意面和我的固定晚餐榛子巧克力酱土司,这是第一道我尝试从头做起的菜,我那天早晨给妈妈打电话要来了菜谱。我的厨房跟一个小清洁工具柜差不多大,没有窗户或排气扇通风,非常热。我用洗碗布擦去额头的汗水,到我把所有食材一层层放进砂锅,洒上奶酪,再把这堆乱糟糟的东西放进烤箱时，我又满头大汗了。很快，公寓里飘满了黄油和新鲜香草的味道，第一次有了真正的家的味道。

在另外一个房间，威尔正在旅行箱餐桌上摆餐具。我加入了他，然后打开窗户稍微通通风。外面开始下雪了，几片慵懒的雪花飘进公寓。威尔也来到窗边，用手臂环住我的腰，把我拥进怀里。"明天我就开始找工作，"他说，把他的脸埋进我的头发中，"我还要找一家语言学校上课，至少直到我能用法语说'请给我三个法棍和一瓶法奇那[①]'。"

威尔身上紧致温暖的肌肉贴着我的肩胛骨。我闭上眼睛，软软地靠在他身上，尝试回忆我上一次感到这么幸福是什么时候。我想不起来。"别动。"威尔说，然后从书架上拿起相机，给我在窗前拍了一张照片，画面上是以冬日的天空为背景的我的剪影。他给我看那张照片时，我的样子让自己惊慌。我的皮肤苍白至极，仿佛透明。眼睑是知更鸟蛋那样的青色，好像所有的血管都浮到了表面。就连我的嘴唇都看起来毫无血色。

"珍珠的颜色。"威尔宽厚地说道，然后吻了它们一下。

两周之后，威尔的 27 岁生日到了。为了庆祝他最近的搬家和他的生日，我请了几天假，用装着两张去阿姆斯特丹的火车票的信封给了他一个惊喜。那是 2011 年 3 月，走出火车站时我们向清晨清新的空气呼出一团团白气。我们想步行探索这座城市，我们的行程安排包括：参观安妮之家（Anne Frank House），在市场短暂歇脚尝尝腌鲱鱼，以及乘船游览运河。但我们没能走远。每走一个街区，我就会猛然停下，全身抽搐地剧烈咳嗽，咳完头昏眼花，太阳穴像音叉一样震颤不已。

我感到极度疲惫，最终我们在位于红灯区的肮脏的二星级酒店度过了那个周末的大部分时间。酒店的床单上布满烧焦的痕迹，一扇脏兮兮的窗户俯瞰着一条运河，沉闷的走廊里回荡着失灵的暖气片发出的噼啪声。但

[①] Orangina，一种源自法国的含果汁碳酸饮料。

相爱就意味着无论身在何处都是冒险。事实上，我们刚到时，我转身兴奋地对他说："这是有史以来我最喜欢的酒店！"

尽管身体不舒服，我还是决定让我们的首次共同旅行成为难忘的回忆。因此，威尔生日的那天下午，我在一家地下室咖啡店里，从一个梳着脏辫的瘦高白人男孩手里买了一罐致幻蘑菇。"拜托，别那么老古董。"我对威尔说，他以前从未尝试过这种东西，看起来有点担心。"那好吧。"他最终同意了。"如果玛雅人是对的，这就是人类灭绝前的最后一年。不能虚度。"我们走过几个街区去一家埃塞俄比亚餐厅吃晚餐，趁服务员不注意，我把致幻蘑菇洒进了浓稠的、加了香料的炖兵豆里。"你是个疯子，你知道吗？"威尔笑道，一边摇头一边怀疑地用一块英吉拉饼①铲起了加了料的炖兵豆。

晚餐后我们返回酒店，城市被低垂的雾霭所笼罩。我们沿着泥泞的街道和结冰的桥艰难前行，躲避按着铃蹿过的自行车。我们在红灯区闲逛时，拉着窗帘的窗口有人影显现。红绿灯变成橙色、红色、绿色，然后绽放出彩虹的颜色。从我们站的地方我能看见我们的酒店，它的霓虹灯标志像余火未尽的木块一样闪烁。我们加快脚步，想要在药效完全发作之前走到酒店房间。进屋之后，我皮肤上的毛孔好像喷火的小火炬。我扯掉了所有的衣服，爬上床垫，想要降降温。同时，威尔开始用床单和枕头建造一座堡垒，一个罩住床的帐篷。"过来，这里非常 gezellig。"我说，拍了拍我身边的空位。无法翻译的荷兰语表达 gezellig——大意为"安逸"——成了我们喜欢用的新词。威尔钻进床单帐篷，躺在我身边。

"天啊，你身上好烫。"他说道，把手掌放在我的额头上。

当时，我以为这是药效强力发作。但在接下来的几个小时里，我的体温越来越高，身体仿佛马上就要燃烧。我开始发抖。流淌的汗水聚积在锁骨的凹陷处，我以前从未感到如此脆弱。"我好像是蛋壳做的，"我一遍遍地对他说，"我们永远在这里，好吗？"

---

① injera，一种用苔麸（teff）面粉制作的埃塞俄比亚白色发酵面包。

威尔开始担心，建议我们去急诊室。"让我照顾你。"他说道。

"不，谢谢①，我顶得住。"我说，向他展示我的二头肌。

"我们可以直接从这里打车，很快就回来。"

我拒绝了，一直摇头直到他放弃。我不想成为那种来到阿姆斯特丹，然后吃致幻蘑菇把自己吃进医院的愚蠢游客。

第二天下午，我们登上了回巴黎的火车。高热和幻觉消散了，但虚弱的感觉没有好转。每一天我都觉得更虚弱，更无精打采。好像有人在用橡皮擦去我的内核。我曾经的轮廓依然依稀可见，但内里的东西正在逐渐消失，变成幽灵般的重写羊皮书卷②。

---

① 原文为法语。
② 原有文字被刮除，被新的文字覆盖或取代的古老文书。

[第四章]

不断加速的太空旅行

　　回到巴黎，我因为24岁女孩的常见需求——避孕，去看了医生。诊所是一座昏暗的迷宫，墙壁上油漆斑驳，候诊室挤满了人，头顶的吊灯不断地闪烁。其他大部分病人看起来都像北非裔移民，抱着扭动的幼儿或翻阅着杂志，用阿拉伯语混合法语交谈着。环顾四周，我突然想家。从口袋里装着棒棒糖，打小就认识我的儿科医生那里到这家冰冷破旧诊所的转换戳心地提醒我：现在我只能靠自己。我再也不是孩子了，但我觉得自己还没有准备好踏入荧光灯照射的、官僚的成人世界。

　　我的名字终于被叫到了。一位抽血医师卷起我衬衫的袖子，在我的胳膊上寻找可用的血管。自有记忆起，我就一直害怕针头。我转过脸去，在针尖刺破皮肤时盯着地板看，屏住呼吸。我用余光看到涌出的红色液体。没什么大不了的，我对自己说。管子装满之后，我长出一口气。快结束了。

　　过了一个小时左右，我被带进了诊室，一个穿着白大褂、留着小胡子的男子坐在一张大木桌的后面。"今天来是看什么？"他用法语问我。

　　"我想开避孕药。"我说。

　　"应该没问题。"他低头看了看一张纸，读我的血液检查结果，随后暂停,微微皱眉。"讨论几种不同的选择之前,我想知道你有没有感到疲惫?"

我用力地点头。

"血液检查显示你贫血——你的红细胞计数偏低。"我大概看起来很担忧。"别担心,"他补充道,"贫血在年轻女性中很常见。你月经量是不是很多?"

我耸了耸肩,不确定什么叫"多"。"可能吧。"痛经 10 年之后,只要来月经在我看来就是过多。

"那可能就是这个原因,"医生说,"我给你开避孕药和每日吃的补铁剂。应该很快就能恢复精力。"

乘地铁回家的路上,我一路倒数还有几站到杜佩特-图阿斯街,回到有男朋友在的、属于我的公寓的新鲜感仍令我欢欣鼓舞。我冲进门,脸颊被冻得通红,我抱了抱威尔,然后开了一瓶红酒,告诉他贫血和补铁的事情。"这就是我感到特别累①的原因。"我感到心中充满希望,冲他露出了微笑。"你今天过得怎么样?"

"米拉在战神广场(Champ de Mars)坐旋转木马的时候手肘擦破了,哭了起来,但后来被我哄好了,一切都好。所以我认为这是很好的一天②。"威尔在上法语课,并开始做男保姆——我被明确告知不许这么叫他,但只要有机会就总是这么叫他。每天下午,我在律所上班时,他会去学前班接 4 岁的米拉,然后带她去参加各种课外活动。她有着饱满的脸颊和一头蓬松的棕色鬈发,最喜欢的活动是坐在威尔肩上,一边啃牛角面包一边对着人高喊:"我是全巴黎最高的女孩!"威尔描述他们最近的冒险时,我从他的头发里捡出一些面包屑。

男保姆的工作是暂时的,只做到威尔在巴黎站稳脚跟,尽管他并没有充分利用自己的学位,但他似乎并不在意。这份工作不需要工作签证,又

---

① 原文为法语。
② 原文为法语。

能带来稳定的现金收入，另外，和一位4岁的导游一起探索一座异国城市可以拥有很不错的午后时光。我对我的工作则不太乐观。上一整天班对我来说愈加困难。搬到巴黎之后，瘙痒的症状缓解了，但我的身体又被疲惫彻底侵占，以至于我一天最多要喝八杯浓缩咖啡。我开始担心这种深深的倦怠感是其他原因造成的。"或许我就是无法适应真实的世界。"我在日记中写道。但诊所的医生提出了另一种解释：贫血，这意味着我的疲惫是生理上的，不是我的问题，这种区分令我感激。

天色渐晚，红酒的空瓶站在旅行箱上。我站起身来，宣称我们早就应该设定新年目标，根据我们原本的计划，几周前在新年时我们就应该完成这件事。我喜欢每年制订目标的仪式：我总是在日记中写满待办事项和我的梦想。有计划的表象，无论多么不靠谱，都能平衡我对未来的不确定和迷惑。尽管威尔并不常做计划，但他还是迁就了我。春天到来之后，他说，他会申请研究生，可能会申"巴政"（Sciences Po），也就是巴黎政治学院（Paris Institute of Political Studies）。我立志找一份新工作，一份不至于让我每天都筋疲力尽的工作，一份不需要整天复印，不需要在上司面前把我的脚藏起来的工作。

在接下来的两个月里，我努力实现我的目标：润色我的简历，发出求职申请，联系以前的教授和导师寻求建议。我多次回到那间诊所沉闷的候诊室，治疗感冒、支气管炎、尿道感染等各种问题。每次我都会分到不同的医生。每次，我都要重复我的病史，每去一次医院，近期疾病的清单都更长。诊所不停轮转的医生让我怀疑有没有人在跟踪所有的细节——有没有人真正关心我的情况。

一天下午，做"常规"血检时，我感觉我的眼里噙着泪水。"怎么了？"抽血医师问道。

我也不知道我到底是怎么了。

一连几个月整天都疲惫至极的后果是你注意不到自己病得越来越重。

到了我被转诊到巴黎美国医院（American Hospital of Paris）的时候，我已经虚弱到顺着梯子上下高架床都困难的地步。3月末一个异常温暖的周五下午，我如约去看病。原本乘地铁只要30分钟的路程变成了好几个小时，我来到了一个我不认识的巴黎街区。我不停地打转，寻找医院，然后意识到下错站了。在等到巴黎以西的纳伊市（Neuilly-sur-Seine）的公共汽车时，我感到头晕。在我身边，气派的别墅和昂贵的汽车在阳光下闪闪发光，鸟儿在一棵椴树心形的树叶间穿梭，一位妈妈牵着两个金发的孩子沿着街道有阴影的一侧行走。我开始眩晕，眼冒金星，突然间房屋、汽车、小鸟和妈妈都缩小成了漆黑背景上的亮点。我倒了下去，一头摔在人行道上。

"你还好吗，小姐？"[①] 我醒来时，一位年长的女士问我，因担心而薄唇紧抿。

"不好。"[②] 我答道，然后又开始哭泣。我联系不上威尔，他正陪着米拉上每周的游泳课，而我的父母在4000英里[③]之外。我仿佛在太空旅行，不断加速，离地球越来越远。我从未感到过如此孤独。

我终于到达医院时，已经是黄昏了。一个自称K医生的人对检查床上的我进行了快速检查，并决定让我住院接受进一步检查。"你看起来状态很糟。"他对我说。一名护工用轮椅把我推到楼上一个有大窗户的白色房间。太阳正在落山，我注视着深紫色的云飘过地平线，可能要下雨了。上一次我在医院过夜还是我出生的时候。

巴黎美国医院和我见过的任何美国医院都不同。我的房间很豪华，比我的单间公寓大，粉刷后的墙壁在阳光照射下显得很白。我期待每天早晨自动送到我床边的早餐，黄油牛角面包和牛奶咖啡的香味把我从睡梦中叫醒。每天和早餐一起来的还有泼尼松（prednisone），一种不知道为什么开

---

① 原文为法语。
② 原文为法语。
③ 1英里约等于1.61千米。

给我的普通类固醇，不过 72 小时之内，它让我有气力到楼下的庭院散步，下午我在那里写日记，向其他穿着棉质罩袍的病人讨烟抽，目光呆滞地盯着花床发呆。晚上，为米拉掖好被子之后，威尔会来医院陪我。他会带拼字游戏（Scrabble）来，我们一边聊天一边玩，直到深夜。一位护士给了他一张访客折叠床，这样他就可以过夜。

"谢谢你来。"我们在各自的床上入睡时，我迷迷糊糊地说道。

"和你在一起让我成了最幸福的人，这是我人生中最快乐的几个月，"威尔说，伸手握住我的手，"你是独一无二的。没有人像你这样激励我尽力生活，没有人像你这样让我渴望成为我自己。你让我有了解自己的渴望，让我想要成为更好的人。我们正在共同营造的东西很伟大。很快你就会离开这里，我们就可以回归正常生活。"

住院的一周时间里，医生们进行了他们能想到的一切检查，从艾滋病到红斑狼疮再到猫抓热病（cat scratch fever）。结果全部是阴性。我回答了无数的问题：以前没有做过手术；没有病史；两位祖父分别因前列腺癌和心脏病发作去世，此外没有已知家族疾病史；如果在夜店跳舞也算的话，那么是的，我经常锻炼。K 医生用显微镜观察我的红细胞时，发现它们增大了，并提到我可能需要进行骨髓活检。"你酒喝得多吗？"一天下午他站在我床前问。"喝得很多，"我尖声说道，"毕竟我刚大学毕业。"我看到他走出房间时在一张纸上记了一些笔记。最终他的决定是，对我这个年纪的人来说，没有必要进行活检。我相信他的判断。毕竟一般年轻人就应该是健康的。

"你需要休息，"K 医生总结道，"我还是不知道你的红细胞怎么回事，但我觉得不必紧张。我要休假了，几周后我回来时，我们再跟进，看你感觉如何。"就这样，他让我出院了，对我的诊断是我患了一种名为"身心耗竭综合征"（burnout syndrome）的疾病，并让我休一个月的病假。

在乘地铁从医院回家的路上，我在我的日记中写道：

需谨记的重要医疗细节：
1. K 医生戴的眼镜是普拉达的。
2. 我和威尔在病房的洗手间里做爱差点被一个护士抓到。
3. 可以在病房点医院餐厅的焦糖布丁和香槟。
4. 我相当确定这个地方肯定是一座伪装成医院的乡村俱乐部。
5. "身心耗竭综合征"是什么鬼？

不可否认，一个月不用工作令我十分兴奋，但情况似乎还是有点不对劲。不再每天打一针泼尼松之后，我的精力开始不济。靠着地铁冰冷的塑料座椅，我意识到 K 医生可能认为这一切都是繁重的工作和尽情的享乐造成的。我不认为他，或者任何其他医生，认真对待我的问题。但我自己其实也没有认真对待。我没有提出异议。相反，我忽略了在我脑中打转的疑问。毕竟有医学学位的是他们，不是我。

出院几天后，早晨醒来时我收到了面试的好消息。过去几周我给不同的报纸和杂志发了问询邮件但都没什么进展。不像其他行业有可遵循的明确路径、可攀爬的等级阶梯或可攻读的必要学位，新闻的世界对我来说神秘又难以靠近。我不知道怎样才能入行。"开始写作，然后向编辑推销故事。"有人这么对我说，但我的全职工作导致我没有这么多时间。即便我有，我也不认识任何编辑，即便我认识，我也没有被编辑评价的信心。因此我写信给我以前的新闻教授，教授建议我联系总部位于巴黎的《国际先驱论坛报》（*International Herald Tribune*），询问对方是否有初级职位。令我吃惊的是，他们回复了，表示有一个"通讯员"（stringer）的空缺，"通讯员"是一种初级信息搜集者，会帮助他们的高级记者报道刚刚在突尼斯爆发，后被称为"阿拉伯之春"的革命。他们希望我立刻去面试。

第二天，我穿上了我在二手商店淘到的一条定制黑色连衣裙，把我缠绕在一起的鬈发梳成辫子，在我苍白的脸颊多上了一抹腮红，然后出门去面试。气喘吁吁地攀爬《国际先驱论坛报》办公楼里的楼梯时，我注意到头晕的症状又回来了，我喘不过气，但那天我要集中精神应对更重要的事情。开放式的办公室里满是敲打键盘的声音，放满了文件柜以及堆着书、电脑显示器和脏咖啡杯的办公桌。看着四周老练的记者们坐在桌前，我不允许自己产生任何幻想。我知道我被录用的概率很低，但有史以来第一次，我看到了一条通往令我兴奋的职业的道路。我突然意识到，我无意中一直在为这份工作做准备。在学校，我每学期都上很多语言课——阿拉伯语、法语、西班牙语和波斯语——想着某一天可以更轻松地在遥远的地方生活和工作。每一个暑假我都在国外学习和做研究，这让我得以遍访世界各地，从亚的斯亚贝巴到摩洛哥的阿特拉斯山脉再到约旦河西岸地区。至于突尼斯，这不仅是一个我熟悉且热爱的国家，还是我的故土：我的爸爸就来自突尼斯，我的大家庭至今还住在那里，我还自豪地持有突尼斯护照。这一切在面试时都有所体现，见我的编辑们看起来很满意，我感觉也不错。离开时我感觉自己成年之后四年来的努力就是为了这个时刻，然后对自己笑了笑。

我再也没能回到《论坛报》办公室。一周内，我又回到了医院。这一次我躺在急诊室的轮床上，痛得眼前发白。疼痛的溃疡在我嘴里蔓延开来。我的肤色是尸体一般的蓝灰色。威尔握着我的手，值班医生对我说："我不希望你太过惊慌，但你的身体显然有问题。你的红细胞计数在明显下降。"我看着她，不知道这意味着什么。她把一只手轻轻地放在我的手臂上，然后说她有一个和我年纪相仿的女儿，如果她是我妈妈，她会希望我立刻乘下一班航班回家。

我被安排第二天一大早飞回纽约。我坚持买了一张两周之后返回巴黎的回程票。我需要相信自己不会有去无回。威尔提出陪我，但我认为不应该这样——他要照顾米拉，而我很快就会回来。在机场和他告别时，我让他不要担心。随后一位穿深蓝色制服的年长男子用轮椅推着我穿过了戴高乐机场，他推着我来到安检队伍的前面，超过一大堆等待登机的家庭和拿着高级皮公文包的商务旅客，我的耳朵全程都很烫。我认为急诊室医生一定是反应过度了才坚持让我坐轮椅。我记得我担心随时会有人指责我是个骗子。但优先登机队伍中注意到我的人，都明显带着一脸同情。

飞机起飞了。我蜷缩着横躺在两张空座位上，在一张薄毯下发抖，怎么也暖和不起来。我以前喜欢飞机，高度让一切都变小，地面上的东西越来越小直到被云层挡住彻底消失，但这一次我没有打开遮光板。我太累了以至于什么都做不了——没法看电影，也吃不下担心的乘务员不断给我的零食。尽管我很累，但因为溃疡而肿胀的脸颊让我难以入睡。急诊室医生开了可待因[①]让我在回家的航班上吃，我吞了几颗，希望疼痛能得到短暂的缓解。一阵阵恶心席卷着我的身体，我开始断断续续地失去意识。

我梦到飞机是悬停在大西洋上方的空中监狱，我正在因去年摄入的酒精、香烟和其他有害物质而受罚。我梦到在毕业五年的同学聚会上，我的朋友们背对着我，在一片郁郁葱葱的草地上有说有笑，啜饮着鸡尾酒，远方是高耸的宿舍，在橙黄的阳光下闪闪发光。我叫他们，但他们转身时视线却直接穿过了我。根据梦中的逻辑，这是合理的。也许他们认不出我了，我想。毕业后，我老了很多。坐在机场轮椅里的我瘦骨嶙峋，已经全秃的头顶上只剩几缕白发。是我啊，我大喊，我是苏莱卡。但这一次没有人转头。

下一次睁开眼睛时，飞机的起落架"砰"的一声落在跑道上。我到家了。

[①] codeine，一种阿片类止痛药。

[第五章]

在美国

自从学会说话，我一直对父母直呼其名，在一位困惑的老师指出这点之前，我们谁都没觉得这么做很奇怪。

我的妈妈，安娜，一位拥有冰蓝色眼睛和芭蕾舞者般矫健肌肉的小巧女性，来自距离日内瓦一小时车程的一座瑞士村庄。她在一座石屋里长大，屋里堆满旧书和古董，还有一台播放古典音乐的留声机。客厅的窗外是小镇的广场，俯瞰一座中世纪城堡和一片波光粼粼的湖，我妈妈周末在里面游泳，和附近的男孩子一起划船。她是个假小子（garçon manqué），头发一直剪得很短，总是捧着一本小说。她的爸爸吕克是一位物理学家兼环保活动家，对子女非常严格，甚至不惜诉诸武力，但他也超前于时代——因为碳排放，他拒绝买汽车，还禁止在家中使用塑料。他在阁楼上有一间木工工作室，他在那里给安娜兄妹做手工雕刻的玩具。安娜的妈妈米雷耶是一位图书管理员，对丈夫的行动主义不感兴趣。她喜欢美丽的东西，收集了不少漂亮的羊绒衫，拥有一个繁茂的玫瑰花园，她做的瑞士苹果馅饼很出名。她总是说，举止有正误之分，要让孩子们接受严格的礼仪课程。安娜十几岁时，开始抵触父母的命令和村庄与世隔绝的气氛对她的束缚。

在从洛桑艺术设计大学毕业后，我妈妈获得了一笔搬到纽约市的基金，她立志在纽约成为一名著名画家。她在东村四街和 A 大道相交的街角租了一间列车公寓①。那是 20 世纪 80 年代，周围网格状的街区里分布着画满涂鸦的廉租公寓和堆满瓦砾的空地。街道充满活力，到处都是充满创造力和远大志向的年轻作家和音乐人。她从未到过这样的地方。

忙是我家最主要的特征。我妈妈拥有挽马一般的工作精神，从日出到日落一刻也不停。她靠做房屋油漆工以及在餐厅、咖啡馆挨桌兜售玫瑰花维持生计，赚的钱足以支付公寓及她与几位艺术家共用的工作室的租金。她很快找到了一项更赚钱的事业，并开始在自己的公寓经营小生意。"这里是国际语言学校，请问有什么可以帮您？"她接电话时会这样说，假装自己是秘书。学校——如果它可以被称作学校的话——由我妈妈和她的朋友，一群来自欧洲各国的学生组成。她雇他们给商务人士和富有的家庭上法语、意大利语、德语和西班牙语课。最终她存了足够的钱，支付了购买公寓的一小笔首付，那座公寓售价 4 万美元，这在当时是一笔巨款。

安娜在纽约的第五年，她的机智、短发、高鼻梁和优雅的颧骨在一家市中心的爵士俱乐部吸引了我爸爸赫迪的注意。对于赫迪来说，成功追求她并非难事。他身材高大，有着茶色的皮肤，顶着一头黑色的卷发，门牙之间有一条迷人的缝，他刚刚跑完纽约马拉松比赛，身材处于人生中最好的状态。他住在几个街区外，B 大道和 C 大道之间的七街上，两人住得很近，很快就一直待在一起了。共同的语言、游牧主义（nomadism）和对烹饪、电影、艺术的热爱将他们联结在一起。他们有相同的波西米亚价值观，把钱花在好酒、剧院门票和旅行上，但他们经常争吵，两人都过于固执和独立。我妈妈最看重的是她的绘画，她对成为某人的妻子没有兴趣。我爸爸正在犹豫是留在美国还是回他的祖国定居生活。他们恋爱两年后，我在

---

① railroad apartment，房间前后相连成一长条的公寓。

赫迪位于汤普金斯广场公园（Tompkins Square Park）的公寓被孕育。一个意外，我想象着我妈妈会这么想，用验孕棒验尿时，她已经开始为她的自由哀悼。（后来她修正了对当时那种感觉的形容：一个惊喜，她告诉我。）

40岁的赫迪比安娜大近10岁。他在联合国国际学校（United Nations International School）教高中，也是一名法语和阿拉伯语自由译者。安娜怀孕令他欣喜若狂，但安娜难以接受自己将要成为妈妈，也不是很相信婚姻。她在老家瑞士的大多数朋友有伴侣和孩子，但没有正式结婚。她认为婚姻令人窒息又老套，她坚称不需要一纸文书来正当化他们的关系。几个月之后，她改变了主意，因为只有这样，我爸爸才能安心地与他妈妈分享安娜怀孕的消息。他们举行了世俗婚礼。那天的一张拍立得照片显示他们站在曼哈顿市中心市政厅的台阶上，身着大码西装，拿着他们的"花束"——从一棵凌乱的街头树木上折下来的、上面还挂着几簇树叶的两根树枝——微笑地注视着彼此。

我知道这一切是因为妈妈和我关系很亲密——我们之间没有禁忌话题，可以探讨人生中所有的重大事件。她有浓重的口音，留着赫本头①，不剃腋毛，常穿着沾满颜料的连体服，和我认识的任何妈妈都不同。我13岁月经初潮时，首先告诉了她，第二天她给我举办了世界上最尴尬的惊喜庆祝午宴，举杯深情地就我成为女人发表了祝酒词，让爸爸和弟弟如坐针毡。少年时，我曾经对她说我计划保持处子之身直到结婚。"别这么傻，"妈妈说，"做出一生的承诺之前你需要知道自己喜欢什么。"

早年我们总是在搬家——从东村到阿迪朗达克山脉（Adirondacks），还在法国、瑞士和突尼斯短暂停留过，但最终我们总是会回到美国，我爸爸在斯基莫尔学院（Skidmore），一所位于纽约州萨拉托加矿泉城（Saratoga Springs）的小文理学院拿到了一个终身制的教职。尽管一开始有所犹豫，但安娜很喜欢做妈妈，弟弟出生后，她决定缩减她的事业，专注

---

① pixie cut，女士短发发型，奥黛丽·赫本在《罗马假日》中的发型。

于抚养我们。她带着以昆虫、花朵和蜂巢为主题——尽管一切看起来都或多或少像阴道——的抽象画中所洋溢的那种创意和热情抚养子女。纽约上州下雪的冬天，她会踩着越野滑雪板，反戴一顶棒球帽，滑到几个街区之外的公交站接我们。她把我们家的阁楼变成了工作室，在里面举办艺术课，我们盘腿坐在地板上，玩颜料套装。她教我们点画法，给我们看乔治·修拉①的杰作，让我们用蘸了颜料的棉签创作自己的风景画。

每天晚上睡前，她会用法语给我们读寓言和神话。如果我们表现特别好，她还会给我们用杏仁油按摩。"今天我们种点什么？"她会说，然后像犁布满石块的土地一样揉捏我们的背进行"播种"，弄得我们发出尖叫。她有一种讨喜的、黑暗的幽默感，热爱恶作剧，有时候玩笑会开得有点过。有一次，在她最喜欢的节日，4月1日愚人节，她给我和弟弟发了一封电子邮件，告诉我们一个"坏消息"：爸爸丢了工作，所以我们必须立刻从大学辍学，找全职工作。然后她就把这事彻底忘了，去看电影了，让我们愁了好几个小时。这种顽皮和大胆让她的陪伴如此自由和神奇，她很容易接近，不同于那些总是让你意识到自己的不成熟的成年人。离家之后，电话成了连接我们的脐带。我们每天都通话，有时一天打好几次。

我和赫迪的关系是另外一种风格。他对我来说是一个迷。他在法国殖民统治下的，位于突尼斯南部、地中海沿岸绿洲的加贝斯（Gabès）长大。他的父母都不识字。爸爸马哈茂德在市政厅的收发室工作。他很爱孩子，但也很严格，信奉"不打不成才"②的格言。他的妈妈谢里法温柔而无私，脸上有柏柏尔人③文身，留着用散沫花染剂染过的长辫子，用围巾盖住头发。我爸爸开玩笑说他每次从学校回家，谢里法都在生孩子。一家人只能勉强糊口，谢里法的13个孩子只有7个在战后物资匮乏、疫病肆虐的年头

---

① Georges Seurat（1859—1891），法国新印象派代表画家，用细小的笔触表现光影，代表作包括《大碗岛的星期天下午》等。
② 原文为法语"qui aime bien, châtie bien"。
③ Berber，早于阿拉伯人在北非生活的民族，女性脸、手和脚上常有象征婚姻生育状况和所属部落等的文身。

幸存了下来。我爸爸是家中的老二，他不是所有孩子中最刻苦的，却是最聪明和有志向的。从突尼斯大学（University of Tunis）毕业后，他先后去了伦敦和巴黎求学，最终移民美国，并获得了法语文学博士学位。

我崇拜我的教授爸爸——他身着整洁的白色亚麻西装，戴浅顶卷檐软呢帽（fedora）的样子令人瞩目，另外他对语言有着惊人的记忆力。但我也有点怕他。他热爱生活，慷慨而极具个人魅力，但像他的爸爸一样，他容易动怒，脾气总在爆发的边缘。他以他熟知的方式养育我和弟弟亚当——很严厉，似乎表扬会让人变得软弱。他对幼稚滑稽的行为没有耐心。"有趣的人不谈八卦或闲事，他们探讨想法。"一旦我话太多或者让他感到厌烦，他就会对我这么说。

高中时，我终于被认真对待之后，我和爸爸才找到了一些共同语言。我喜欢坐在他办公室的扶手椅上读他的书。他有高高的大书架，上面有数百册古典学、诗歌、小说和文学理论作品。每次遇到不懂的词，我就查阅书架最下面一层的字典，并在日记的最后列出词汇表。在他的指导下，我开始读法语书，发现了波德莱尔、福楼拜、加缪、萨特和法农的作品。尽管小时候住在突尼斯时我会说一点阿拉伯语，但后来几乎全部忘记了，于是我决心重新学习我爸爸的母语。上大学后，受爸爸学术兴趣的影响，我主修近东研究，辅修法语和性别研究。我把我写的每一篇论文都发给爸爸看，他会拿着红笔在上面批改几个小时，给我发修改意见和延伸阅读建议。为了撰写毕业论文，我前往突尼斯收集包括祖母在内的老年妇女的口述历史，我就个人地位法典（Code of Personal Status）——一系列旨在推进男女平等的后殖民时代的进步法律——对她们进行了采访。当我以最高荣誉毕业并获得多个论文奖项时，爸爸对我说："我为你骄傲。"他很少公开表达出他的骄傲。

作为毕业礼物，父母送了我一个红色行李箱，很大，轮子顺滑，是他们在T. J. 麦克斯商场（T. J. Maxx）的折扣货架上买的。次年夏天我找到巴黎的工作时，它派上了用场。我记得父母祝我一路顺风时多么乐观。"你的第一份工作！一定会很棒的！"他们送我到机场时说。他们坚持让我在路边和行李箱一起拍一张临行前的照片，我朝天翻了翻涂着浓重黑色眼影的眼睛，冲他们敷衍地笑了笑，随即冲进了航站楼。我满脑子想的都是未来的事情，几乎忘记转身向他们挥手告别。我们都没想到，七个月之后我就回来了。这一次没有人拍照或聊我未来的计划。

一位机场工作人员帮我领了行李箱，然后把我推到了肯尼迪国际机场的到达大厅。"小姐，你确定一个人在这里没问题吗？"

我点了点头。爸爸果然迟到了，守时不是我们家的强项。

等待时，一个又一个疲惫的旅客从旋转门走出来。近一个小时后，我发现了歪戴着一顶黑色软呢帽的爸爸，他慢慢穿过人群，有着奶牛般长睫毛的深色眼睛在屋里搜寻，寻找女儿的身影。"赫迪，"我喊道，"赫迪，这里！"

我看到他脸上露出震惊的表情，显然他看到了我肿胀的脸颊、发青的嘴唇和消瘦的身体，随后他的表情柔和了起来。"你好，美丽的姑娘。对不起，我在高速上转了一圈。"他说。他一手推轮椅一手拖我的行李箱，把我推到了停车场，我们家的老旧小面包车停在那里。我钻进车里，在后座躺下，我太累了，在回萨拉托加矿泉城的三个半小时车程中几乎什么都没说。

回家的感觉有点奇怪。一切闻起来、看起来、摸起来都是一样的，但是你却不同了，在老地方的衬托下自己的不同被凸显了。车停在我12岁起我们一家居住的房子前时，妈妈正站在前面打理花园。"我的天，"她说，"你为什么不告诉我有这么严重？"

"这是我最近尝试的全新'时髦瘾君子风'。"我回答道。我妈妈——通常我能够相信她疯狂的幽默感——没有笑。

"你还没有看到最糟的，"爸爸说，"苏[①]，给她看你的嘴。"

[①] 作者的名字"苏莱卡"的简写昵称。

我翻开下嘴唇，露出三个新疮时痛得龇牙咧嘴，它们像乳白色的满月，又圆又肿，都是坐飞机时冒出来的。我的父母交换了一个我无法解读的眼神。我拖着脚走进房子，径直上楼来到我的卧室，闻到熟悉的落满灰尘的书的味道，看到墙上钉着的传奇突尼斯歌手阿里·里亚希（Ali Riahi）的泛黄海报，我终于松了一口气，放松了肩膀。我舒展身体躺在床上，很快陷入熟睡。几个小时后，我被妈妈摇瑞士牛铃叫大家下楼吃晚餐的声音吵醒——这是她对故乡的致敬，但也令我和弟弟非常不爽。我塞住耳朵，想要继续睡觉。由于我没有反应，爸爸过来敲我房间的门。

"Labess（怎么了）？"他用突尼斯俚语问道。

"我不饿。"我呻吟道，把枕头拖过来盖在头上。

"我们好几个月没有见到你了，你至少可以和我们坐一会儿。"

"我太累了。"我说。

"你已经睡了好几个小时了。你需要振作一点，起来之后你就会感觉好些的。来吧，我们吃点东西，然后去附近散散步。"

"赫迪，拜托。"

爸爸放弃并离开之后，我一动不动地躺了一会儿，愧疚又怀疑的心情让我无法再次入睡。我知道我的身体出了问题，但有时我仍会怀疑这一切是不是我编造的——我的症状到底是真实的还是想象的。也许我确实需要振作一点。

我下床，来到了楼梯顶部的平台。我艰难地往下走，楼梯仿佛无穷无尽，我的四肢沉重得仿佛灌满了混凝土。走到底时，我一点力气也不剩了，坐在橡木地板上恢复体力。我能听见父母的声音从厨房传来，我竖着耳朵，无法抵抗儿时偷听的本能。

"我让她买了一张两周后回巴黎的机票，但我怀疑她的身体恢复不了，"妈妈说，"最近可能都不行。"

"听到这些症状——口疮、消瘦、经常感染和红细胞计数低，你会想到什么？"爸爸问。

妈妈沉默了。

"艾滋病，"他说，听起来好像思考过这个问题，"我知道检测结果是阴性，但我在网上看到病毒可能要好几个月才会显现出来。你看她和她的朋友们毕业时喝了多少酒？那还是在我们面前。我们不在的时候谁知道她干了什么。她说不定到处乱搞或者吸毒。"

我的脸变得滚烫。一股肾上腺素注入我的胸膛，我跑上楼梯，脉搏加速，颤抖着猛地关上卧室的门。爸爸背着我猜测我的身体状况和品格让我十分愤怒。但我也感到深深羞愧。他并不全错，我离家后的生活确实像他担心的那样。但最令我震惊的是，我总是表现得很强悍的爸爸听起来为我感到害怕。我越来越难以相信我从小就被灌输的那句话：一切都会好起来的。

[第六章]

分水岭

我回家已经一周了。这一周是如何度过的，我的记忆很模糊。我匆匆忙忙地看了很多医生，睡得很多，和威尔打了视频电话。我不情愿地逼自己出门和父母散步。但我忘不了笼罩我家的那种焦虑的安静、空气中弥漫的不安、越来越强烈的恐惧和挫败感。

我在日记中写道：

今天是复活节，但我毁掉了这一天。安娜花了六个小时给我和爸爸准备了一顿丰盛的大餐。我不仅什么也没吃，还一直闷闷不乐地盯着他们看。周三我要做骨髓活检，我很害怕。

"以防万一。"医生建议我做活检时是这么说的。这是一个既痛苦又丢脸的过程，需要我把牛仔裤脱到脚踝处，然后趴在检查床上。医生一边用必妥碘（Betadine）清洁我的后腰，一边解释说盆骨富含骨髓，因此是活检的首选位置。他向我的后腰注射了利多卡因[①]，把针头越戳越深直到碰到

---

① Lidocaine，局部麻醉药。

骨头。尽管我的皮肤是麻木的，可也许还是会疼，他警告道。我咬紧牙关，让他把一根细长的注射器插进骨头，吸出骨髓细胞，我头晕得快速抽动了几下。随后是一根更大的针——10英尺长的闪闪发光的不锈钢针——上面有一个塑料手柄，可以把针钻进骨髓深处。我的骨头年轻而坚固，医生一边说一边把一只脚踩在检查床上，哼哧哼哧地用力钻我的盆骨。他取到一小块固体的骨髓时，我咬着脸颊内侧，尝到了血的味道。检查结束之后，活检的部位被一大块绷带覆盖，我坐着发呆，背部抽痛。医生让我放心，告诉我他认为不会有什么问题，但鉴于我的身体状况在变差，他想要确保万无一失。

一周之后，2011年5月3日，我们的电话答录机上收到一条留言。活检的初步结果出来了，医生让我们尽快去见他。我们到诊所的时候，工作人员和当天的其他病人已经都回家了。诊所已经下班了，办公室的灯光被调暗，一堆堆杂志在豆绿色的墙壁上留下阴影。医生来到候诊室与我们见面，他坐了下来，直截了当地说："我之前就怀疑是这种情况，只是希望不是——现在确认了，你得了一种名叫急性髓系白血病的病。"他缓慢地说出诊断，像教我们一个新单词的外语老师。

我不知道这是什么意思，但我能感觉到情况很糟糕。我把目光从父母伤心欲绝的面容上移开。我一动不动地坐在椅子里，在脑中一遍遍重复这个诊断。白——血——病。白——血——病。白——血——病。这个词（leukemia）听起来好像一种异域花朵的名字，美丽而有剧毒。

"这是一种攻击血液和骨髓的侵袭性癌症，"医生说，白大褂下的肩膀下沉了一点点，"我们要尽快行动。"

22岁就被诊断患有癌症应该有何反应？

痛哭流涕？

晕倒，或者尖叫？

在那一刻，充满我身体的是一种意外而扭曲的感觉：解脱。经历了被多次误诊、令人困惑的几个月之后，我的瘙痒、口疮和崩溃终于有解释了。至少我不是疑病患者，我的症状不是想象出来的。我的疲惫不是我参加了太多派对或者无法适应真实世界的证据，而是具体的、可用语言形容的疾病引发的。

医生此后说的一切——情况危急，我需要立刻开始治疗——都变成了遥远的嗡嗡声。我感觉，他好像居高临下地以诊断为手术刀，把我切成了两半：一半在巴黎的唐璜酒吧喝龙舌兰酒，和马里亚奇①歌手跳舞，引来朋友们的口哨和欢呼；另一半在无菌的医院房间里，在访客离开之后夜夜哭泣。

诊断是一旦越过就再也无法回头的分水岭：将我的人生分割成截然不同的前后两部分。

---

① Mariachi，一种墨西哥传统音乐。

[第七章]

余波

我们一家人都不习惯在别人面前哭。当晚我们到家之后,妈妈进她的工作室关上了门;我把自己锁在卧室里,像婴儿一样蜷缩起来,用被子蒙住头;爸爸去我家附近的树林里走了很久,好几个小时之后才带着充血的眼睛回来。我上大三的弟弟亚当正在阿根廷留学,我们决定在对治疗有更多了解之前,暂时不告诉他我得病的消息。至于我的朋友,他们不知道我身体不好,不知道我回美国了,还在我的脸书(Facebook)留言墙上发帖,问能不能到巴黎找我。

我躺在床上,有一种想要分享这个坏消息的冲动。我想如果说出来,它会更有真实感。我拿起电话,打给我的朋友杰克,他是我大一最早认识的人之一,在我眼中是最亲近的朋友之一。在想好如何告诉威尔之前,我想练习一下,我相信杰克会理解的——但我没想到他那么快就结束了通话。他向我道歉,告诉我他希望可以多聊一会儿,但他有事。他承诺当天晚些时候给我回电话,但没有。他一连好几周都没有和我联系。这是我第一次知道癌症会让你周围的人感到不适,当人们不知道说什么好的时候,他们就会选择沉默。

在失去所剩不多的勇气之前，我拨通了威尔的电话。我们还在交往的初期，我期待他作何反应呢？抛弃一切再次搬家——来这里，来萨拉托加矿泉城，和从未谋面的我父母一起生活？电话被他接起之前，我大口大口地深呼吸做着心理准备。"活检结果出来了。我得了一种叫急性髓系白血病的病，"我对他说，嗓音嘶哑，"我不知道未来会发生什么。我知道你没想过会经历这些。"

我接着稍微解释了一下医生对我的诊断，告诉他我近期不能回巴黎了。在可预见的未来，在我入院开始化疗之前，我会住在我长大的这间卧室。一秒钟过去了，也许是两秒，那沉默似乎是永恒的，我听到了脚步声，还有某个柜门砰地关上的声音。现在是巴黎清晨，我想象着他在我们的公寓里踱步，顶着刚起床的乱发，手上拿着一杯咖啡。"我坐最近的航班去纽约，"他说，"我已经在去机场的路上了。"到这时我才哭了出来。

癌症是很好的谈资。24 小时之内，我确诊癌症的消息就像在灌木丛中蔓延的火焰一样传遍了整个小镇。我家电话答录机上的红灯闪烁着：留言已满。有邻居留言问消息是不是真的，如果是，有没有他们能帮忙的地方。另一条留言来自一位十年未见的朋友，说要来看我们。我爸爸的一位同事告诉我们她会送一锅辣椒肉酱给我们晚餐吃。还有一条留言是后来被我们一家称为"癌症神棍"的人打来确认被我们全体忘掉的预约。

我们是在确诊的前几天预约的，妈妈在瑜伽课上认识的一个熟人说这人擅长对付疑难杂症。"也许他可以给你一些让你感觉好些的保健品。"妈妈说。听起来有道理。我和弟弟童年时，她告诉我们快餐、汽水和加了很多糖的早餐麦片都有毒。我们总是首先求助健康食品商店、针灸师、中医师和顺势疗法①医生——万不得已时才去普通医生的办公室。小时候，我妈妈对健康的执着令我感到尴尬。（万圣节时，她是整个街区唯一分发带壳

---

① Homeopathy，为治疗某种疾病，服用小剂量的能够让健康人产生与该疾病类似症状的药剂的疗法。

花生、苹果和 2 号铅笔——而不是糖果——的女士。)但随着时间的推移，我潜移默化地接受了她对替代疗法和所有有机产品的执着。

几个小时后，我坐在妈妈的副驾驶座上，看着充满童年回忆的地标在窗外滑过——萨拉托加矿泉城的主干道，我少年时曾在这里为了赚皱巴巴的一美元纸币卖艺；我经历初吻的旧书店；我的小学，离开幼儿园进入这所学校时我一个英文单词都不会说。我们沿着两车道的乡村道路继续行驶，45 分钟后，来到了一个陌生小镇郊野中的拖车公园。我们在一幢两室活动房屋前停车，下车敲门，门口的草地上放满了草坪装饰物。

一个黄头发、大肚腩挂在蓝色牛仔裤上的男人打开了门。我妈妈立刻把我确诊的消息告诉了他。我还没来得及脱掉夹克，他就用一只胖手抓住我的胳膊，靠过来，凑得很近，潮湿的冷气呼到了我的脸颊。"开始之前，有一点我要跟你说清楚，"他看着我的瞳孔深处说，"如果你选择进行任何传统的化疗，你就会死。"

癌症神棍解释说他会用一种肌肉测试技术查清我的身体怎么了。具体来说，就是把几滴鲜花提取物滴在我的舌头上，然后评估我身体反馈的力量。在接下来的一小时中，我像稻草人一样站在拖车的客厅里，和妈妈交换困惑的眼神，与此同时，癌症神棍下压我伸出的手臂，摆弄数百个小玻璃瓶，在一张纸上记笔记。

"你可以坐下了。"他终于说。我筋疲力尽地一屁股坐进沙发，坐在妈妈身边，我俩都迫切地希望这次见面赶紧结束。但他才刚刚进入状态。"有好消息也有坏消息，"他对妈妈说，"坏消息是你女儿确实得了白血病。"他郑重地说，好像之前这不是板上钉钉的事，"好消息是我可以治好她。"

癌症神棍开始布道，说到重点时手舞足蹈，就像吸了可卡因的电视福音布道者。在接下来的一个半小时中，他给我们一个接一个地讲那些没有采纳他的建议，去医院接受治疗的癌症病人的故事。"他们再也没从医院出来！"他用雷鸣般的声音吼道，"他们因为化疗备受折磨地死去！你也想这样吗？嗯？"

我希望我们能打断他——告诉他那些鲜花提取物的适当去处。但对死亡的恐惧会扰乱你的理智，让人口笨舌僵。癌症神棍继续向我们鼓吹他的理论时，我们躲在沙发上脏兮兮的佩斯利图案①靠垫后面。直到他把我领到拖车前的小厨房里，不洗手就要给我抽血时，妈妈才一拳捶向桌面，用颤抖的声音说："我想我们应该走了。"我们穿上外套，准备离开，但走之前他强迫我们买了价值200美元的维生素补充剂和好几加仑②的芦荟汁。

开车回家的路上，我们处于震惊而沉默的状态。"我不敢相信我竟然让你经历了这一切，"她说，"我感觉自己是世界上最糟糕的妈妈。对不起，真的对不起——"

后来，我会把这件事——以及抗癌的超现实旅程中的很多事——视为黑暗而搞笑的回忆。但当时，我感到一种沉重的罪恶感。仅仅过了48小时，我的确诊就已经让我们的生活天翻地覆，穿过一扇活板门，把我们拉到这个奇怪、令人困惑的世界。

我打断了妈妈。"是我的错。是我让大家卷进这些乱七八糟的事。"

回到家，在安全的卧室里，我全面开启了调查记者模式。在网上调查了20分钟后，我发现癌症神棍并非他自称的人体运动学家，而是一名兽医。10年前，他因在错误的物种——人类——身上无证行医及进行牙科治疗而受到71项指控。在这些指控之前，1995年的调查显示他曾无证行医，建议一名病人每天喝3加仑水并服用100种营养补充剂，导致该人入院。

此后，我立志尽可能多地了解我的疾病：埋头阅读研究期刊，列出要采访的专家名单，在互联网的每一个角落搜寻信息。我需要找到一种方法控制发生在我身上的事情，我认定，越了解我的疾病，我的生存机会就越大。知识就是力量，不是吗？但随着我对自己所患疾病的了解，我丝毫没有感到更有力量。我找到的数据让我胆战心惊。在我这种类型的白血病患

---

① Paisley，一种羽状图案。
② 1加仑约等于3.79升。

者中，只有四分之一在确诊后五年内存活。我不知道父母知不知道这一点，我祈祷他们不知道。

确诊 48 小时之后，我隔着卧室的窗帘看到一辆车停在门口，轮胎在碎石车道上碾过。威尔到了，刚下从巴黎飞来的飞机。他在车道上停了一下，看着街边种着郁郁葱葱的树木，拥有绿色百叶窗的白色维多利亚式屋子——两侧是我妈妈每天下午打理的丁香花丛、水仙花和荷包牡丹。一时间，我不知道什么让我更紧张：是威尔第一次和我父母见面，还是我几天后开始的化疗。以前，爸爸总是对我的男友非常严厉——尽管可能更准确的说法是他基本拒绝承认他们的存在，但这一次他的态度明显不同。见到威尔时，爸爸和他握手并一直感谢他能过来。"你来了我非常高兴。"爸爸说。

有史以来第一次，我父母没有在书房给来过夜的男孩铺床垫。我想相较于做样子，我们都有更严重的问题需要担心。那天晚上，我和威尔上床睡觉时，天气又湿又热，空气像一张毯子压在我们身上。我们脱掉衣服在我粉色墙壁、贴着海报的童年卧室里做爱，小心翼翼地不吵醒就在隔壁房间的父母。之后，威尔哭了。"今后会发生很多糟糕的事情，"他说，"我们要把我们的关系放进一个盒子里，不惜一切保护它。"

[第八章]

残次品

最早教我弹音阶,并让我从幼儿园就开始上课的是我妈妈,一名有才华的古典钢琴家,但直到四年级我才选择自己喜欢的乐器。湖滨大道小学的音乐老师麦克纳马拉小姐站在班级前面,教室前面摆放着十几种弦乐器。"上来选你们的乐器。"她向我们发出邀请。

我这才知道我们可以选择自己学习的乐器。小提琴和大提琴最受欢迎,但我对被放在最后、靠在黑板上的巨大木制物品十分好奇。低音提琴。它比我高——也比班上最高的男生理查德·萨克斯顿高——而且,我的老师告诉我,我是她印象中唯一对演奏低音提琴感兴趣的女孩。这种乐器巨大的体积、匀称的木制躯干和顶端向上卷曲的修长脖颈对我有一种奇怪的吸引力。我拨了拨它像毛毛虫一样粗的弦,f形的洞里传出低沉、悦耳的音符。因为我的名字很难念,父母又都是移民,我总觉得自己在学校里格格不入,低音提琴给我一种管弦乐团中的局外人的感觉。当晚,我把它带回家并给它起名"查理·布朗"。我要成为一名低音提琴演奏者。"好的,"妈妈说,"只要你保证不落下钢琴课。"

16岁时,我得到了在纽约市参加茱莉亚音乐学院(The Juilliard School)

预科课程的奖学金。此后两年，每周六我早晨 4 点起床，爸爸开 45 分钟的车把我送到奥尔巴尼，让我赶去纽约的火车——乘美国铁路公司的列车（Amtrak）需要 3 个小时——我常常差一点就要赶不上 9 点的音乐理论课。一天漫长的管弦乐队排练、大师课和面试后，我拖着我的低音提琴坐 M66 公交车，穿过城市来到上东区，当晚和我的朋友卡罗琳和她的家人住在一起，第二天早晨再乘火车回家。无论我去哪儿，我都带着我的低音提琴。它引人注目，有时还会让陌生男人向我提供我并不需要的帮助。带着它乘地铁、公交车，在曼哈顿的人行道上走很辛苦——尤其是对一个坚持穿不好走路的鞋的少女来说——但也很有意义，当我到演奏的地点时，感觉就好像已经热身了一样。

六年之后，在确诊患癌后，我又开始花四个小时乘车去纽约市，和少年时一样，住在同一个朋友家。但是现在，我是去见我的新医疗团队。萨拉托加矿泉城的医生说我的白血病较为严重，无法在本地治疗，需要转诊到曼哈顿的癌症中心。

卡罗琳的爸爸曾两次罹患癌症并幸存，一听到我患病的消息，他就立刻打电话给我父母，为我们提供帮助。他为我们引见了纽约最著名的肿瘤科医生，并慷慨地坚持只要我们需要，就可以住在他的公寓里。我很快就意识到，这一切都是非同一般的特权。面对不断升高的医疗费用，如果没有爸爸的保险，没有我做律师助理工作附带的伤残津贴，没有朋友为我们提供住处和人脉，我们一家将面临经济崩溃，我则必死无疑。

西奈山医院肿瘤科病房中的一切都是婴儿食物般的米色：地毯、墙壁和人造皮椅都是米色的。候诊室里挤满了病人，很多人没有头发，有的坐轮椅，有的在助行器的帮助下蹒跚行走。我父母和威尔陪我来首次看诊，我们坐下时，我不禁注意到我是房间里最年轻的病人，比其他人都要小几十岁。接待台边上有一个冰柜提供免费的冰激凌，很周到，我吃了一个草莓冰棒。冰棒麻痹了令我备受折磨的口疮。候诊室的角落有一台电视，正在静音播放节目。在屏幕上我注意到一张熟悉的面孔，一个丰满的金发女郎，她正在演示如何制作装饰着小薄荷枝的西瓜和羊奶酪沙拉。我认出了她。她在大学时比我高一年级，现在显然在主持日间电视的烹饪节目。哦，她似乎还怀孕了——围裙下有圆形的隆起。我难以置信地想，我的同龄人在外面开创事业、生孩子、环游世界，取得成年后的种种成就，而我在这里，在这个致郁的房间里，这一切真是太奇怪了。

等了两个小时之后，我们被带进了一个消过毒的房间，一个身着白大褂系蓝色丝绸宽领带的老先生向我们打招呼。"我是霍兰医生。"他说，露出了灿烂温暖的微笑。他拥有梳得很整齐的白发，茂密的眉毛和突出的鼻子。尽管脊背因年老而弯曲，但他气质威严。"第一条规定：不要和任何人握手。"他严厉地说，不理睬我伸出的手，"低血细胞计数导致你极易被细菌感染，从现在起你必须特别小心。"

霍兰医生是西奈山医院的肿瘤科主任。他被认为是化疗的奠基人，曾帮助无数癌症病人开创拯救生命的治疗方法。20世纪50年代，他从医学院毕业时，白血病仍被视为不治之症。他和合作伙伴因为尝试同时而不是依次用几种化疗药物治疗这种不治之症而被称为"研究牛仔"。霍兰医生主持的控制白血病的临床试验被证明是成功的，此后他开创的方法成了标准疗法。现在，尽管已经近90岁，他仍旧每周工作五天，给病人看病并进行研究。他用被巨大金属框架眼镜放大的眼睛打量我和我的亲友团，明察秋毫。"你们一定是父母，"他说，"那你是？"他转向威尔问道。

"男朋友。"威尔回答道。

"很好。很高兴你们都来了，"霍兰医生说道，"苏莱卡会需要你们的支持，大力支持。你们也要照顾好自己，这样才能成为她的坚强后盾。"

在接下来的半小时中，霍兰医生向我们说明了此后的流程，我妈妈认真地记了笔记。我明天或后天入院，将会住院三周左右，接受一个激进疗程的化疗，目标是消除尽可能多的白血病细胞——用医学术语说叫"原始细胞"（blast cell）——这些巨大的、不成熟的、迅速繁殖的怪物标志着我的骨髓中存在癌症。被称为"七加三"的化疗方案包含两种强效静脉注射药阿糖胞苷（cytarabin）和柔红霉素（daunorubicin），我将用药七天。这些新术语令我一时间难以招架，但愿自己高中科学课听得更认真一些。"如果一切顺利，你很快就可以回家休息，享受剩余的夏日。"他乐观地说，同时注意不做任何承诺。

霍兰医生让我上检查床。他检查了我的嘴，看到口疮时，弹了弹我的舌头，并记下要给我开更强效的止痛药。他听了我的心和肺，对我深陷的腹部进行了触诊。检查进行到一半时，我们被两名医生打断了，一个留着灰色小胡子的中年男医生和一个戴着长长的翡翠耳坠的年轻女医生进来了。"不好意思打断一下，"其中一个医生说，"她活检的剩余结果出来了，我们需要你马上看一下。"医生们快步离开了房间，只剩下我们无言地坐着，交换担忧的眼神。

几分钟后他们回来时，霍兰医生的嘴抿成了一条严肃的直线。他解释进一步的测试结果显示，我的白血病远比任何人预测的要复杂。我有一种名为骨髓增生异常综合征（myelodysplastic syndrome），也叫白血病前期（pre-leukemia）的罕见骨髓疾病，之前未被诊断出来。这种病我可能已经得了很长时间，这解释了我过去一年陆续经历的症状——瘙痒、疲惫、贫血、气短和反复感冒，之后我的病情进一步恶化，变成了不折不扣的白血病。骨髓增生异常综合征常见于60岁以上的病人，霍兰医生解释道，没有明确的病因，但和接触苯、杀虫剂和铅之类的重金属等有毒化学品有关。

"你还是婴儿的时候，我曾经带你去我的工作室，把你用背带绑在我胸前画画，"妈妈一脸愧疚地说，"有没有可能是接触颜料的毒气引起的？"

"这不是任何人的错，"霍兰医生温柔地说，"有时候这种事情就是发生了，我们不知道为什么。一定不能责怪自己。"

在这之前，我对骨髓的了解仅限于法国料理牛肉配骨髓（boeuf à la moelle）——一道有时候会配烤法棍的华丽菜式。霍兰医生解释，骨髓是位于身体核心的器官，是几乎每块骨头内部都有的活的海绵状组织。在健康人体内，骨髓负责产生所有的血细胞：抵抗感染的白细胞，提供氧气的红细胞和止血的血小板。在患有骨髓增生异常综合征的人体内，这一过程被扰乱了，血细胞无法正常发育，而是在骨髓或刚刚进入血液时就死去了。哪怕进行大量的化疗，我最终还是会进入一种名为"骨髓功能衰竭"的状态。其他提到的，我当时还不明白的不祥术语还包括"染色体倍性异常""7号染色体缺失"和"预后不佳"。

这一切意味着，化疗之外，我最终需要骨髓移植。霍兰医生解释说，这是一个危险、复杂的手术，死亡率很高，但这是我寻求治愈的唯一机会。只有化疗将我骨髓中的白血病原始细胞的比例降到5%以下，我才有资格进行移植——而且，当然还要找到合适的捐赠者。没有捐赠者，治愈的概率变得不确定，甚至彻底无望。对于在骨髓库中未被充分代表的少数族裔来说，配型成功格外困难。作为具有混合种族背景的第一代美国人，我的情况颇为危急。在全球匆忙搜寻与瑞士-突尼斯混血的我匹配的骨髓会耗费更长的时间。当时仍在阿根廷留学的弟弟是我最大的希望。他需要离开学校，立刻飞回美国来接受检测，但霍兰医生不忘用现实降低我们的期待值。亲兄弟姐妹是匹配成功概率最高的，但一般也只有25%。我本以为确诊意味着结束几个月的不确定状态。我错了。对于我这样的情况，医学更像艺术，而非科学。

霍兰医生叹了口气，一下子看起来非常疲倦。"我们要走一条漫长艰难的道路。白血病是适合年轻医生治的疾病，我无法一个人负责你的治疗。我安排纳瓦达医生和西尔弗曼医生加入，"他指了指身边的同事说，"我们将团队合作，确保你得到最好的治疗，我们承诺尽一切所能助你渡过难关。"

那天晚上晚些时候，我躺在黑暗中，无法入睡。那是凌晨3点，威尔在我身边轻轻打鼾。我打开我的笔记本电脑，开始阅读关于骨髓移植的过程和计划于几天后开始的化疗资料。在一连串的副作用——呕吐、脱发、心脏损伤和器官衰竭之外,我看到了比所有坏消息都令我更加不安的东西:能够拯救我生命的癌症治疗很可能导致我不能生育。确诊以来,我感到过解脱、震惊、困惑和恐惧。现在,我感到了一种被剥夺感。

癌症是急病,肿瘤科医生是应急第一响应人:他们受到的训练是治疗癌症,其余一切都必须退居其次。但制订治疗方案时,我的医疗团队中没有任何人提到不育是潜在的副作用之一。直到第二天我看病时问到不孕的问题,我的肿瘤科医生才告诉我现有的选择:我可以接受保留生育能力的治疗,冷冻我的卵子或胚胎。这取决于我的月经周期,可能需要几个星期的时间,因此我必须推迟化疗,而他们强烈不建议我这么做。但最终选择权属于我。

尽管我很感激他们的支持,但在如此重要的事情上缺乏沟通让我感觉医患关系的信任一开始就被破坏了。大多数患我这种白血病的病人早就过了生育年龄。我的医疗团队专注于拯救我的生命,他们似乎完全没有考虑过要保留我未来成为妈妈的能力。这让我第一次意识到无论我的医生多么优秀和有同情心,我都要把握主动权,保护自己。

22岁的我对成为妈妈最深入的思考是在准备好之前要避孕。我记得自己坐在大学宿舍里,看到验孕棒上是一条线时如释重负的感觉。然而现在,想到我可能永远也无法有自己的孩子,我的喉咙因为悲伤而紧缩。我曾经偷偷地想,如果过几年我真的怀孕了,情况可能会和我妈妈一样:自然地意外怀孕,然后欢迎惊喜的到来。这再也不可能实现了。

和肿瘤科医生见面后,我和家人及威尔一起去附近的餐厅吃午餐。无论看哪里,人行道上似乎全是孕妇、用婴儿车推着新生儿的年轻妈妈和穿着校服唱着歌一蹦一跳地走在放学路上的孩子。看着他们,我感到一种渴望,我体内某种原生的本能被唤醒了。虽然我仍不确定我是否想要孩子,但这一刻我知道,我想尽可能为未来的自己保留这个选项。

我们家的面包车停在 59 街和约克大道（York Avenue）的路口。威尔一边用酒精擦拭我的腹部，一边把针头拿稳。我父母在前排静静地看着这个他们刚认识两周出头的年轻人。注射器里装的是促性腺激素，一种刺激卵巢排卵的激素。生育诊所的一名护士用一块肉色的垫子教会了我们如何进行注射。因为我害怕针头，在过去的 10 天里，威尔和妈妈每天早晚都会帮我打针，捏住我腹部的皮肤，向里面注射一小瓶药物。此刻，我们已经快从萨拉托加矿泉城开到纽约，轮到威尔给我打针了。

车流一动不动，这是我最后一次去生育诊所，我们已经迟到了。气氛很紧张。生育治疗一结束，我就要住院开始化疗，好几周都不能回家。前一天晚上，我坐在家里后院的桌前，爸爸在烤架上用加了哈里萨辣椒酱（harissa）的辛辣酱料烤鱿鱼，这是他小时候最喜欢的菜。妈妈点了蜡烛，威尔帮忙摆餐具。我应该好好珍惜我最后自由的日子，但生育治疗的药物让我烦躁。它们让我情绪失常并严重水肿，牛仔裤的腰紧紧地勒着我淤血的肚子。我看向餐桌另一侧的威尔。我们在一起才六个月，但现在我们在和父母讨论冷冻胚胎和冷冻卵子的利弊。用任何客观标准评判，这都是非常尴尬的话题。

"我是冒着生命危险在推迟化疗，"我说，"我下定决心要保留生育能力，所以我认为我应该选胚胎，因为成功率更高。"

"但要制造胚胎，你需要……精子。"我妈妈说道，这个词被她用瑞士口音念出来听起来有些奇怪。

"我在想我可以从精子银行找一个捐赠者。"

"真的吗？"她问，"你不会知道捐赠者是谁，他是什么样的人，他来自什么地方，他的家族病史会不会……"

"现在我才是残次品。"我不耐烦地说道。这话比我想象的刺耳，妈妈看起来就要哭了。爸爸盯着鱿鱼，对话早已突破了他的舒适区。

威尔转向我说："我可以做你的精子捐献者。我知道这对你有多重要，不过，当然，由你决定。"

在这一刻，我深爱着他，过去我甚至不知道我可以这样深爱一个人。我爱他在我生命中最糟糕的一周出现；爱他立即和我的父母相处融洽，尽管是困境把我们聚在一起，但他总是想方设法把我们都逗笑；爱他愿意与我深入探讨难以启齿的话题——卵子、精子、胚胎、我未来的孩子，或我们未来的孩子，以及他们如何来到这个世界；还爱他还有足够多的勇气在我爸爸面前讨论这一切，而不是逃之夭夭。

在生育诊所里，墙上除了一张写着"禁止儿童入内"的告示外空无一物。几位女士，有的独自一人，有的和伴侣在一起，坐在舒适的椅子上，等穿白大褂的女士叫名字。我猜大部分的女性为了来这里进行治疗支付了全额费用。保留生育能力治疗的费用高达2.5万美元，而且往往不在保险范围内。在我的个案中，我的医疗团队帮我申请到了一个名为"孕育希望"（Fertile Hopes）的组织的拨款。

在大多数的医生办公室，你很难知道旁边的人为何而来，但这里的人来诊所的原因都是一样的。房间的气氛很紧张。没有人交谈，但所有人似乎都在相互打量。大多数女性看起来都是30多岁，有些可能40岁以上。根据她们的穿着，我猜她们结束之后还要回去上班。我坐在那里，身边是我的家人和男朋友，身着写着2010届的大学帽衫，感觉自己非常格格不入。

一位护士把我叫进检查室。她为我抽血测试雌激素水平，然后给了我一杯苹果汁。接着我脱掉衣服，穿上一件棉质罩袍。我坐在检查床上，把脚放上金属脚蹬时，身下的纸质垫单皱了起来。生殖科医生是一个染着黑发的男人，他把一个大安全套套在经阴道超声的探头上。听到润滑剂被挤到探头顶端的吧唧声时，我有些畏缩，探头从我腿间进入身体时，我闭上了眼睛。医生打开了监视器，在我的卵巢里寻找，直到我的卵泡——用于形成成熟卵子的充满液体的囊——出现，它们看起来像蜂巢。"恭喜你，看起来可以取卵了。"医生说道，冲屏幕点了点头，"你决定好要制作胚胎还是只冻卵了吗？"

"目前我考虑胚胎，"我说道，"我的男友威尔提出做我的精子捐赠者。"

"好的，"医生平静地回答道，"这样的话，今天走之前你们俩最好见一下社工，把必要的表格填好。"我的卵子，或"试管宝宝"——我和威尔最近开始这样称呼它们——会于次日通过手术被提取。我会接受麻醉，医生向我保证，手术很快，基本不痛，不会超过半小时。然后，这些卵子将会在培养皿中受精，形成胚胎并储存在冷库中。

几分钟之后，社工把威尔和我叫到她的办公室。她严肃地告诫我们慎重选择胚胎，并列举了后续可能发生的法律和情感问题：我们最近才开始约会，怎么可以计划一起生孩子？如果我们分手怎么办？如果我没能幸存怎么办——那时谁拥有这些胚胎？我试图反驳时，脑子一片空白。威尔安静地坐着，微微低着头，盯着他的鞋。我已经拖到了最后一刻。现在医生回来了，在等我的答案，但我满脑子都是问题：我怎么能在这么短的时间内做这样的决定？我怎么能在我们共赴未来的希望，和一切毫无保证的不容否认的事实之间做出选择？在初坠爱河的沉醉和冷冰冰的严密逻辑之间下定决心？时间一分一秒地过去了，最终我不得不给出答案。我颇不情愿地告诉医生只冷冻卵子。

做这个决定的时机，和我最近经历的所有事情一样，错乱失序，令人绝望。但这就是我要面对的新现实。据我所知，候诊室里的其他女性没有得癌症，但我和她们都有某种相似之处。我的乳房和她们的一样因为激素注射又软又肿。我们的身体在给我们发送准备怀孕的信号，但我们都不确定这一切会不会发生。尽管我近期没有生孩子的计划，但我感觉保留生育孩子的能力是充满不确定性的未来里我唯一的生命线。

[第九章]

泡泡里的女孩

这是曼哈顿上东区一个完美的春日清晨，天空是清新的亮蓝色。我们把面包车停好，路过第五大道上一个又一个穿制服的门厅使者，走路去西奈山医院。我看到纸巾般的薄云飘浮在头顶。中央公园那么色彩斑斓——绿意盎然的新叶，杜鹃花丛中的紫红色花枝，从地里钻出的浅黄色郁金香……我睁大眼睛，努力吸收这一切，试图铭记阳光照在头发上、春风拂过后颈的感觉。

走到医院大门的楼梯时，我父母停下脚步，给了我一根银项链和一个绿松石吊坠。"治疗过程中每到一个里程碑，我就给你一个新的吊坠。"妈妈说，她的嘴在笑，但她的眼睛因为一种我没见过的悲伤而朦胧。威尔也准备了礼物，他递给我一本紫色的魔力斯奇那（Moleskine）笔记本。在内页的"如丢失，请归还至"下面，他写下了我的童年乳名"苏苏"和"如归还，将获得100万美元奖金"。我们打开玻璃门走进医院，我最后深吸了一口新鲜空气，把它尽可能长时间地存在肺里，我知道我有很长一段时间没法再到户外来了。

我被带到楼上的肿瘤科病房，被安排进了一间乏味的病房，里面有两张病床。两张床都是空的,所以我选了靠窗的那张。我像运动员把退休球衣挂起来一样,把我最喜欢的夏日连衣裙挂在衣柜里,换上露背的医院罩袍。我的右手手腕上系着一个电子手环,这是一项预防措施,有些摄入了大量止痛药或迷失在失忆浓雾中的病人会游荡到医院外面。我签了数不清的表格,其中有一张表格指定了妈妈作为我的医疗代理人。我还填写了一份事前指示①。然后,我被推进了手术室,一根导管被植入我的胸部,建立起一条中心线②,通过它来输入化疗药和静脉注射液。

在手术恢复室醒来之后,我低头去看我染血的胸口。我看到一根导管从锁骨下面的伤口伸出来,上面有三个悬垂的腔体,像某种可恶的海洋生物的触角。这被改变的身体的样子令我震惊。靠着轮床的栏杆,我俯身吐了起来。在这之前,除了口疮,我的病几乎是不可见的。我开始隐约意识到我过去的生活方式已经破碎——曾经的我已不复存在。我被永久性地改变了。就连我的名字都变了,或许只是个无心的错误,被推回肿瘤科病房时,我发现我病房外的标牌写着"S. JAQUAD"——原本应该是"O"的地方被写成了"Q"。我正在进入新的领域,每走一步都是在向以前的我告别。

两名护士拿着装在静脉输液袋里的止吐药和化疗药走进我的病房,下周这些药物将会被输进我的静脉。年轻一点的护士自我介绍说她叫尤妮克。她看起来和我年纪差不多大,她乌黑油亮、拉直过的头发向后扎成一个实用的发髻。我像一个即将被毒害的人那样怀疑地打量着她。"小心那个小家伙,"尤妮克警告道,她指了指两个袋子中较小的那个,那里面装的是一种颜色像水果宾治③的化疗药,"有人叫它红恶魔,因为副作用可能很严重。有任何需要都可以按呼叫按钮。"

---

① advance directive,一份有法律效应的文件,签字人可写明他们对未来医疗护理、临终照顾等问题的意愿、选择或指示,及/或指定替代决定人。
② 指植入静脉的导管。
③ fruit punch,用水、果汁、香料及葡萄酒或其他酒类勾兑成的冷或热的饮料。

威尔和我父母坐在折叠椅上，陪着我直到窗外的太阳从炙热的白色变成昏暗的橙色。我用愚蠢的笑话和不过大脑的闲聊来填补沉默。我从家里带了我的拖鞋和我最喜欢的毛绒动物玩具，还有我计划住院时读的一堆书。"我觉得自己像第一天搬进大学宿舍，"我充满热情地说，拿起托尔斯泰的《战争与和平》翻了翻，"我要看一直想看的书，说不定我还能在这里写点东西。"

我是认真的——我真的想要前进，想要做点事情。确诊之后，我进入了一种奇怪的振奋状态，肾上腺素和恐惧充斥着我的身体，一种绝望的乐观在我的血管中流淌。那在我的血液和骨髓中肆虐的致命疾病，这间简陋病房的悲伤气氛和眼前令人恐惧的化疗副作用——我相信我不会被这一切打垮。或许这段经历会让我更加坚强。谁知道呢？我说不定会变成那种创立研究基金会或者跑超级马拉松[①]的癌症病人。但我最渴望的是减轻父母和威尔愁云满面的担忧——让他们相信我会没事的。我喋喋不休时，他们勉强地露出笑容，低声说了些鼓励的话。

然后天完全黑了。"回家休息吧。"我对他们说，他们住在几个街区外一位世交的公寓里。他们看起来筋疲力尽，但不愿离开。我坚持让他们走，他们才开始起身。"你确定你一个人在这里没问题？"妈妈问道，在门口停下了脚步。"我很好。"我兴高采烈地说，挥手与他们告别。

他们离开后，我戴了一整天的勇敢面具才开始起皱、破碎。

肿瘤科病房可能是世界上最嘈杂的地方。这里没有流畅的旋律，只有无休无止的喧哗声。白天，病房是持续不断的医疗呼叫与响应的循环：护士们互相呼喊，病人大声呼叫——要吗啡，护士匆匆寻找医生，访客着急地寻找护士。但是一定程度上，这些噪音——无论多么烦人——却能分散人的注意力，证明医院这台"机器"在正常运转。最令人恐惧的是天黑后

[①] ultramarathon，赛程比标准马拉松更长的马拉松。

的安静时间，那无言而苦痛的空洞的声音。

睡前尤妮克给了我一颗安必恩①。几分钟之内我就陷入了沉睡，并被拖入了一个比夜晚更黑的洞，我梦到了之前和我用同一个枕头的病人，他们的脸在我脑中闪过。凌晨两点左右，我昏昏沉沉、六神无主地醒来，呻吟的声音把我从噩梦中吵醒。一开始，我以为自己产生了幻觉，但打开灯之后，我发现我多了一个室友，一个夜里来到病房的 70 多岁的老太太。她双眼紧闭，干裂的嘴唇因痛苦而扭曲，短促而快节奏地喘息着。她呻吟了一声，在药物引起的恍惚状态中翻了个身。我把灯关掉，拉上了我们的床之间的绿色薄窗帘，我不想再看了。我闭上眼睛，想要寻找我当天早些时候的力量和乐观。但我心里只有恐惧。

我尽可能小声地拿起手机，给威尔打了电话。"怎么了？"他问道，他的声音充满睡意。我想说话但却发不出任何声音。"我马上就打车过去。"他说。

半小时后，他修长的侧影出现在走道里。他踮着脚走过我的室友来到我这边，然后挤上病床躺在我身边，他的长腿伸出了病床的边缘。"NBA 球员得了癌症怎么办？要定制加长病床吗？"我小声说。"好问题，"威尔回答道，"还好病人是你。"我向上挪到病床的顶端，我们彼此贴着额头躺着。我在威尔怀里放松下来，闻着他身上温暖的肥皂味，他就像刚从烘干机里拿出来的一堆衣服。

第二天早晨醒来时，我的室友精神好多了。"你好啊，公园大道（Park Avenue）！"我走向位于她那侧的公用洗手间时，她向我打招呼。这是我清晨第五次去洗手间——取卵手术造成了疼痛的尿路感染。

"你好，"我说，靠着我的输液架，"我是苏莱卡，很高兴认识你。"

"我叫埃丝特尔，"她回答道，在病床上挥手，"很高兴认识你。"

---

① Ambien，一种安眠药。

"你为什么叫我公园大道啊?"

"因为你的发型很高级。"

我不好意思地用手摸了摸头发,我刚把头发剪成了长度到脸颊的波波头。住院几天前,我请一位理发师剪掉了我的及腰长发,最终化疗会夺走我的头发,所以我先发制人。"我以前是留长发的,"我向埃丝特尔解释道,"我想过来这之前剃光头,但我妈说她还没有做好准备,所以我妥协了。"理发师让我把剪掉的头发带回家,一条长长的红褐色的辫子,我让我妈妈把它捐给了"一缕关爱"[①]。但几个月以后,我在妈妈工作室收藏的一个小木质珠宝盒里发现了它。

"你看起来非常漂亮,如果你不介意的话,我还是要叫你公园大道,"埃丝特尔说道,"化疗让我晕乎乎的,我想我肯定记不住你的其他名字。"

我笑着点头。"你为什么来这里?"我想问她得了哪种癌症,但我不确定病人之间的礼仪规则是怎样的。

"肝癌,四期。你呢?你这么年轻的女孩不应该在这里,你应该在外面和你的男朋友在一起。呵,别以为我没听见你俩昨天的动静!"

我脸红了。"白血病,第几期……我还不知道。我还没有问过医生。"

"手术?放疗?化疗?"埃丝特尔问道,好像我们在讨论意大利汽水的口味。

"化疗,第一轮。他们说我要在这里待三周左右。"

"哦,那时间很长了。最好趁还能动的时候在医院里走走,活动活动身体。"

依照埃丝特尔的建议,我养成了只要有精力就抓紧时间去外面探索的习惯。我把输液架当作临时滑板,在癌症病房里到处转悠,和医生及其他病人聊天。没过几天,我就交了好几个朋友。"肿瘤科的年轻女王。"威尔

[①] Locks of Love,用捐赠的头发为经济困难的脱发儿童提供高质量假发的慈善组织。

打趣地为我加冕。我比儿科病房最大的病人大了一岁，又比成人肿瘤科的大多数病人都小几十岁，我感到格格不入，但努力苦中作乐。

我在玩"病房滑板"时认识了丹尼斯，他40岁出头，似乎从来没有人来看望他。有段时间，我们的餐食时常是冷冻的——某些"天才"忘记把食物放进微波炉加热了——丹尼斯宣布他要进行绝食抗议，并去病房挨个走访，动员其他病人。我支持医院行动主义，但也担心他的身体。一两天之后，我请威尔去买了上东区最绵密的巧克力奶昔，很快终结了绝食抗议。

隔壁病房有个一直睡觉的女人。我每次路过，都会看到她蜷曲在病床上的身体。她瘦到皮包骨头，看起来几乎像尸体，皮肤蜡黄。在大多数日子，她十几岁的女儿会来看望她。一天下午，我听到一声压抑的、短促的哭声，动物悲鸣般的声音穿透病房之间的墙壁。我下床在病房门口看到护士陪着那个女儿穿过走廊。很快，那位妈妈的遗体被推走了，一位管理员来打扫房间。第二天中午，她的床位又来了一位新的病人。

我的新邻居来自阿尔及利亚。他名叫叶海亚，正在进行淋巴瘤治疗。他腹部肿胀，脖子上肿胀的淋巴结有成熟的梅子那么大，他的腿是我这辈子见过最细的。我们很快交上了朋友，用混合着法语和阿拉伯语的土话聊天，谈我们的祖国、信仰，以及在美国有这样的医疗条件多么幸运。当时是斋月期间，他的妻子每天晚上带着一个装满开斋饭（iftar）——穆斯林日落后开吃的食物——的保鲜盒来医院，但多数时候他都吃得很少。

一天，医生让叶海亚搬到与我相隔几个病房的单间，那个房间有窗户，可以俯瞰中央公园。他感激涕零，跪下祈祷，但不慎摔倒了，头撞到了铺着油地毡的地板。"怎么回事？"护士听到声音后大喊着冲进房间，并给他预约了一个脑部CT。后来，叶海亚告诉我，他对护士谎称自己被绊倒了。"我不想被看成什么穆斯林疯子。"他告诉我。疾病让一切变得复杂，甚至，连祈祷也变了味。

我入院化疗大约已经一周了。我感觉还行，和同层的其他病人相比甚至可以算精力充沛——很多病人只能卧床或坐轮椅行动。尽管肯定谈不上享受住院，但我也算不上痛苦。不和其他病友在一起的时候，我和威尔玩了无数局拼字游戏。我父母每天都来看我，用小礼物和家里做的菜把我宠坏。我确诊的消息传出去之后，朋友们陆续来看望我，带来了很多花束。我觉得自己有点像被停学——人生中第一次没有人期待我做任何事情。我可以自由支配时间。我写日记，报名参加艺术和手工课。一位医院志愿者教我打毛线，我在织一条送给威尔的围巾。

我天真地，或许甚至是有一点傲慢地，开始想我可能逃过了化疗更严重的那些副作用。除了一贯的疲惫和口疮，我没有感觉到什么不同。每天早上，我在镜子里检查我的头发，看有没有脱发的征兆，但我的头发一直浓密发亮，牢牢地长在毛囊里。我想我可能是少数化疗时不脱发的人，甚至后悔把头发剪短——这决定似乎有点草率。我甚至开始幻想出院后和威尔一起租一间公寓住。我想或许，夏天结束的时候，我就能恢复到可以再次工作。

然而天真是有保质期的，而我的很短。

入院约十天左右，我被安排住进了单间——医生说这叫"隔离"——并被要求任何情况下都不得出房门。我没想到会这样。新病房的严格规定让我感到震惊和愤怒，但没有室友让我松了一口气。任何进我房间——我称它为"泡泡"——的人，都必须穿全套防护服——口罩、手套和手术衣。我的血细胞计数因化疗而剧烈下降，血红蛋白和血小板降到了极低的危险水平。检测结果显示，我几乎没有白细胞——零，值班医生说，把他的手握成一个 O 形以示强调。我很快就不再输化疗药，在后一周，我的骨髓——希望已摆脱白血病——会开始恢复，血细胞计数也会开始增加。一旦我不再需要依靠输血保持红细胞和血小板数量，我就可以出院回家了。但在那之前，我的免疫系统无效，医生警告我，随便一个细菌或喷嚏就可能把我搞垮。

与此同时，化疗的副作用开始出现。我喉部的黏膜开始脱落，这是一种名为黏膜炎的非常痛苦的化疗副作用,让我无法吃东西、喝水,或用比耳语更高的声音说话。"做好嗨起来的准备了吗?"尤妮克第一次给我连上静脉吗啡滴注时开玩笑道。祝福那些拥有极佳幽默感的优秀护士,有他们在,一切都美好了很多。但即便用了吗啡,剧烈的疼痛还是导致我什么也咽不下去。除了布满胳膊的针眼和淤青,我的胸部和脖子上还出现了很多针孔大小的紫色小点。没有帮助凝血的血小板,最靠近我皮肤的毛细血管破裂了,血液渗到了表面。我尽量不看镜子中的自己。

然后,该来的终于来了:一天早晨,我醒来时发现枕头上有很多头发。到了中午,我的头发开始一簇一簇地掉落,在我的头上留下一块块白斑。我像有强迫症一样用手指梳理头发,把掉下来的头发像小鸟巢一样在床头柜上放成一堆。脱发是对我已知但尚未完全接受的事实的一种确认,整个下午我都在强忍泪水。那天晚上,威尔用手帮我把所有头发都拔了,那感觉就像从潮湿的土壤中拔掉杂草。到睡觉时,我已经完全秃了。

入院已经四周了,我在等待我的血细胞计数从化疗中恢复,但令人沮丧的是,指标并没有改善。医生们向我保证无须担心——至少暂时不用担心——但是当然,我还是着急。而我的身体也变得完全依赖输血。陌生人的血液在我血管中流淌,一袋又一袋,一天又一天。有时我尝试想象献血的人是谁——老师、著名演员、解读塔罗牌的人?我想不出他们的样子,但却是他们维持着我的生命。

连续好多天被锁在一个房间里,被针戳,被触诊,不知何时能出去的感觉令人发疯。窗户是打不开的。荧光灯刺痛了我的双眼。我胃痛、头痛、四肢痛,哪里都痛,就连呼吸都痛。每次被针戳或被人用海绵擦洗,我都想把我的输液架朝墙砸去。瘦到可以直接把医院的电子手环脱下来时,我开始幻想逃离。中央公园在窗外嘲弄我。在一场暴雨中,我有一种发自肺腑的渴望,我想要到外面去,站在雨中——哪怕只是一分钟。终于,有一天疼痛短暂减弱到了可以忍受的程度,我把电子手环藏在了枕头下面,趁护士不注意，钻进了走廊，带着我的输液架溜进了电梯。我走到了一楼的餐厅，然后就动不了了。那是午餐时间，人来人往，我时不时被人群擦到和撞到。想到空气中有不少细菌，我的焦虑开始攀升。我感到呼吸困难。如果我摔倒怎么办？晕倒呢？几分钟之后，我回到了房间。我的输液泵"哔，哔"地叫着。奇怪的是，我终于又感到了安全。

只有其他病人能理解我在经历什么，但因为感染风险太高，我无法再和他们互动了。我怀念与他们的同志情谊，尝试通过护士组织的电话游戏了解他们的近况。埃丝特尔出院了，回史坦顿岛在家休养，丹尼斯的最新扫描结果出现了银河般的亮点，他的肺部新出现了星星点点的肿瘤，他最终也需要骨髓移植。至于叶海亚，他下午还是会从我的病房门口走过，趁没人注意的时候推开门，冲我竖起大拇指，告诉我安拉会保佑我。

我还可以见外来访客，但就连这都变得更复杂了。大学里和我一起玩啤酒乒乓①的伙伴没有和我联系，不意外，但他们的沉默还是让我感到难过。不过，我尝试把注意力放在那些来看我的人身上——我的朋友马拉几乎每天都来看我，还有一群儿时的伙伴，同学和同事。确诊后的日子里，我欢迎，甚至渴望他们的陪伴。但随着时间的推移，他们同情的神情、试图用问候卡和"要坚强""继续战斗"之类传达的令人疲惫的鼓励让我反感。如果有人向我抱怨一些琐碎的小事，比如在办公室度过了压力很大的一天，或者因为脚趾骨折而几周不能去健身房，我甚至会感到愤怒，当朋友告诉我他们一起参加了音乐会或者派对时，我很难不感到被孤立和冷落。

最糟糕的是"灾难游客"：那些和我不熟、不请自来的人，他们不打招呼就出现在我的病房门口，过度热情地要帮我，见证我人生所变成的医疗盛宴。他们会张口结舌地盯着我的秃头看，含着热泪，我还要安慰他们。还有人，不管我是否想听，都向我提供医疗建议，告诉我他们认识的什么好医生，或者朋友的朋友用精油、杏核、咖啡灌肠法、排毒果汁治好了自

---

① beer pong，美国大学流行的喝酒游戏，玩家要把乒乓球扔进远处对手阵地上的啤酒杯内，一旦扔进，对手就要把相应杯子中的啤酒喝掉，最终将球投进对手所有杯子的一方获胜。

己的癌症。我知道他们大多是好心，是在尽力帮助我，但我的内心却越来越生气。随着我的病情不断加重，来看我的这种人越来越少——他们来的时候，我开始装睡。

尽管我想要避世，但我并不总是孤身一人。霍兰医生在午休时几乎每天都来看我。不像其他寡言而高人一等的主治医生，他对护士和医院工作人员很友善。他在病床边总是不紧不慢，很尊重我，让我觉得自己首先是人，其次才是一个病人。检查结束之后，他会坐在我床边的躺椅上，我们天南海北地聊天，话题涵盖政治、艺术史和我们最喜欢的书。

仍旧没有工作的威尔几乎住在我的病房，每晚睡在我床边一张短短的折叠床上。我爸妈白天来陪床，轮流坐在床边，不断塞给我各种我喜欢的零食，希望让我多吃点东西。入院以后，我已经从穿6号衣服的身材变成了00号①——我小学六年级时候的身材，但因为疼痛，我根本无法吞咽，更别提吃一勺蘑菇烩饭了。我努力在他们在的时候振作精神，但保持清醒超过几分钟都很难。妈妈买了一幅维米尔画作的海报贴在我床边的墙上。画上有一个年轻的女孩在黑暗的房间里演奏琉特琴，她的脸朝着窗外，看上去心事重重。"她会让我想起你。"妈妈说。

我知道身边有这么多爱我的人我有多么幸运——病房里的很多病人根本没有访客——但是即便父母和威尔就在我身边，我也会感到孤独的痛苦。确诊后的兴奋和我所有的远大计划都早已消失。我写日记的力气也没了，毛线针和打了一半的围巾积着灰，我没有读《战争与和平》或床头柜上的任何一本书。我很无聊，快要无聊死了，但又累得无力做任何事。

入院五周多以后的一天下午，一群戴着浅蓝色口罩的医生出现在我的房间。他们站在我的病床前，从上方看着我。我记得他们的眼睛和领带，还有白大褂。"恐怕有些坏消息，"一张被口罩盖住的嘴说道，"入院时，你

---

① 最小号。

的骨髓中有 30% 的原始细胞。你的上次活检结果显示原始细胞的数量翻了一倍以上，现在在 70% 左右。"

"你们能等我妈妈在的时候再来吗？"我低声说道。突然感觉自己像个小孩。

之后，我父母在场的时候，我的医疗团队向我们解释，我会发生骨髓功能衰竭，常规疗法对我无效。爸爸看起来万念俱灰。妈妈好像就要崩溃，但当她发现我在看她时，迅速地眨眼不让眼泪流下，重新换上了一副更坚强的表情。医生建议我报名二期实验性临床试验，这意味着未知——新的化疗药组合是否安全和有效，以及是否比常规疗法效果更好，都是未知的。在一切都充满未知的时刻，我不想参加临床试验。我渴望有确凿的事实、统计数据以及证据证明治疗对我的身心健康以及家人生活的严重扰乱是值得的。尽管我支持科学研究，但我并不想成为小白鼠，我希望被治愈。

"我和你们一起到某个热带岛屿上抽大麻，或者做其他将死之人该做的事情不是更好吗？"我问我父母。没人知道该说什么。医生也没有答案，但他们坚持临床试验是我的最优选择，等待的时间越长，留给我的选择就越少。最终，我同意了。

7 月 4 日，在我 23 岁生日的前夜，我被准许离开我的泡泡几分钟，这是我近六周来除了中途放弃的逃跑计划，首次踏出病房。我听说在电梯边的后走廊上可以看到焰火。穿上必需的防护服之后，威尔和我拖着我的输液架穿过走廊。我们在叶海亚的房间停了一下，问他要不要加入。他没有力气下床，但在床头柜上给我准备了礼物——一个粉色的友谊手链和一个涂着三原色，写着"我是你的大粉丝！"的木牌，是他请他妻子从医院的礼物商店买的。威尔帮我戴上手链并把牌子拿好，我们捎上了丹尼斯，走过护士站，离开了病房。

到达后走廊时，那里已经聚集了一群病人，都在朝窗外看。透过厚厚的玻璃，我们只能看到模糊的景物，就像金鱼隔着脏兮兮的水族箱朝外看。

但如果你把身体朝左下方倾斜,脖子往右伸,就可以时不时瞥见远处的焰火。有红色、蓝色和金色,在天空高处绽放着,将摩天大楼映得五彩斑斓,但放焰火的地方离我们很远,隔着隔音材料我们听不到爆裂声。焰火、城市和其中的居民——世界——像月球一样遥远。与此同时,一个老人输液仪的警报响了,而且怎么也关不掉,那哔哔声足以让所有人瞬间崩溃。

"抱歉我要骂脏话了,"我转身向威尔和丹尼斯说,"这是我见过的最他妈致郁的事情。"我的肩膀在颤抖。一开始我以为自己会哭,但我突然大笑起来。突然,所有人都开始笑。我们用傻笑、咆哮、奔涌而出的眼泪面对着这荒谬的一切。

第十章

暂停

在泡泡里待了近两个月之后，我的医生团队让我回家待几个星期，在开始临床试验之前恢复一些气力。我的原始细胞总数还是高到可怕——如果不是因为我太虚弱了，我应该立刻开始用新的化疗药。但我被化疗药杀死的风险大于原始细胞在骨髓和血液中增殖的风险。因此，身体比以往任何时候都更差却停止了一切治疗的我回到了萨拉托加矿泉城。

走出门廊，我仔细地享受腿在移动、吸进和呼出空气，以及太阳照在皮肤上的感觉。就像坐了很长时间的牢刚被放出来的囚犯一样，一切都令我感到新奇：沾湿我脸庞的小雨、黄昏时花园里闪烁的萤火虫、越过树丛从邻居烤架上传来的烤肋排的烟熏味。

我努力享受这段全新的自由时光。只要我的身体状况允许，威尔就扶我坐进面包车，把我裹进毛毯，开车去乡村兜很长时间的风。如果我有力气，我们就出去散步。从我家走到萨拉托加矿泉城市中心需要8分钟，白血病病人则需要20分钟。一年一度的夏天赛马大会正在如火如荼地进行，赌徒和戴大帽子的游客蜂拥而至，每个街角都有演奏音乐的街头艺人。百老汇的主干道上挤着一群群把摩托车横摆成一长条的哈雷摩托车手和不去比赛却泡在破酒吧里看赛马节目的顽固赌徒。

离开泡泡来到室外是一个可喜的变化，但我很快意识到我的光头、没有睫毛的眼睛、正在消失的眉毛和口罩会让他人偷瞄。在癌症病房，我看起来和其他人没什么两样。现在无论去哪里，我都与众不同。我一个字都还没说，癌症就代表我发言了，我只要走进一个房间，那里就会变得鸦雀无声。这也带来了一些特权——那个夏天我得到了很多免费咖啡和冰激凌蛋筒，眼睛湿润的收银员对我说："赶快好起来，亲爱的。这个免费送给你。"但其他时候，他人的目光让我感觉自己像一个废物。一天下午，我从公共图书馆的洗手间走出来时，一个小女孩指着我尖叫了起来。

大多数时候，我状态不佳，无法外出。极度的疲惫把我拴在客厅的皮沙发上，威尔在身边陪我。他很擅长把糟糕的日子变好。"今天是电影日，"他宣布道，仿佛是我们主动选择待在室内的，"你对美国流行文化极度缺乏了解，所以我设计了课程。今天，我们主攻 20 世纪 80 年代后期。我们从《春天不是读书天》(*Ferris Bueller's Day Off*)、《早餐俱乐部》(*The Breakfast Club*) 和《美国之旅》(*Coming to America*) 开始。然后休息吃晚餐。"

看护者的生活被病人的身体和需求所左右。威尔带着令所有人惊异的热情和献身精神进入了这个新角色。每天早晨，他帮助妈妈准备我唯一能吃的食物——自制米布丁和据说可以缓解头晕的、加了新鲜薄荷枝的马鞭草茶，他会用一个大平盘把所有东西拿到我的房间，这样我就可以在床上吃。他帮我父母做家里的家务，下午和在家过暑假的弟弟打篮球。他整理我的药盒，帮我换遮盖导管的敷料，每次看医生都陪我去。威尔从来没有抱怨过，哪怕这意味着错过派对，不能和朋友一起去沙滩玩。他一次次向我保证除了陪在我身边，他哪里也不想去。如果我俩交换位置，我也会像他照顾我这样耐心而无私吗，我希望能，但我怀疑自己。

那个夏天威尔的家人从加利福尼亚州过来，表达对我的支持。这是我第一次和他们见面,不知道他们见到毫无血色、面如死灰,胸口还插着管子的我会有什么想法。我担心他们会希望威尔能找一个不同的伴侣——像他的前女友那样,一头柔滑的金发,给极富声望的杂志做特约撰稿人,拥有功能正常的卵巢——一个拥有前途,而非"预后"的人。

如果威尔的父母是这样想的,他们也完全没有表现出来。他们把车停在门外,笑容灿烂,拥抱了我们。过了一会儿,威尔的爸爸肖恩——一个有着白色小胡子、神采奕奕的蓝眼睛的高个子爱尔兰人——把我拉到一边。"遇到你之后,我儿子变成了一个更好的人,"他对我说,"我要谢谢你对他的改变。"威尔的妈妈卡伦是一个喜气洋洋的嬉皮士,穿亚麻裙子,戴五颜六色的串珠饰品,和她的儿子一样,也擅长让周围每一个人感到开心。她一遍遍地说我秃顶的样子多么美丽和大胆。"你好起来以后也应该留短发。"她对我说。

周末,我们两家人一起在萨拉托加矿泉城游玩。我们在雅都(Yaddo)城郊一个著名的艺术家聚居地——玫瑰花园里漫步。还去赛马场,花两美元押了名字最好的马。(不知道为什么每次都输。)晚上,我们在后院爬满藤蔓的木架下——如今我装饰了灯串和纸灯笼——吃饭。我们的父母非常合拍,以至于吃晚餐时我和威尔都插不上话。肖恩是一名曾报道过伊拉克战争的记者和纪录片导演,他和我爸爸谈中东政治,而我们的妈妈则因为对艺术的共同喜爱而亲近。我们的父母滔滔不绝地大聊特聊时,我和威尔偷偷对彼此挤眉弄眼。

在他们离开的前一天,我们一起步行去了城里的农夫市集。太阳照在我的宽边蓝色草帽上,我们从一个摊子逛到另一个摊子,品尝自制的黑莓果酱、橄榄和奶酪,渐渐地我有点跟不上了,我和大家打了声招呼,走到一张野餐桌前,在树荫下坐下。小提琴声和在草地上你追我赶的孩子的尖叫声环绕着我,让我感到头晕。我用帽子给自己扇风,希望能被送回我安静凉爽的床上。

到家的时候,我走在后面,试图掩饰我蹒跚的脚步。我不想毁掉这个几乎完美的周末，但回到家时，我的四肢在颤抖，身上的背心裙已被汗浸湿。我拥抱威尔的父母与他们告别，保证好起来之后会去加利福尼亚州看他们，然后回到屋内。"你还好吗？"发现我一连几个小时在沙发上一动不动之后，我父母问我。

"很好。"我咬牙坚持道。我的两腿之间感到一种跳动的钝痛。我不好意思解释具体是哪儿痛，无法对我妈妈，对我老派的、系着领结的男医生或对任何人说"我下面痛"。我希望疼痛自己消失，但几天以后，我没办法走路了。威尔和我的家人坐下来吃晚餐时，我躺在沙发上，牙齿不住地打战。妈妈给我量了体温，有华氏101度[①]。"不行，我们要去医院。"她命令道。

妈妈开车，威尔和我在后排，他搂着我，让我把头放在他腿上，我们在黑暗的高速上疾驰。每隔半个小时，威尔就给我量一次体温，我的体温一直在升高。妈妈越开越快，焦急地紧锁眉头。三小时后，我们到塔潘·齐大桥（Tappan Zee Bridge）时，时速已经超速20英里，而我的体温是华氏104度[②]。

那是周日晚上西奈山医院的急诊室。候诊室人满为患，人们在自动售货机前踱步，塑料椅子上有人瘫着闭目养神，有人裹着染血的纱布，妈妈抱着哭泣的婴儿，糖尿病人用肿胀的脚跛行。所有人都在等导医护士和接待员叫他们的名字。分诊——医疗专家决定谁先就诊的流程给人一种适者生存的感觉，每个人都觉得自己的情况是最重要的，把自己的需求和其他人的放在一起排序会引发恐慌。拥挤的急诊室无法让人展现最好的一面。

"我女儿有白血病，现在在发高烧。"等了45分钟之后，我平日里优雅的妈妈愤怒地冲接待员说。"她的免疫系统严重受损，如果你再让她等下去，就是草菅人命。"她的威胁起了作用，当一名护士来接我们时，有一瞬间我们感到胜利了。但是在急诊室不断开合的不锈钢门的另一边，场面更

[①] 101华氏度约38.3摄氏度。
[②] 约40摄氏度。

加混乱。地面上到处都是轮床。病人们哭泣、呻吟，有的哭喊着请求帮助。有人坐在轮椅上，目光狂乱。视线没有焦点的女人对着空气控诉，声称同事对她下毒。我们无处可去，威尔和妈妈甚至连站的地方都没有。我看着威尔，感觉他有些承受不了了。妈妈一定也想到了这点，于是建议他休息一下。"好，我们三个人全在这里好像也没什么用，"威尔说道，"我可能去见个朋友喝一杯。"几分钟之后，他离开了。

我被安置在一张床上，距我一臂距离的是一个有蓬乱脏辫的年轻男子。他一动不动地闭着眼睛躺着，脏污的衣服和轮床紧绷的床单形成了鲜明的对比。一位医生为了保护病人的隐私把我们之间的帘子拉了起来，但我还是能听见他们说的每一句话。在此后的几分钟内，我知道那个年轻男子有艾滋病，他的血红蛋白计数是 3.0。

"你想输血吗？"医生问。

"不。"年轻男子嘟哝道。

"那么你得明白你会死，明白吗？"

"好的。"

不久之后，一位医院工作人员过来给病人们发三明治。年轻男人太虚弱以至于拿不住三明治，他的三明治掉在地上，生菜、浅色的肉散落在油地毡上。"他还好吗？他需要帮助。"我冲妈妈大喊。这是我眼睛向后翻之前记得的最后一件事情。

接下来的 12 小时，我因为高烧一阵一阵地失去意识，短暂清醒时只觉得荧光灯刺眼。

片段一：我醒来，发现有三个医生用手电筒打光，检查我的两腿之间。我感到羞耻，脸一下就红了。我老是想并拢膝盖，但一只戴手套的手把它们强行分开。"内阴唇上有小伤口。"口罩后传来一个声音。"感染，可能有脓毒症。"另一个声音说。"让我看一下？"第三个声音说道，"伤口周边的皮肤坏死了。"

片段二:"我在哪里?"我惊慌失措地问道。电梯的钢门慢慢打开,外面是我不认识的医院楼层。我被推进一间很小的、气闷的管子般的白色房间,天花板是模模糊糊的橙色。一位护士解释说我被送进了老年病科。医院没有床位了,肿瘤科的房间空出来之前,我必须在这里过夜。这让我觉得很滑稽——确实,我虽然是 23 岁,但身体仿佛已经 80 岁了——但我没有力气向任何人解释我为什么在笑,仿佛有人讲了一个特别好笑的笑话。

片段三:我好冷,我好冷,我好冷。我不断地对妈妈说,但她给我盖的毯子越多,我就越觉得冷。什么也不能让我暖和起来。我的牙齿剧烈地撞击在一起,我开始无法控制地颤抖。"这里需要医生。"有人喊道。后来我知道我得了一种名为"中性粒细胞减少性发热"的病,也就是说,我体内几乎没有对抗感染的细胞为我战斗。

片段四:我的体温一直不断上升,直到体温计显示华氏 105.8 度①。我尝试说话时,说的是混乱不清的外语。我身体僵直,颤抖着失禁了。威尔出现在门口时,一位护士正试图把一个便盆塞到我裸露的身体下面。"让他在外面等。"我冲妈妈呻吟道,突然能把话说清楚了,同时用手遮住了我的脸。

片段五:我那平常总是面带微笑的肿瘤科医生霍兰医生出现时脸上没有微笑。"打电话给你丈夫,让他来医院。"我听到他对我妈妈说。当时是深夜,我爸爸在萨拉托加矿泉城的家中,开车过来需要三个半小时。"等到早晨可以吗?"妈妈说,"我不想吓到他。"霍兰医生把手放在她肩膀上,直

---

① 约 41 摄氏度。

视着她的眼睛。"安娜,给你的丈夫打电话。这一关能不能过去还不好说。"

第二天我苏醒的时候,用眼睛拼命地四处看,试图拼凑出我在哪里以及发生了什么。爸爸妈妈坐在我床边,看起来一下子老了几十岁。一位护士俯下身来,给了我一片羟考酮片[①]。没过几分钟,我就开始向病床边上的塑料盆里呕吐。药效和我还活着的事实像一辆货车撞向我,巨大的解脱感在我心中升起,化为阵阵狂喜。

老年病科的病房比肿瘤科的更大更好。我喜欢这里,除了那个话太多的把头发染成金色的护士。"我以前在肿瘤科工作,"她一边把体温计的银色尖端插进我的舌下一边说,"我记得一个叫琼妮的女孩。她是个可爱的女孩,和你差不多大。每次她因为不同的感染入院,我都想哭。她去世的时候,实在太让人伤心了。看到你我就感到伤心,你让我想到琼妮。所以,现在,我在这里,在老年病科工作。"

疾病让我擅长心里一套嘴上一套。有的话我只在心里想想——拜托别再说了,你看不出我们已经很害怕了吗——而我实际说出口的话是:"琼妮遇到你这样的护士很幸运。"

那天晚上,威尔来和我父母换班。他别扭地躺在我窗边的躺椅上,盖着一条薄薄的棉毯。病房给访客的折叠床用光了。今晚,和很多个其他夜晚一样,他为了与我亲近放弃了舒适。

"我觉得我们应该结婚。"我毫无预兆地说,羟考酮片让我的舌头有点使不上劲。我担心如果我们等下去就没有机会了。

"我完全同意。"威尔毫不迟疑地回答道。

那天晚上我们一直没睡,激动地梳理组织工作、宾客名单和我们应该请我的哪些音乐人朋友来表演。我给我大学时最亲密的两个好友莉齐和马拉打了电话,她们都立刻主动要求提供帮助。莉齐和她妈妈会带威尔去选

---

① 一种止痛药。

钻戒，马拉主动提供她家的房子作为婚礼场地。我们会办一场小型仪式，一场只有最亲密的朋友和家人参加的简单的秋日后院聚会。只要不再因紧急情况住院，我们希望尽快举行婚礼——最好就在未来几周。

几天以后，肿瘤科空出了病房，我被转到了楼上。仅在三个月之前，肿瘤科病房还是一个陌生的国度，而现在，输液仪此起彼伏的哔哔声和光头的病人反而让我觉得亲切。我属于这里。看到尤妮克时，她和我像久别重逢的友人般打招呼。"你好啊，苏莱卡小姐！听说你回来了。你和你的那个帅哥男朋友怎么样了？"

"我们要结婚了。"我激动地说。

我问这层的朋友们过得怎样。尤妮克坐在我的床边，用手温柔地帮我把盖毯抹平。叶海亚走了——"不，不是回阿尔及利亚了。"她纠正我道。他在那个可以看到公园美景的房间里去世了，他的妻子就陪在他身边。至于丹尼斯，他离移植条件越来越近，但某天下午，他的器官突然开始陆续衰竭。医生尽了最大的努力，但还是没能救回他。没有人来认领他的遗体。

在我尝试消化这些新闻时，尤妮克用手揉着我的背。我满脑子想的都是，下一个就是我了。

[第十一章]

困在原地

我一直都有写日记的习惯。我儿时卧室的书架上放着很多各种颜色的笔记本，每一本都详细记录着我人生的新篇章。我用很粗的钢笔迅速地写下与自己的对话：我对未来狂热的梦想、我幻想过却从未真正实践的深夜冒险、围绕着有抱负的女主人公展开的明显带有自传色彩的短篇小说、糟糕的诗作和清单——总是有很多清单，要做什么和不做什么，还有我的梦。12岁时与自己的对话和16岁或20岁时是不同的。但它们有一个共同点：向前看。

由于死亡随时可能到来，年轻时生活中最美好的一件事——畅想未来——变得可怕而令人绝望。未来曾经有着无限的可能性。现在，它被笼罩在不祥之中，变成了前方那个只有更毒、更强的治疗和恐怖黑暗的未知区域。回忆过去会激起一种怀念感，让我痛苦地想起所失去的一切：朋友、青春、生育能力、头发，那个化疗的第一天父母给我的"里程碑项链"——在往返于医院和家的过程中被弄丢了，我的头脑——化疗让我昏沉迟缓，以及相信自己能撑到移植的信念。

患重病让我在时间的国度成了二等公民。我的日子变成了慢放的紧急事件，我的生活缩小成了四面白墙、一张病床和荧光灯，我的身体里插着的管子和线把我和各种监视器、输液架拴在一起。窗外的世界似乎离我越来越远，我的视野缩成了一个小点。时间全被花在等待上——等待医生，等待输血和检测结果，等待更好的日子。我努力把注意力集中在珍贵的当下：有力气时和父母在肿瘤科病房里一起散步的时刻，每晚睡前威尔读书给我听的时刻，弟弟从学校来看我的周末——现在我们全家团聚了，趁我们还能团聚。然而尽管我很努力，每当我不可避免地想到如果我无法幸存，威尔和我父母该怎么办的时候，就会开始感到悲伤和愧疚。

感染让我又损失了几个星期，但只要医生认定我的身体条件允许，临床试验就会立即开始。我是美国参与试验的 135 名病人之一。每个月的前九天我会用两种强效化疗药，阿扎胞苷（azacitidine）和伏立诺他（vorinostat），恢复约两周，然后再开始下一个周期。试验是门诊式的，不进城看医生或因并发症住院的时候，我可以待在萨拉托加矿泉城的家里。整个过程需要六个月——如果一切按计划进行的话。

我父母家后院的枫叶变得鲜红时，一种不安开始笼罩我和威尔漫长的隐居生活。从我确诊起，他就一直陪着我，临床试验期间也计划继续这么做。自私地说，我喜欢和他共度这么多时间。尽管我卧病在床，秃顶，偶尔大小便失禁，和父母住在一起，但有男朋友这一事实让我感觉像个正常人，让我觉得自己仍然年轻、有人要，甚至仍然是美丽的。但我也知道长此以往是不行的。任何人都不能时刻和病人困在一起，我甚至不会希望我最恨的人受此折磨。我知道如果我想让我们的关系持续下去，我就要鼓励威尔重新开始他的生活。

"我们给你找份工作吧。"一天下午我温柔地对他说。我们刚刚连玩了五盘拼字游戏。

他叹了口气。"是的，是的，我也在想这个问题。我现在挺需要钱的。但我不希望你觉得你在独自面对这一切。"

"我没有好转，至少很长时间之内不会好转。"我说道。他承认他也无法无限期中断他的生活。一开始，威尔寻找离我父母家近的工作，但除了在萨拉托加矿泉城市中心调酒或者做服务员，选择十分有限。我们扩大了搜索半径，当我发现曼哈顿的一家大型新闻机构有一个助理编辑的职位空缺时，我劝威尔申请。他有点犹豫。萨拉托加矿泉城距离那里有 3.5 小时的车程——太远了，无法每天来回通勤。如果他拿到那份工作，就意味着在工作日和我分开。威尔表达了他对距离的担心，尤其是现在临床试验即将开始，而我的身体状况很不稳定，但我让他不要想这些。我希望他开心，也有点想让他代我去生活。在我的身体不会摧毁我的平行宇宙中，这是一份我会想做的工作。所以我全身心地帮助他——修改他的求职信，和他练习面试，并帮他找万一得到这份工作，工作日可以免费住的地方——一个朋友的公寓。当电话响起，通知他被选中时，我用我虚弱身体所残存的不多的力气拥抱了他。"我们会越来越好的。"我说道，我真的这么想。

不久之后，在一个晴朗的早晨，我们前往萨拉托加矿泉城火车站，威尔登上了伊桑·艾伦快车（Ethan Allen Express）开始他新工作的第一周。他回头看我时，我露出了灿烂的笑容，热情地向他挥手，直到车门关闭。我站在站台上，看着车轮顺着铁轨轰隆轰隆地滚过，听到火车在拐弯时鸣笛，然后消失。我孤身一人，兴奋之情逐渐消失，心情变得灰暗。

回到父母家，我上楼回到卧室，锁上门，平趴在我的床上。我一动不动地在那里待了一会儿，屏住呼吸。然后冲着枕头发出了一声怒吼——那是发自内心深处、令人脸红筋暴的嘶吼，源自我的挫败感，和对威尔、对我的朋友以及对所有在外面不受疾病阻碍开始新工作、旅行、发现新事物的人的嫉妒。所有人都在开始精彩的生活，而我的生活尚未开始就已经结束，这似乎极为不公。用尽气力，感到肺部在灼烧之后，我站起来，走到房间对面顶着窗的小木桌前，打开了我的日记本。

世界在前行，而我被困在原地。我写道。

周中威尔都不在，我容易沉浸在自怜之中，所以我开始寻找一些有意义的事情来打发时间。一开始，我决定报名离我家很近的斯基莫尔学院的创意写作课，我爸爸是那里的法语系教授，我弟弟正在那里上大四。但我只上了一天的课。那时，临床试验已经开始了，两周内，我就因为中性粒细胞减少性发热再次住院。我的口疮越来越多，而且变得非常疼痛，出院时我的医疗团队给我开了芬太尼贴片，芬太尼是一种比吗啡强效 100 倍的阿片类（opioid）物质。

我在床上靠着枕头半躺着度过每一天。被癌症困住之前，我一直为自己志向远大而骄傲。布满我儿时卧室的过去成就——丝带、奖杯、奖状和学位——现在在嘲弄我。我决心继续寻找能做的事情，于是决定准备研究生入学考试（GRE），想着以后申请研究生。在接下来的几周里，我复习代数，做模拟试题，研究国际关系和近东研究的博士项目。报名参加考试之前，我再次住院——这次是因为胸腔内的导管引起的感染，手术后原来的导管被移除并换成了新的——但一回到家，在新的并发症扰乱我的计划之前，我就立刻报名参加那一周晚些时候的研究生入学考试。考试那天早晨，妈妈早餐给我做了特别的"健脑食物"：炒鸡蛋配羽衣甘蓝和加了磨碎的亚麻籽、蓝莓的粥。尽管没有食欲，我还是尽量吃了几口。她开车送我去位于奥尔巴尼的考试中心时，我在后座小睡，努力节省精力。到达考场时，一位脾气暴躁的接待员告诉我考试期间我不能戴遮盖光头的编织帽。我妈妈向她解释了我在化疗，但接待员不为所动。"这是规定。"

空调令我瑟瑟发抖，我的光头在明灯下闪闪发亮，我决心完成这该死的考试。共耗时整整 3 小时 45 分钟。到了最后，我神志不清，眼皮因疲惫而下坠，牙齿不停地打战，但我完成了。几周后我收到了结果，成绩一般，但我并不气馁。在接下来的一个月中，我投身于申请全国各地的多个博士项目，请以前的教授写推荐信，写必要的申请论文，填写奖学金表格。当我终于按下申请的提交按钮时，我以为自己会有胜利的感觉，但内心深处却知道，我的努力是徒劳的。就算我申请上研究生，我的身体也不会好到可以去上学。

那之后我不再写日记了。我逐渐接受目前我只有一项最重要的事务：生存。事实证明临床试验对我身体的影响比所有人预期的都要大。药物的毒性非常强，每个周期结束时，我都要进急诊室，然后住院好几周，与更多的中性粒细胞减少性发热以及结肠炎和脓毒症等危及生命的并发症斗争。我嘴里长满了水泡，即便用了芬太尼贴片和多种辅助药物，还是时刻感到疼痛。我开始在床头放一瓶液体吗啡，半夜痛醒时，我就喝一点，直到我再次入睡。我开始怀疑临床试验的副作用和我吃的止痛药会不会在白血病之前先杀死我。我常常想彻底退出临床试验。如果不是威尔和爸爸妈妈劝我，我想我真的会这么做。

那年秋天某次住院时，我向我的医疗团队分享了我的婚礼计划。我以为他们会为我的好消息感到兴奋，但他们的反应更多的是担心而不是开心。一小时之内，一位社工出现在了我病房门口，要求和我父母及我沟通。"目标是让你接受骨髓移植，"她说，"我想你一定也知道，这是非常昂贵的手术——移植可能需要 100 万美元以上。幸运的是你可以用你爸爸的保险，保险会支付大部分的费用，但结婚可能会导致你失去用他的保险的资格。我们不认为这个险值得冒。至少，在你脱离危险之前不值得。"

我怒视着那个社工。她年轻、漂亮，一头浅橙色的美丽长发盖在肩头，指甲修剪得很完美的修长手指上戴着一个巨大的钻石订婚戒指。我知道她只是传话的，我也知道她是对的，但还是忍不住讨厌她。婚礼和其他无数被暂时打入冷宫的计划一起被推迟了。没人再提起这件事。

我的内心开始分裂：一面是本性善良的病人，年轻、勇敢、开朗，无畏地与疾病斗争，决心在糟糕的处境中做到最好；新出现的另一面则善妒、易怒，每天睡 16 个小时，几乎不离开房间。周日晚上，当威尔收拾行李，准备离开萨拉托加矿泉城回去工作时，我想要显得开心和表示支持。我努力尝试，但随着时间的推移，我的病越来越重，这变得越来越难。因为他去工作而怨恨他对他是不公平的,况且是我让他接受了这份工作——但我心中有一种前所未有的愤怒正在累积,目前尚未失控,但有吞噬一切的危险。威尔、社工以及所有正常生活的人不是敌人,疾病才是,我知道这一点,但随着日子一天天过去,梦想一个个推迟,区分其中的不同越来越难。

[第十二章]

临床试验的忧郁

那个冬天爸爸妈妈认定我抑郁了。我开始习惯性地频繁按我输液架上注入吗啡的按钮。我期待化学物质引起的蒙眬状态,让我短暂逃离脑中纷繁杂乱的想法。我话越来越少,变得内向。"虚空在召唤"[①],我的心情深陷黑暗的泥沟,而我再也不知道如何把自己弄出来。

不睡觉或不因临床试验的药物而感到晕乎的时候,我忙着创造连续看最多集《实习医生格蕾》(Grey's Anatomy)的世界纪录。一集结束时,我想都不想就开始播放下一集,急需把注意力从我迅速恶化的精神和身体状态上转移到其他地方。医疗电视剧——恐怖的伤口涌出大量假血,在手术台上心跳骤停的病人被俊男美女医生拯救,又一个重大、震动全城的悲剧事件发生后一辆辆救护车尖叫着开进医院的停车场——起到了奇怪的安抚作用。这些图像充斥着我的大脑,让我对发生在自己身上的医疗戏码麻木,也让我将眼前所见代入了那些精彩的故事和性感的情节。一天,我在医院的时候,问一位住院医生,她的生活和电视剧里的有没有相似之处。"远没

---

① 原文为法语"L'appel du vide",指冥冥中的一种渴望。

有那么迷人,"她说,"但我们的性生活同样丰富。"

不刷《实习医生格蕾》的时候,我最喜欢做的事情是看一部名为《天使的微笑》(*A Little Bit of Heaven*)的电影。在电影中凯特·哈德森(Kate Hudson)饰演的确诊结肠癌(用她的话说是"屁股癌")的自由不羁女孩爱上了她英俊的肿瘤科医生。剧透警告:最终她去世了,但举行了一场有粉红色雨伞、彩带、香槟和婚礼巡游的快乐葬礼。所有人,包括我,都认为这部电影糟透了,但它是我发现的唯一讲述青年罹患癌症的电影,这让我感到不那么孤独。每次看时(我看过大概十几次)我都会不可收拾地连哭几个小时,这反而让我感到解脱,因为最近我仿佛已经很难有任何感觉了。它让我能够面对每个人都想过,但我的朋友和家人拒绝讨论的话题:我死去,而且是很快死去的可能性。

因此,我父母担心并不奇怪,而他们明确地说了出来。"你要不要去参加一个癌症互助小组,或者联系一下你在萨拉托加矿泉城的老朋友?""不要老看电视,偶尔离开房子出去转转,做点有意思的事情不好吗?"

我没兴趣参加互助小组,但努力联系了一些儿时的朋友,我这么做的原因和我允许我的身体一遍遍被实验药物毒害的原因是一样的:我不希望父母更担心了。我联系了我从幼儿园起就认识的莫莉,她住在附近的城镇,在一家本地蜜蜂农场工作。有一天我们打电话聊天,计划一起去逛商场——极端无聊的郊外年轻人的唯一约会地点。到了约定的那天,我从放在房间一角,从巴黎回来之后还没有打开过的箱子里翻出一件皱巴巴的衬衫和一条黑色牛仔裤。衣服挂在我骨瘦如柴的身体上,但我没有其他衣服可穿,我的普通服装早就被病号服——舒服的汗衫、罩衫、睡衣和拖鞋——所取代。我的脚变得很瘦,一点肉也没有,以至于我只能借妈妈比我小一码半的靴子穿。我带上了桃红色的假发遮盖我的光头,几个月以来我第一次去看化妆包里的东西,考虑要不要画点眉毛,但被我妈妈用力摇铃的声音打断了。

"别忘了出门之前我要给你打针!"她在楼梯下高喊道。

一看到她拿着两个注射器出现在房间门口，我的身体就紧张起来。临床试验护士对她进行了注射化疗药方法的培训。这似乎是个好主意，让我在无可避免地因中性粒细胞减少性发热被再次送进医院之前，有更多的时间待在家里。但我很快就开始害怕这个流程，一看到针头，我的舌头上就有一种恐惧引发的金属味。我知道有一个这样全心全意照顾我的妈妈是多么幸运。我努力提醒自己，有的人无依无靠，比如我的朋友丹尼斯。但那一刻，我找不到感激的感觉。

妈妈坐在我的床边，轻轻地用酒精棉片在我的上臂画圈消毒。"对不起，对不起。"她提前道歉。每一天注射都变得更加痛苦。尽管她会轮流在不同的区域注射，但每个试验周期结束时，针眼周围的皮肤都会一片片剥落。针眼下面形成了坚硬的囊性肿块，轻轻碰到也会让我痛得叫出声来。第一针插入肌肉时，我露出痛苦的表情，然后尖叫了一声。打完第二针，我已经无法直视妈妈的眼睛。理智试图提醒我这是我为了好起来必须受的苦，但身体有它自己的记忆：它记得是谁伤害了它。在不理智的层面上，我觉得自己被那些"毒害"我（身着白大褂的人、抽血医师、我妈妈）和那些鼓励我的人（我的朋友、贺曼问候卡和巴诺书店的"癌症书籍"专区）欺负了。苦中作乐仿佛是惩罚的一部分。

很久以后，妈妈与我分享了她那个冬天的日记：

我打电话给我的朋友凯瑟琳，取消明天上午一起喝茶的安排。我想说："凯瑟琳，这一切为什么发生在我身上，为什么是苏莱卡？"但实际上我东聊西聊，问她的儿子和丈夫怎么样。这既让我感觉好一些，又让我难过，因为我能聊的只有输血、疲惫和现实。眼泪都在心里，但它们从不会流出来。只有苏莱卡不和我说话的时候，我才会失去所有力量。交流、爱、笑声、她在身边——是这些让这一切变得可以承受，使我们能像尤利西斯一样继续前进。

如果我当时就读到这些，情况或许会不同——但说实话，我觉得也许不会。痛苦让人自私和残酷。当你躺在医院的轮床上时，会感觉世界上只有你和你的愤怒，只有布满淤青的四肢下检查床的垫纸发出的声音和医生拿着最新的活检结果走进房间时心跳到嗓子眼的感觉。如果你幸运的话，你不是房间里唯一在受苦、生活被疾病打断的人。

妈妈像往常一样一给我打完针就直接上床睡觉了，爸爸开车送我去商场。我从来没有拿过驾照，就算有驾照，以我目前的身体条件也不能开车。接受癌症治疗和服用大量止痛药的副作用之一是运动技能和认知能力受损，另一个副作用是父母像直升机一样随时随地悬浮在我身边，监控着我的一举一动，以防我的身体突然撂挑子。

"要不要我停车然后陪你进去？"爸爸把车停在商场门口时问。

"我没问题的，爸。"我回答道，试图隐藏我的沮丧。我讨厌自从确诊后每个人，尤其是父母，把我当小孩对待。

我在美食广场到处走寻找莫莉。我找不到她，就在汉堡王门前坐下，尝试通过深呼吸缓解胃里的翻腾感。我认为这是紧张引起的。我和莫莉上一次一起玩还是在初中。在一个炎热的夏日，伏特加、墨西哥夹饼和好几个小时的日光浴导致莫莉剧烈呕吐，她的妈妈冲我大喊说我是"坏孩子"。之后大人就不允许我们在一起玩了。大学毕业后，莫莉搬回家照顾她患阿尔茨海默病的妈妈。莫莉一听到我确诊的消息，就给我寄了一张真诚的卡片，问我想不想见见面。我有些抵触，不想接受在我看来她肯定是出于怜悯才提出的提议，但在我等她出现的时候，我意识到自己已经不在乎了。现在我已经出门了，我很高兴能和我父母及《实习医生格蕾》剧组之外的人共度工作日。

莫莉终于到了，她迟到了半个小时。她看起来没什么变化，更高了，一头狂野的金发披在背后，黑色的中筒靴让她原本就长的腿显得更长。她为迟到道歉，然后说："我来的路上顺便去了个地方。我想这可能会让化疗好受一点。"她挤了挤眼睛，给了我一个小布袋。

我们一边闲聊一边走向电影院，买了最近场次的票，然后坐进了电影院拥挤的椅子。我努力集中精神看电影，但爆米花和汗水的味道让我的胃更难受。熟悉的恶心感顺着食管上涌时，我突然意识到：急急忙忙出门时，注射化疗药前我忘记吃止疼药了。我赶紧从椅子上站起来，试图跑到洗手间，但只走到了小卖部旁边的垃圾桶。我不停地呕吐，身体剧烈颤抖。一群排队的少女看了过来。"咦。"一个女孩说。"那个大姐喝多了。"另一个女孩接话道。我选择忽略她们。开始临床试验后，这不是我第一次在公共场合清空我的胃，也不是最后一次。我已经开始习惯在陌生人面前失去尊严。

吐完之后，我回到座位，假装什么也没发生。我不想回家，尽管我一直在颤抖，还觉得恶心。就这一晚，我想假装自己是一个普通年轻人，正在做普通年轻人会做的事情。我闭着眼睛坐着，努力稳住我的胃，直到影片结束后字幕开始在屏幕上滚动。

之后，莫莉开车送我回家。我家门口的街道很黑，只有楼下一盏昏暗的灯还亮着，照亮了书房高高的红色书架。爸爸坐在他的桌前，对着一叠纸伏案，在读什么东西。可能是医疗文件，我想。与保险公司谈判和解读医疗术语已经成了他的一份全职工作。

"晚上好。"上楼回房间之前，我把头伸进爸爸书房的门对他说。

"怎么样？"

"玩得很开心。"我说。我不想告诉他真相让他心烦。

爸爸看起来很累。他的眼睛下有黑眼圈，面色蜡黄，脸上的肌肉开始松弛。我突然有去拥抱他、告诉他我爱他的冲动，但平日里我们不这么表达感情。

"莫莉给了我这个，"我说道，把莫莉给我的布袋丢到他桌上，"你看起来比我更需要。"

[第十三章]

百日计划

"你需要找到一个你身体条件允许的爱好。"我父母强迫我见的心理医生说。她的话现在听来仿佛显而易见,但在当时,让我有一种顿悟的感觉。婚礼、创意写作课、研究生入学考试、和莫莉一起去逛商场——这些都是适合以前的我的活动。我需要找到一件我可以在家或者在病床上做的事情。我不仅需要接受我活动受限的现实——疲惫、恶心、头脑不清明和长期住院——还要想办法把我的痛苦转化为有用的东西。

"我听说烘焙很治愈。"心理医生说。她说到这儿时,我已经不想听了。人们总是给我类似的建议。医院志愿者向我推荐了各种打发时间的活动——编织串珠,制作愿望板和捕梦网。朋友们送我拼图、成人涂色书和桌游。但这些活动都与我不匹配。我是生病,我想说——不是退休或者上幼儿园。

不过最终我同意尝试被我们称为"百日计划"的活动。我不知道是谁先想出来的,这个计划是指我的家人、威尔和我在接下来的100天里,每天都抽出几分钟时间来做一个创作项目,旨在让我们围绕一个小行动来组织我们的生活。随着时间的推移,它的意义远大于此。

第十三章　百日计划

威尔决定他的百日计划是每天给我发外面的视频，从天气到医院餐厅的比萨饼。"今天，我在中央公园为您报道，"他在一个视频中说，"请让我为您介绍我最喜欢的热狗摊。拉菲基，跟苏莱卡打个照顾。"我只要感到孤独，就一遍遍地看这个视频。我有时会担心我们之间的距离变得无法逾越，但这些视频让我感觉自己和他、和窗外的世界相连。

我妈妈则决定每天早晨画一块小的手工瓷砖。计划结束时，她会把所有瓷砖拼成一大块五颜六色的马赛克，挂在我卧室的墙上。她称之为"苏莱卡的护盾"，并告诉我它会保护我。她试图把她的痛苦隐藏在艺术中，但她画的图案反映了她的心境，多数是痛苦的鸟儿——坠落、颠倒、绝望地张着嘴。Le coeur qui saigne，"流血的心"，一块瓷砖上写着。

我爸爸的计划是写下 101 则童年回忆，打印出来装订成册，在圣诞节早晨给我。这是我第一次了解他的过去。他写他和家人每年春天都会去突尼斯马特马塔岩洞里的圣格纳守护神的神殿。他写我的曾曾祖母欧米·欧伊莎，她是镇上的治疗师，会让爸爸去采那些她存在床下的草药和沙漠植物，而她则在病人耳边低声念咒文。他写他儿时第一次去镇子另一侧的"法国海滩"，看到殖民者穿着比基尼和泳裤时感到的震惊。"我们国家的妇女，每年一次在阿乌苏节[①]下海时，都穿着全套衣服走到齐膝深的水中。我们叫她们'飘浮的帐篷'。"

他的一则回忆让我读后久久无法释怀。那是关于爸爸的妹妹，"拥有美丽脸庞"的格玛的故事。我从未说过她——我甚至从未听到我的大家庭中有任何人提起她阿拉伯语的名字"月亮"。读完后，我知道了原因。格玛短暂的一生大部分时间都是在床上度过的，她因一种神秘的疾病而衰弱，直到一个炎热的夏日早晨，她，用爸爸的话说，"走了"。格玛去世的时候，爸爸4岁，他仍然能记得房子里回荡着他妈妈的哭喊。因为担心引起痛苦的回忆，他从来不敢问格玛得的是什么病。据我所知，我爸爸的家庭里没

[①] Awussu，突尼斯传统节日，有花车游行等庆祝活动，阿乌苏指的是柏柏尔历八月的热浪。

人有癌症病史，但看完这个故事，我不由得怀疑格玛和我得的是不是同一种病。奇怪的是，想到我并不孤单，我竟颇感安慰。

至于我的百日计划，我决定回归总能在艰难时期给我依靠的事情：记日记。我向自己保证，无论多么不舒服或疲惫，我都要尝试每天写点东西，哪怕只是一行字。

听到悲惨的消息时，人们常说"语言无法形容"，但那一天我没有失语，之后也是一样——文字从我体内喷涌而出，一开始是谨慎地，后来则是激情四溢地，我的头脑仿佛从长时间的昏睡中醒来，想法一个接一个地冒出来，笔根本来不及记录。这和我以前的任何写作都不同。没有对未来的畅想，每一句话都根植于此刻。我总以为自己是那种帮助他人讲述故事的作者，但我发现我越来越倾向于用第一人称写作。疾病让人审视自我。

作为一名病人，总有人要你检查自己的身体，让你报告自己的状态，形容自己的发现：你感觉怎么样？从 1 到 10，你的疼痛是几级？有什么新的症状吗？你觉得自己可以回家了吗？我现在明白为何很多作家和艺术家在罹患疾病时会写回忆录。写作会提供一种有所掌控的感觉，一种按自己的条件，用自己的语言，重塑境遇的方法。"这就是文学所能提供的——用语言有力地描述所发生的一切，"珍妮特·温特森[①]写道，"不是隐藏，而是发现。"

当然，有些日子我太累了写不了太多，但记日记重燃了我对文字的热爱，并启发我开始再次认真阅读。妈妈给了我一本精装的《弗里达·卡罗日记》(The Diary of Frida Kahlo)，我读得很入迷。卡罗的经历让我很感动：像我这么大时，她曾是墨西哥城的医学预科生，一天，从学校回家的路上，她乘坐的巴士和有轨电车相撞。她的锁骨、肋骨、脊柱、手肘、骨盆和腿部都发生了骨折。她的左脚被压碎了，右肩脱臼。有轨电车的扶手

[①] Jeanette Winterson（1959—   ），英国作家，因其古怪的、非传统的且时常是滑稽的小说而著名。

从她的臀部左侧刺入，从盆骨底穿出。伤势让她卧床了好几个月。

事故之前，卡罗梦想成为一名医生。之后，她不得不放弃计划，但长时间在家休养让她找到了新的爱好。"我从没想过画画，直到1926年我因为车祸卧床休养，"她说，"打着石膏躺在床上特别无聊……所以我决定做点什么。我从爸爸那里偷了点油画颜料，因为我无法坐起来，妈妈给我订购了一个特制的画架，然后我开始作画。"

卡罗把她有限的活动空间变成了一个充满比喻和意义的地方。用一个小的桌面画架和挂在床上方可以看见倒影的镜子，她开始画后来让她成名的那张自画像。那为了固定受伤的脊柱而穿的石膏胸衣，那具残损的身体，是卡罗的第一块画布，也是她今后永恒的灵感源泉。在她的一生中，她有过很多胸衣，这些集痛苦、美丽、囚禁与灵感于一身的物件定义了她的存在和事业的轨迹。她装饰每一件胸衣，用布条，猴子、羽毛鲜艳的鸟、老虎和有轨电车的图像覆盖它们的表面。有时候，她画自己的疤痕，甚至是眼泪。"我画自己，因为我总是一个人，"她说，"我是我自己的缪斯，是我最熟悉的主题，是我想深入了解的宇宙。"

卡罗的手术和恢复、爱情与心碎在她的画中永存，她最终获得了近乎神话的地位，成了不合群者和受折磨者的守护神。身体健康的人能画出这样的杰作吗？我不知道。它们可能来自一个从未被迫直面身体的极端脆弱的人吗？我不确定。

当然，我不是弗里达·卡罗，想象如何将我的不幸与创作结合仍旧很困难。但她的故事点燃了我心中的某种火焰。我开始研究那些把自己的痛苦转换为创作素材的艺术家和作家们：亨利·马蒂斯（Henri Matisse）从肠癌中恢复时设计了位于旺斯（Vence）的玫瑰礼拜堂（Chapel of the Rosary），他把自己公寓的天花板想象成礼拜堂，把画笔固定在一根长杆上以便在床上工作。马塞尔·普鲁斯特（Marcel Proust）因为从小就折磨他的严重哮喘和抑郁只能躺着生活，他在卧室的狭窄黄铜床上创作巨作《追忆似水年华》，为了隔绝外界的声音，他的卧室墙壁上贴着软木。罗尔德·达尔（Roald Dahl）相信慢性疼痛是他作家事业的创作跳板："我怀疑如果不是某个小悲剧让我的头脑摆脱了惯常的轨道，我可能一行也不会写，或者根本没有写任何东西的能力。"他在给朋友的信中写道。在这些案例中，正是身体不支，生活在其他方面受到限制的事实提升了想象力，激发了创造力。正如卡罗所写："脚，当我有可以飞翔的翅膀时，要你有什么用呢？"

我决定把我努力生存的过程想象成一种创作。如果化疗引起的口疮让说话变得过于疼痛，我就寻找新的交流方式。如果我被困在床上，我的想象力可以让我走出房间。如果我的身体极度疲惫，每天只有3个小时保持清醒，我会理清优先级，尽量充分利用有限的时间。

依照这个思路，我重新布置了我的卧室，确保我需要的一切都触手可及：一个堆满钢笔、笔记本和纸的小床头柜；一个装满我最爱的小说、诗集的书架；一块我放在膝盖上做桌面用的木板。在家时我每天都写日记，再次住院时也每天都写。我一直写，一直写，直到愤怒、嫉妒和痛苦都流干——直到我再也听不见监视器的哔哔声、呼吸机的嘶嘶声和不停响起的警报。我无法预计百日计划会带给我什么，但此刻我知道，我正在找到我的力量。

[第十四章]

移植在即，喜忧共舞

近一年前，在我确诊后不久，我用讯佳普（Skype）打电话给我正在阿根廷留学的弟弟亚当。我不得不告诉他我确诊了白血病，还有他是我痊愈的唯一希望。一开始他以为我在恶搞。"这并不有趣。"他说。"我没有开玩笑，"我说，"我希望我是在开玩笑。"我们之前没怎么告诉他我的情况，不想让他担心，当他意识到这不是一个玩笑时，脸一下就沉了下来。他什么也没问，中断了学业，几天后，登上了回纽约做必要检测的飞机。

检测结果显示亚当与我匹配——完美匹配，满分的捐赠者——然后我们庆祝了一下，为这个好消息而感到高兴。我们精神振奋，在逆境中保持了幽默感。很快我弟弟就给我取了一个外号——"你好，苏小白。"他每天早晨都会说。但之后我们逐渐意识到即将发生什么——突然我们家的每个人都开始依赖我弟弟。亚当坚称能帮上忙他很高兴，但他其实承受了很大的压力。临床试验开始时，他上大四，在学年的最后几个月，他的朋友们都在申请工作和尽情参加派对时，他往返于校园和纽约之间，与我们的移植团队见面。此外，爸妈担心他会做一些可能对健康有害的事情，所以反复提醒他不要喝酒、抽烟、在外熬夜。某天晚上妈妈说他摄入了太多的糖时，亚当爆发了。"这是要怎样？演什么该死的《姐姐的守护者》[1]？"他大喊道，然后冲出了房间。之后的几个月，他学习有点跟不上，减少了课程量。他开始服用治疗焦虑的药物，周末回家时，我能听到他在隔壁房间辗转反侧。

确诊后我一直暗暗感到内疚，这一切加剧了这种感觉。我为给家庭造成的经济压力感到内疚——大堆的医疗账单和共同支付费用[2]，家庭收入也减少了。我生病后，妈妈把精力从画画转移到了做我的全职看护上，爸爸常常因为我的医疗紧急情况而缺课，已经在考虑下学期请假。每次夜里发高烧，我都会感到内疚，因为想到他们要在高速公路上开三个半小时的车，送我去纽约的急诊室。爸爸下午去树林里长时间散步回来时肿胀的脸令我内疚。威尔拒绝工作升职时我感到内疚。他没有说是因为我，但我知道其实是因为我。他在试探老板容忍的极限，总是要求远程工作，这样他就可以在医院陪我，在折叠床上度过的无数夜晚让他疲惫到耳鸣，监视器不断的哔哔声让人根本无法休息。我对弟弟感到内疚，他很少说自己的感受，但一天晚上他向妈妈说，作为我的捐赠者，他觉得自己要对骨髓移植的结果负责。我的病对家庭的影响，我给每个人造成的痛苦和压力，我的身体和它的种种问题所占据的"空间"，都令我内疚。我不可能不感觉自己是个负担。

每一轮临床试验之后，医生都会做骨髓活检，检查残留的白血病原始细胞，把 10 英尺长的针头戳进我的后腰，留下新的伤疤。大多数时候，结果都显示情况有好转，但变化很缓慢。"再做几轮就可以了。"治疗周期结束后霍兰医生会说。这种情况持续了好几个月，直到终于——经历了无穷无尽的活检、几乎致命的并发症和长达几个月的住院治疗——我们终于等

---

[1] *My Sister's Keeper*，美国作家朱迪·皮考特（Jodi Picoult）的小说，讲述了一对夫妻为了拯救罹患白血病的女儿凯特，用基因技术"制造"了一个与凯特基因完美配型的小女儿安娜的故事。后被改编为同名电影。
[2] co-pay，指就医时，医疗保险受益人分摊的费用。

来了那个神奇的数字。尽管临床试验没有完全根除我的白血病，但我骨髓中的原始细胞数量已经下降到 5% 以下，这个水平足够安全，让我能够进入——我们都希望是最后阶段的——移植。

霍兰医生不遗余力地帮助我和家人为即将发生的事情做准备。他告诉我，我要在移植科待八周左右。第一周，我会进行高强度化疗以清除我的骨髓和免疫系统，让我的身体能够接受新的骨髓。我对伴随化疗的恶心和呕吐已经很熟悉了，但霍兰医生警告我们，这次的化疗会比之前我接受的都更具侵略性。我的身体必须在没有任何白细胞保护的状态下抵抗发烧和黏膜发炎。我可能会需要营养管，会全天进行吗啡滴注。

移植前一周，我弟弟需要注射刺激干细胞产生的药物（干细胞是能够分化成红细胞、白细胞和血小板的原始骨髓细胞）。移植前 48 小时，他会入院进行干细胞采集。他需要在病房里坐大概九个小时，手臂上插着针，连接上"从血浆中滤出干细胞的分离机"（apheresis）。一旦足够多的干细胞被收集到静脉注射袋中，就可以将它们注射到植入我胸口的中心线中。我的命运取决于这些干细胞能否在我血液中移动，进入我的骨髓并在其中生长和增殖。移植后的两周是最艰难的，我们要等待干细胞是否成功移植到我骨髓的结果。如果移植成功，来自捐赠者的细胞会逐渐补充我的骨髓，并建立新的免疫系统。我一旦血细胞计数稳定，不再需要输血，就可以出院了。我需要在医院附近找一个地方住，这样就可以每天来医院接受检查。恢复期需要几个月，直到我的新免疫系统足够强大，让我可以不戴防护口罩和手套出门。

在癌症病人中，骨髓移植被视为重生，是第二个生日，但前提是移植成功。移植本身就是危险的。最大的潜在并发症之一是移植物抗宿主病（graft-versus-host disease，GVHD）。移植物（捐赠者的细胞）无法识别宿主（病人）的细胞时，免疫细胞会无情地攻击异物——身体就是这样消除感染的，但如果是移植物抗宿主病，病人就会成为目标。最早的症状一般在移植后 100 天内出现，可能只是皮疹之类的轻微症状，但也可能更为严重，伤害肺、肝、眼睛和胃肠道。即使移植成功——即使我没有出现移植物抗宿主病——我仍然极易感染或出现包括心脏衰竭和器官损伤等的大量并发症。我的医生告诉我们，我的长期生存率大约是35%。听到医生的话时，这个数字嗖地一声穿过我的身体，让我骨头打战。即便我确实"长期"幸存，可能的副作用——讽刺的是，包括未来更易患新的癌症的风险——也很可怕。我感觉仿佛时刻有一把上膛的枪指着我的太阳穴。这是一场医学的俄罗斯轮盘赌。

确诊之前，我总认为"把握今天"（carpe diem）是陈词滥调，是那种会在罗宾·威廉姆斯（Robin Williams）多愁善感的电影或大学毕业演讲中听到的话。如今，随着移植日期的即将到来，每一天都像在倒计时。我渴望充分体验、利用我做的每一件事。每一天，每一小时都很珍贵，不能浪费，我仿佛是被时间追逐的猎物。妈妈有史以来第一次找专业摄影师为我们拍摄全家福。威尔和我最亲近的朋友为我举办了一场派对，气氛有点像祝我好运，又有点像与我告别。爸爸开始每晚在我去睡觉之前对我说"我爱你"①。我一直能感受到爸爸对我的爱，但这是我记忆中第一次听到他说出来。

这些举动令我感动，也令我害怕。当你可能不久就会死去时，人们会用不同的方式对待你：他们的目光在你身上停留，记录你的每一颗痣，描摹你嘴唇的形状，留意你眼睛确切的颜色，仿佛在画一幅你的肖像，然后将它挂在记忆的美术馆里。他们用手机拍很多你的照片和视频，试图冻结时间，把你的笑声记录下来，使有意义的时刻不朽以便未来在记忆之云中重温。这样的关注会让你感觉自己还活着就已经在被怀念了。

但最令我害怕的不是移植和其带来的令人虚弱的副作用，不是死亡的可能性，而是成为一个别人记忆中的没能发挥潜能的悲伤故事。成年之后，我最重要的成就是作为律师助理倒咖啡和复印，以及与我根本不想得

---

① 原文为法语。

的疾病做斗争。我还没有做成任何值得自豪的事情。我在这个星球上存在了 23 年，一直在为未来的人生做准备：我为了能拿奖学金进好大学，为了未来拥有自己选择的事业通宵学习争取好成绩；为了自以为未来会办的晚宴学习做饭；为了能去某地长期旅行存钱；我常谈论我想写的一切，但其实一直无法鼓足勇气公开我写的东西。我知道对于其中的大多数事情，现在开始也太晚了，但我决心抓住剩余的日子。直面死亡让我不再担心自己不"酷"，说出我希望有所作为不会让我感到尴尬或觉得自己太过认真。我希望，以我自己的方式，对世界做出贡献，哪怕是微不足道的贡献。我想要留下的比索取的更多。

与世隔绝近一年，我往返于医院和位于萨拉托加矿泉城的父母家，从今以后，我不想再躲藏了。"那些在我们内心中被压抑的东西，那些不得不隐藏的东西，在诗歌中爆发。"阿德里安娜·里奇[①]写道。我想弄明白我经历了什么，用我自己的方式去挖掘它的意义。我希望定义我自己的故事。

所以，我决定开一个博客。

我的想法是为一个常常被误解和忽视的群体——罹患癌症的年轻人创建平台。我还不知道要做成什么样子，但我开始记录我卧床和在医院的时间。在父母的支持和威尔的帮助下，我开始工作。我请高中时认识的摄影师朋友来拍摄照片；我找了一台便宜的摄影机，花好几个小时拍摄和编辑小视频；我研读优兔网（YouTube）上的教程，自学如何建设简单的网站；最终，为了准备博客的隆重上线，我起草了几篇文章，从我为百日计划撰写的文字中选了一些。

我很认真。"我要赶在截稿时间之前完成。"我会告诉过来查房或调药的护士。当然，截稿时间是我自己设定的，但有工作可做——有做一个病人之外的目标——的感觉真好。

[①] Adrienne Rich（1929—2012），美国诗人、学者。

2012年初博客上线时，我对它的期待很低。我确信我的读者主要是威尔，我的父母，可能还有我祖母。令我惊讶的是，分享我的第一篇博客文章的还有我的朋友、同学，甚至是我大学时的新闻学教授，他写信来告诉我，他颇欣赏我的文章，并打算把它发给一些同事。第二天醒来时，我发现《赫芬顿邮报》（The Huffington Post）在首页上刊登了我的第一篇名为《下午好，你得了癌症》（"Good Afternoon, You Have Cancer"）的文章。"今天，在我为骨髓移植做准备时，我发现最大的挑战不是身体上的，"我写道，"而是忍受生病的无聊、绝望、与世隔绝以及无限期地被困在床上。"几个小时之内，我那不起眼的网站就有了成千上万的浏览量。我发布了第二篇文章，这篇文章更加诙谐，标题是《不能对癌症病人说的十件事》（"10 Things Not to Say to a Cancer Patient"），为有朋友患癌的人提供了一份礼仪指南。很快，我开始收到一封封各地的纯陌生人的来信。

我最早收到的一封信来自一位化名利尔·GQ 的年轻人，他想让我知道我的故事触动了，用他的话说，一个死刑犯人的心。但他给我写信的真正原因是他以一种奇怪的方式理解了我的困境。"我知道我们的情况截然不同，"他用华丽的连笔字写道，"但我们的影子中都潜伏着死亡的威胁。"尽管利尔·GQ 并未生病，但他也卡在悬而未决的状态，等待着命运的发展。

我躺在纽约的病床上读他的信，想象着利尔·GQ 在 1500 英里外得克萨斯州的牢房里的生活，这简直是一种超现实的体验。我有好多问题想问他，我想了解的事情很多。我想知道他有没有像我一样计划过逃离；想知道他对死亡的恐惧与我是否相同；等待被疾病处死，和等待被法律处死是否不同。我迫切希望了解利尔·GQ 的过去——他是如何成为死刑犯的。我好奇他是如何打发时间的。每天早晨他如何醒来，当未来充满不确定，或情况更加糟糕，他注定迎来死亡时，如何继续生活？

我尝试回复了几次，但最终没能给他回信。博客占据了我所有的精力，我虚弱得无法坐在桌前，只能在床上靠着一大堆枕头的支撑写作。化疗让我的头脑变得迟钝，我断断续续地工作，在一天的不同时段能写的时候就写个 10 分钟。为了提升精力，我喝大量的卡布奇诺。加了糖浆的液体冷却了我发炎的口腔，咖啡因帮助我保持一定程度的清醒。病情严重、无法打字的时候，我就向威尔口述，他坐在我的床脚，用我的笔记本电脑打字，给我反馈和鼓励。这是艰巨、累人却令人满足的工作。

两周之后，等进入移植流程之前进行最后一次活检时，我收到了一封邮件。邮件来自一位读了我的博客，想知道我是否愿意为《纽约时报》（*The New York Times*）写文章的编辑。想到能有署名，我感到一阵激动，甚至想在病房里跳上跳下翻几个跟头。我回复了邮件，并附上了我的电话号码，令我惊讶的是，编辑立刻就打电话过来了。

"你有兴趣吗？"编辑问道。

"可能会有。"我虚张声势。

我从来没有在真正的报纸上发表过文章，也从来没有和编辑合作过。我大一的时候曾被创意写作专业拒之门外，除了选修的两门新闻学课程，我根本没有正式学习过写作。但在我写日记和构思博客的漫长时间里，一个想法开始在我脑中形成且日益膨胀，直到占据我的内心。我渴望找到语言来描述我骨头中发生的神秘事件，描述卧床、孤独自省的无尽岁月，描述所有的羞辱和与死亡擦肩而过的经历，描述目睹病友接连去世、仿佛也带走我的一部分的感觉。事实上，我不知道自己在做什么，更不知道我的身体能否支撑我完成这一切，但我知道我几乎没有什么可失去的。癌症令我无所顾忌。

"其实我希望写一个关于年轻人患病体验的每周专栏。"

作为一个从未发表过作品的 23 岁作者，向《纽约时报》申请专栏可谓颇为自负。我知道相较于把残存的精力全花在写作上，我应该休息，为移植做准备并和我的家人在一起。我应该停下来自问实时分享我人生最艰难的时刻对我的健康、我的未来和我爱的人会产生什么影响。但我穿着蓝色棉罩袍，拿着手机在病房里踱步，解释我计划如何将确诊后的经历转化成千字左右的、每周发表的系列文章。我还提出专栏还可以搭配系列视频，并解释这是因为我亲身体验过身体不适的时候阅读有多么困难，而我希望这个项目可以包容更多的读者。

"好的，"编辑回复道，"专栏我们可以尝试几期，看看反响如何。我会把你介绍给我们负责视频的同事，你们可以探讨视频系列。完成第一期专栏的草稿之后请联系我。"

挂断电话后，我的眼泪夺眶而出。

"出什么事了？"妈妈紧张地问。

"我想我有工作了。"

"像时日无多一样写作。"安妮·迪拉德①教导我们。我们都是这颗星球上的绝症患者——死亡一定会来，悬念仅在于它"何时"来。随着移植即将到来，她的话回响在我耳边。每一次呼吸，每迈出一步，死亡都如影随形，比以往任何时候离我更近。一股疯狂的能量充满我的身体。进入移植科之前，我没日没夜地工作了一个月，因为我知道估计要很久以后我才能恢复到可以再次写作、走路或进行任何其他活动。如果你知道自己可能很快就要死去，你会写什么？我在床上面对我的笔记本电脑，走进了我人生版图中的静默区。我写我丧失了生育能力，而没有人警告我这会发生；写学习如何应对我们荒谬的医疗系统；写患病时坠入爱河意味着什么，以及我们如何谈论——或避免谈论——死亡；写内疚；我还写了一封遗书，以防我成为没能撑过移植的病人之一。至今，我都再没有那么高产过。死亡能给人很大的动力。

我的专栏和配套视频系列，名为《被打断的生活》（"Life, Interrupted"），计划于2012年3月29日首发。几天之后，我会接受骨髓移植。即将发生的里程碑事件同时到来，令我眩晕：仿佛美梦和噩梦跳起了探戈。

---

① Annie Dillar（1945— ），美国作家，因以自然世界为主题的沉思散文而著名。

[第十五章]

在望远镜的两端

进入骨髓移植病区的第一个晚上,我躺在病床上,眼睛睁得大大的,上方悬挂着有光环的静脉注射袋。我的恐惧仿佛一头活生生的怪兽,我可以在房间里闻到它湿漉漉的皮毛的味道,感觉到它粗重的呼吸热乎乎地喷在我的皮肤上。我推开毯子,下床,跨过把我和各种机器连在一起的管子和线组成的藤蔓。我像我的朋友叶海亚那样匍匐在地上——格外注意不撞到头——用额头触碰冰凉的油地毡。我父母的成长背景分别是伊斯兰教和天主教,我是在各种信仰和传统混合的环境中长大的。和瑞士的家人在一起时,我们庆祝复活节,并去做弥撒;和突尼斯的家人在一起时,我们在斋月禁食,并在开斋节宰羊;在美国时,除了圣诞节外,我们过着相当世俗的生活。尽管我一直对宗教很有兴趣,但从没有真正实践过。我不知道如何祈祷,向谁祈祷,但我清楚:我需要一切可能的帮助。

我到底想要什么?在这间病房中有多少其他绝望的人曾尝试与更高的力量讨价还价?我开始感到头晕,虚弱的腿被我的体重压得不住地发抖。我努力支撑着自己,抓住朋友送我的一支在黑暗中会发光的笔,走到了墙边。我写不出诗句,也没有雄辩的宣言要发表。我只有一个简单的、出自动物本能的渴望:让我活下去,我用小小的字母潦草地写道——既是祈祷,又是恳求。

新的环境加剧了我那一刻的恐惧。研究了最好的移植科之后,我决定从西奈山医院转到拥有城里——甚至可能是全国——最好的移植科的斯隆·凯特林纪念癌症中心(Memorial Sloan Kettering Cancer Center)。然而这个决定仍然令我不安。选择进行骨髓移植的医院有点像选大学——除了反光的小册子和短时间的见面及问候,只有时间会告诉我有没有做出正确的选择。斯隆·凯特林的移植科有着各式各样发出哔哔声的监视器、充满未来感的设备和身着手术服、戴着口罩的陌生脸庞,身在其中让我感觉自己好像登上了外星人的飞船。我想念霍兰医生和我的医疗团队。在过去的一年中,我的医生和护士开始变得像我的家人。"你好起来以后一定要来找我。"跟我告别时,尤妮克说道。

最后一周全是各式各样的告别。我在萨拉托加矿泉城度过了进入移植科前的最后几天。我用我的红色行李箱收拾了为住院八周准备的行李,最后一分钟决定带上我小时候喜欢的毛绒小狗困困。离开的前夜我睡不着觉,早晨五点起来在房子里到处逛。我看了我儿时的卧室最后一眼,向粉红色的墙壁、书架和我喜欢的旧海报告别。我用手抚摸我的低音提琴的木质颈部,我也向它告别。我向餐桌告别,我们一家人多年来无数次在上面一起吃饭。还有向妈妈花园里上冻的花床告别。威尔和爸爸妈妈下楼来吃早餐,然后把我们的行李放进车里。随着面包车驶离房子,我感到一种愈发沉重的悲伤,我不知道自己是否还能回来。对于面对死亡的人来说,哀悼是现在时的,早在身体最后一次呼吸之前,就以一系列私人的、"以防万一"的形式开始。

在移植科,围绕我的人主要关注的是我患了什么病——而不是我曾是什么样的人。戴着口罩的医生和护士站在我的病床前,注视着我,仿佛我不在房间里一样讨论着我。他们给了病人一件医院罩袍，与病人交谈，检查病人，在她身上戳来戳去，小声讨论她。他们只有一个目标——治愈病人并让她回归原本的生活。这一切蕴含着一个奇怪而讽刺的事实：我确诊不过一年，但已经记不起以前的自己是什么样的了。

接下来的一周，我的免疫系统被 20 次高剂量的化疗药轰炸——比我确诊后接受的所有化疗药加起来还要多。在这期间，我让病房保持整洁。我一直喜欢收拾整理，但我对整洁的坚持几乎到了强迫症的程度——我把书、药和水瓶在床头柜上排成一条笔直的线。我拒绝穿医院罩袍，而是穿着我的睡衣和羊皮拖鞋。每天早晨我从床上起来，移动到病房里铺好干净床单和毯子的折叠沙发上。我从家里带了一个便携音响来，修改我的《纽约时报》专栏文章和回复邮件时，用詹姆斯·布朗（James Brown）或巴赫的音乐屏蔽医院的声音。我拼命工作，希望在并发症变严重之前能干多少就干多少。无可避免地，并发症加剧了，打字时，我一只手臂下夹着一个黄色的呕吐桶。

移植当天——被称为第零日——的清晨，我父母和威尔穿着黄色的罩衫，戴着蓝色的口罩来到了我的病房。我弟弟跟在他们身后，像平常一样和我打招呼。"你好①，苏小白。"他说，随后俯下身来，我们用戴着乳胶手套的手对了对拳。我笑了，然后回答："希望这是我最后一次听到这个名字。"几分钟后，医生和护士一个接一个走进了房间，空气中的轻松气氛消失了。

鉴于我们做了那么多的准备工作，实际的移植流程可谓平淡无奇。所有人庄重地站成两排，像一队士兵守在我病床的两侧，注视着我弟弟的干细胞从悬挂的静脉注射袋中滴进我的身体。最后几滴进入我的血管时，我感到很平静，可能是因为我早已神飞天外。我闭上了眼睛，开始想象我跨过海洋，去往另一个大洲，和威尔在巴黎，或沿着突尼斯的街道漫步，我

---

① 原文为法语。

的身体强健，头发又留长了。

整个过程几分钟就结束了，大家又一个跟着一个离开病房让我休息。

我的医疗团队警告我最困难的时期是未来的几周，我再次被"隔离"了。移植科的预防措施比我在西奈山医院经历的一切都要极端得多。我病房中的专门通风口会过滤空气中的杂质。为了杀死任何潜在的病菌，我的所有食物都被煮到面目全非。任何进入我房间的人都必须洗手，并穿上防护服——塑料手套、手术服、口罩和套在鞋上的鞋套。在我的免疫系统重启之前，亲吻、握手、新鲜水果和蔬菜、普通感冒和被纸划破，所有这些都可能杀死我。就连鲜花都不能接触，但告知朋友和家人这一点又显得自以为是，所以送来的花束原封不动地堆在我的病房门口。

目标是撑到第 100 天，或者叫"检查日"，评估病人移植后恢复情况的第一个重要日期。我尝试躺在床上记录过了多长时间，我每天都以 45 度角躺着，防止肺部充满液体，但时间很快开始变得模糊。静脉注射仪像遮阳棚一样挂在我的病床上方，承载着我每天摄入的液体、免疫抑制剂、止吐药、三种不同的抗生素和全天候的吗啡滴注。天花板上的排气口喷出冷空气的嘶嘶声是持续不断、令人焦虑的背景音轨。

我这样度过了两周，没出什么大事情。随后，在第 14 天的凌晨，有人开始尖叫，那惨叫低沉而持续，把我吵醒了。房间很暗。警报响了。管子像蛇一样缠在我身上。我胸口有滑滑的东西。我觉得有潮湿的东西从我的锁骨下面喷出来，顺着我的身体向两侧流淌。过了一会儿，房门打开了，一位护士的脸出现在我的上方。她按压着我的肩膀，那时我才意识到是我自己在尖叫。"我的天。"她惊恐地看着我，脱口而出。我做了一个噩梦，梦到很多虫子在我身上爬来爬去，啃噬着我的皮肤。在药物造成的神志不清的惊恐中，我把导管从胸口扯了出来。

一个临界点，长期住院特有的幽闭恐惧症，会在被锁在一间病房里的第二周左右到来。时间变得漫长，空间崩塌。你长时间盯着天花板看，以至于开始看到形状和图案，整个宇宙显现在爆米花石膏天花板[①]上的裂口和缝隙中。墙壁开始向你逼近。当噼啪的雨声把你从药物造成的混沌中唤醒时，你会对它产生前所未有的渴望——想要去户外，感受雨水沿着你的后颈滴落，仰起头用舌头品尝天空的味道。你想要打开窗，尽管你清楚它们是封死的。你的绝望开始接近疯狂。

除非曾被关押过，大多数人不知道这样生活——被无限期地关在一间小小的白色房间里——是什么感觉。在移植科我常常想起几周前给我写信的死刑犯利尔·GQ。我想知道他在单人牢房中是怎么打发时间的。我想知道他是如何——能否——不被逼疯。受到他的启发，我开始写一篇专栏文章的草稿，在其中对被我称作"坐癌症牢"的状态进行了反思：

与囚犯有关的词汇似乎很适合形容癌症病人生活的方方面面。你的行为受到了监控。吃什么、什么时候吃这种最基本的决定需要得到某个上级的事先允许。还有化疗，简直像半致命的惩罚。医疗人员是法官。在任何时刻，你的法官可能会判决：缓刑、软禁、服刑时间延长，对于某些人来说，甚至是死刑。我从未出席过庭审，但我想象那种心情应该类似医生念出你的活检报告之前肾上腺素涌动的感觉。

在移植科度过的这些漫长、错乱的日子里，陪伴我的除了利尔·GQ的信，还有很多陌生人的文字。每天早晨，我检查我的邮箱时都会发现十几封《被打断的生活》的读者的来信。尽管我无法离开病房，写作却成了让我穿越时间、空间的传送门。

给我写信的人各式各样，他们中的很多人亲身经历过疾病。有一个来

[①] popcorn plaster，因表面纹理像爆米花而得名。

自佛罗里达州名叫尤妮克的女孩，正在接受肝癌治疗，给我发来了基本是用表情包写成的消息。还有俄亥俄州的退休艺术史学家霍华德，他一生的大部分时间都患有一种神秘的慢性自身免疫疾病。"你是年轻女性。我是年老男性。你在向前看。我则向后看。或许会死是我们唯一的共同点。"他写道，"意义不存在于晚餐、爵士、鸡尾酒、对话之类的物质世界中。意义是这一切都被剥夺之后剩余的东西。"给我写信的也有从未生过重病，但对生活"被打断"的广义概念有共鸣的人。有正在与不孕症斗争的中西部参议院议员的妻子，有患有双相情感障碍①的波士顿年轻男子，最近失去了栖身之地，住在车里。还有加利福尼亚州的高中老师凯瑟琳，因儿子的去世而哀痛不已。

我在移植科应该感到前所未有的孤独，但这些陌生人和他们的故事成了连接我们和外部世界的渠道。收到信我很开心，尽管我很少有精力回复。当我回复时，我优先给那些罹患癌症的年轻人写信——毕竟他们是经历与我最相似的人。来自密歇根州的 19 岁男孩约翰尼也在斯隆·凯特林纪念癌症中心治疗白血病。他在读了我的专栏后上推特（Twitter）给我发了消息，我立刻就回复了。这是我第一次有机会和一个与我确诊同一种病的年轻人交流。我们两人都处于"隔离"状态，在同一座医院不同楼层各自的泡泡里，无法见面。我们在网上聊天，话题时常在愚蠢和严肃间跳转。我们都因为吗啡而神志不清，因此压根不讲究标点、拼写和语法，写的句子特别长——这令人大感解脱。

约翰尼：医院菜单上你最喜欢的食物是什么？
我：墨西哥夹饼（QUESADILLA）。
约翰尼：对，昨天吃了一个墨西哥夹饼，好吃到上天。
我：你是等不及了吗？

---

① bipolar affective disorder，一种精神障碍，患者的特征是心境在躁狂与抑郁之间来回转换。

约翰尼：刚被搬到了儿科楼……我分到了中间的床，另一个人去洗手间要从我前面走过，另外风景也没有原来好。

约翰尼：bmt（骨髓移植）之后你感觉怎么样？

我：暴躁易怒。护士每天早上5点来给我测体重。

约翰尼：我等不及想过没有癌症的生活。

我：我也是。你知道什么加速时间流动的咒语吗？

我为约翰尼感到心痛。我们共同的经历很残酷，但我们之间存在一种奇怪的美好：两个彻头彻尾的陌生人，从屏幕中伸出手，亲密地抱紧彼此。

移植近三周之后，威尔背对着我，从我病房的窗户向外看去，为躺在床上的我描述清晨的样子。阳光的照射下东河（East River）波光粼粼。桥梁的凸缘从黑黢黢的经济公寓中露出。黄色的出租车像大富翁棋子一样冲过约克大道。身着西装、行色匆匆的小人去上班。我想和他一起看，但我没有力气起床并把输液架拖到五英尺外他站的地方。我知道几分钟后他就要去上班了，但药物让我的眼皮沉重。再次醒来时，他已经走了。

这样的睡眠仿佛避难所，让我暂时逃离移植的副作用。临床试验期间长回来的一点头发又掉了，我的皮肤脆弱柔滑，仿佛幼虫。我的体重急剧下降，我本已皮包骨的躯干更瘦了，但因为被注入了类固醇和液体，我的脸颊变得圆润而肿胀，癌症病人称之为月亮脸。我的身体缩小和胀大的部位完全错误，破裂的血管像水彩颜料一样在我皮肤表面绽放，我感到自己十分丑陋，像个怪兽。

我的免疫系统被完全消灭了。我在等待亚当的健康细胞移植，但用的时间比预想的要长。亚当在完成大学最后几周的学业，他应该把全部精力用在期末考试、派对和毕业上。他和我父母以及所有进入这个无菌泡泡的人一样,把担忧藏在口罩后面。

一天傍晚,我醒来听到了父母的声音。转头和他们打招呼时,我感觉喉咙里有什么东西像威扣魔术贴(Velcro)一样撕裂并松开了。我猛地前倾,嘴里全是血,把一团恶心的肉吐进了床边的塑料桶里。

"怎么回事?"我父母紧张地大喊,呼叫护士。

"你们的女儿吐出了她的食管膜。"护士用平淡无奇的语气解释道,平静地看着我吐出来的东西。

化疗破坏了我口腔、喉咙和消化道表面的黏膜,让我无法说话或吃碎冰之外的任何东西。时间一个小时一个小时地过去,我不停地把焦黑的肉吐进床边的桶里。止痛药和止吐药有一定的帮助,但在醒着的大部分时间,我都假装自己是一尊塑像,努力一动不动地坐着,希望能让我翻腾的胃舒服一点。医生在我的床边用黄色手术服围了一个守护圈,给我接了一根营养管,上面有一袋黄绿色的液体。

那天晚上,威尔回来了。他为了和我在一起,推掉了工作晚餐。我想问他这一天过得怎么样,有没有做有趣的事情,是不是在公园吃的午餐,有办公室八卦吗……但我们被护士打断了,她来挂一袋新的药。它很快就会让我昏昏欲睡。威尔提出读书给我听,或者准备拼字游戏,哪怕我只能玩几轮。我已经想不起来我们上次玩是什么时候了。

威尔的日程中满是工作和在我进入移植科前的一周他加入的篮球和足球联赛的活动。在大多数夜晚,他来到病房时,我已经睡熟了。我知道他需要一个渠道应对压力——所有看护者都需要——但我不能理解他为什么突然这么忙。我越来越觉得我们仿佛在从望远镜的两端望向彼此。

我的牙齿在打战,威尔给我披上了一条加热过的毯子。他在小纸杯中给我倒了一点水,我沾湿了我的舌头,让冰冷的液体在口中流动——这对我肿胀的脸颊能起到短暂的舒缓效果——然后再把水吐掉。我在和我的身体做斗争。我们有很多事情要谈,但我突然感到疲惫不堪,眼皮变得很重。威尔坐在我的床边，我逐渐失去意识时，我们戴着蓝色乳胶手套的手紧握着。

[第十六章]

希望之居

我坐着轮椅离开医院来到约克大道上,冲着太阳扬起脸,让它温暖我蜡黄的皮肤。这是一个温暖的 5 月的下午,我戴着羊毛帽子,裹着滑雪衫,但牙齿像往常一样在打战。轮椅堵住了医院大门前繁忙的人行道,我在等妈妈和威尔叫出租车。行人让到一边,无意中成了我们一行人的观众。钻进等待的出租车时,我的脚短暂地碰到了人行道。

移植后已经过了一个多月。医生告诉我尽管我还是没有免疫系统,但初步检测显示亚当的细胞终于开始在我的骨髓存活。我开始有了好转的迹象:最近几天,我从用营养管变成能吃下几块苏打饼干,可以下地走路,虽然很慢但几乎不用搀扶,血细胞计数也在向好的方向缓慢发展。还要几周我们才能知道移植是否成功——第 100 天还在前方——但现在我只想着一个小小的胜利:出院。

医生把我送进了希望之居(Hope Lodge)——位于曼哈顿中城的一个癌症病人中转站,接下来的三个月我会住在那里。那是一幢有 60 间房的灰色混凝土建筑,与杰克的 99 美分商店(Jack's 99-Cent Store)同一条街,距离宾夕法尼亚车站一个街区。在可见的未来，我无论去哪里都要戴手套和口罩。不能乘地铁，不能去公共场所，不能接触病菌，我的医生们警告道。我坐着轮椅从出租车来到入口，人行道上满是行人。我把口罩拉起来，把口鼻遮得严严实实。

我很感激希望之居的存在，感激筹钱办希望之居的陌生人，但在一个理想世界中，我不用住进这里。在理想的世界中，我应该有自己的地方。我会搬进妈妈在东村的第一间公寓，多年来她一直保留着这间公寓，直到最近才租给长期租客。但我的免疫系统太脆弱了，我不能住进紧挨垃圾桶的战前建筑中的底层公寓。此外，那里也住不下我、威尔和妈妈我们三个人。移植后我们很快就发现，看护刚刚接受移植的病人是一份全天候的工作，妈妈和威尔计划共同承担这项工作，所以我们决定我住进希望之居，而他们则根据需要使用公寓，把它当作某种看护人前哨。这是我们在当时的条件下所能想出的最好的计划。

一到希望之居，我们的计划就破灭了。进门后，一位接待员招呼我们，并交给我们一把房间钥匙和一包资料。然后威尔和妈妈跟着我走进电梯，准备上楼去房间，可接待员在我们身后说在居住层每次只允许一名看护人员陪同病人，没有例外。我们试图争辩，说这种僵化的规定没有考虑到病人的需求和疾病的不可预测性。但规定就是规定，很明显威尔和妈妈分担看护工作，像一家人一样灵活协作的设想不可能实现了。无法随机应变，他们不能在支持我的同时彼此支持。我必须不停地在两人之间做出选择。

我难以抉择。我只想向父母索取帮助，但我感觉威尔和我的距离越来越远，而我不想与他分开。确诊之后，我最害怕的除了死亡就是失去他，我现在病得比任何时候都更重，我的直觉是把他留在身边。所以我建议威尔和我一起住在希望之居，我妈妈则在威尔白天上班的时间来看我。当时，这似乎是一个不错的折中方案。

我和威尔在希望之居住的房间阴暗简陋——两张双人床、棕色的地毯、汽车旅馆般的装修,缺乏自然光。走廊尽头是公共厨房,我们会在那里遇到其他看护者和病人,不得不停下来进行诸如此类的闲聊:"刚从医院过来吗?""脑肿瘤怎么样了?"楼里的气氛悲伤而沉重。每个住在这里的人都抛弃了真正的生活。

希望之居的员工努力营造轻松的气氛。六楼有一间有壁炉和宽敞室外露台的起居室,病人可以坐在那里,见前来探访的朋友和家人。休息室中会举办禅宗冥想课和中性粒细胞低下者也可以参加的烹饪课,每周志愿者还会组织几次特别活动——音乐会、喜剧表演以及本地餐厅赠予的晚宴。甚至还有每周"茶会"。每周三下午,组织者们穿着香奈儿套装屈尊来到休息室,踩着鞋跟足有六英尺高的高跟鞋摆放一盘盘蛋糕和点心。我确信这些女士的本意是好的,但我无法忍受她们用很大的音量和很慢的语速,以一种居高临下的语气对我们病人说话,仿佛我们不仅病了,还因为某种原因不会说英语。我很快就开始感到厌烦。我不想要她们的施舍和同情。我不想变成某人每周做好事的对象。

移植后,我每天睡 18 个小时。不睡觉时,我闭着眼睛躺在床上,太疲惫了,没法坐起来、说话或者读书。唯一的例外是看《五十度灰》(*Fifty Shades of Grey*)。我一个周末就把三部曲看完了。它如此夸张过界,方方面面都和我面对的现实截然不同,糟糕到好笑,又让人停不下来,但却是唯一在我感到强烈的恶心时能够转移我注意力的东西。

"经典问题二选一,"一天早晨我对威尔说,"得急性髓系白血病还是读《五十度灰》?"

"白血病。"他毫不犹豫地说。

威尔每天都为我准备早饭,尽管多数时候我只能吃一口。然后他会和妈妈交接,去上班。我每天最害怕的事情是从希望之居去医院,输血,补充水、镁和化疗破坏的其他营养物质。我总是感到恶心,在坐车横穿中城的 20 分钟内,我几乎每次都吐。一次,我在后座剧烈呕吐时,出租车司机以为我喝醉了,要求我们下车。我还没来得及解释,他就把我们丢在路边,把车开走了。

住进希望之居不到一周，我收到了美国国家公共广播电台（NPR）《国家讲坛》节目（*Talk of the Nation*）的邀请。那是一个大日子：出院后我第一次真正出门。静脉注射结束后，妈妈和我打车前往位于布莱恩特公园（Bryant Park）另一侧的美国国家公共广播电台办公室。我以前从未被任何人采访过，心情非常激动。

不知道为什么，专栏发表后，我接到了各式各样的采访邀请。读者开始在医院候诊室接近我，在曼哈顿的人行道上，甚至有人走过来，告诉我他们很喜欢我的专栏，会支持我。这种关注让人受宠若惊，不知所措。癌症让我变成了海报病号[①]。

不是所有人都为此兴奋。我和威尔的关系因为我的专栏变得紧张。他担心撰写专栏对我健康的影响，并抱怨我把我所剩无多的精力都投入了工作。他说得没错：我能够感觉到我的抱负与身体极限的冲突。我的大脑充斥着药物带来的毒素，好像坏掉了。我曾经能非常详细地记住大量无用的信息，从开学第一天我三年级老师的衬衫颜色，到我喜欢的书的完整段落，现在我回忆最亲近的朋友的名字，甚至是自己的手机号码都很困难。移植之前，写作是我的避难所，现在它时常会导致挫败感和让我伤心流泪。但我下定决心要尽力做我能做的事情，哪怕这意味着突破我身体的极限。

接受 NPR 采访的前一天晚上，我发着低烧，整晚都在被子下发抖，每隔几分钟就咳得撕心裂肺。威尔和妈妈都恳求我换一个采访时间，但我拒绝了，我不知道这个机会能保留多久，或者我能不能再恢复到能接受采访的程度。我要接受采访，任何人无论说什么都无法让我放弃。

在 NPR 的录音棚里坐定并完成试音时，我已经精疲力竭了。用塑料杯

[①] poster child，多指慈善机构宣传某种疾病或问题时海报上出现的患有该疾病或遭遇该问题的人，尤其是儿童。

喝水时，我的手不住地颤抖，我的声音是虚弱疲惫的低语。我尽力回答主持人以及打进电话的听众的问题，但我根本不记得自己说了什么。我只记得按控制板上那个标着"咳嗽"的按钮，可以用它去除我努力吸气时带痰的咳嗽声。那个按钮我一定按了 50 次。

到了采访的末尾，我瘫在椅子上，必须说话和坐直的体力消耗令我疲惫不堪。主持人还有最后一个问题。"我们还有几秒钟时间，"他说，"你现在还有生命危险吗？"

这问题令我措手不及。我当然用了很多时间思考死亡，但这是第一次有人直接这样问我。听到这个问题在全国广播节目中被直接问出来，让死亡的危险比以往任何时候都显得更明确和迫近。这让我意识到主持人、听众、我专栏的读者——他们可能都想知道：我会幸存还是死亡？我幸存与否无意间变成了悬念，陌生人带着对接下来几周会发生什么的病态的好奇关注着我的故事。这样的想法令我不安。我打起精神，决心以坚强的姿态结束采访，但开口时，我的声音单薄无力。"我对未来充满希望。"我没什么说服力地小声说道。

我肺里潜伏的东西很快占领了我的免疫系统。那个周末，在母亲节，我没能按计划和妈妈在希望之居的休息室吃早午餐并看电影，而是蜷缩在急诊室的担架上，妈妈守在我身边。我的血压很低，心率则高到了危险的地步。尽管我反对，但医生让我重新住院。"我诅咒了我自己，"我想到了在采访最后说的话，我对妈妈说，"我应该说我谨慎地对未来抱有希望。"

我们出生和死去时都需要被照顾，但我很难接受自己变得无能。在医院迷迷糊糊地度过危险期后，我回到了希望之居，无比虚弱，像幼儿一样依赖威尔和妈妈。在接下来的几周里，我愈发衰弱，到了第 70 天，就连完成淋浴或做三明治之类最基本的事情我都需要他们的帮助。我太虚弱和恶心以至于无法行走，只能用轮椅四处移动。我会在半夜醒来感觉到心脏不稳定地在胸口跳动，时慢时快，令我不安，让我对自己的脆弱格外敏感。

在第 80 天左右，我的额头出现了斑驳的疹子，所有人都慌了。这是我曾被警告过的移植的潜在致命并发症——移植物抗宿主病的最初症状。我的医生们加大了类固醇和抗排异药物的计量，并对我进行了严密的监控，希望情况能够好转。

独立并不是唯一正在消逝的东西。自从搬进希望之居，威尔下班回家的时间越来越晚。他会到了最后一分钟才打电话问有没有人能代他值夜班，如果我说这样临时通知可能有点困难，他就会问我们为什么不多找一点人帮忙。我知道希望之居不是什么有趣的地方，照顾我的身体也很辛苦。我没有精力顾及他，但我比以往任何时候都更需要他。我们在一起时，我像一块海绵一样吸收他的爱，极度渴望与他再次亲近。当我提到他与我距离越来越远时，威尔坚称这一切都是我想象出来的，但我仍旧感到担忧。

一天晚上，等威尔下班时，我收到了一条他的短信："我和几个朋友在圣马可（Saint Marks）的一家酒吧喝一杯。你要不要来？"我盯着我的手机，思考着如何回复。他可能是真的希望我能去，但我们都知道我可能还要好几周，甚至是好几个月才能恢复到能去公共场所的程度。去圣马可的酒吧，曼哈顿下城最污秽拥挤的地方，简直是天方夜谭。"对不起，我去不了。但我想你是知道的。"我回复道。妈妈正在穿她的大衣，准备晚上出去，她难得计划和朋友吃晚餐，尽管我知道她一定愿意留下陪我，但我没有提。

我一个人躺在单人床上，等威尔。夜色降临，房间被黑暗吞没，城市的灯光在窗外明亮地闪烁。随着时间的推移，我心中涌起一种冰冷的、原始的恐惧。吃最后的药之前我需要吃一点东西，但我太累了，无法走到走廊尽头的公共厨房，所以我用水把一把药片灌了下去。这是一个外行人的错误。威尔到家时，已经过午夜了。我伏在垃圾桶上，身边的床单全被呕吐物弄脏了，我的睡衣也被汗水浸湿了。威尔在我的床脚僵住了，满脸愧疚。他抱着我去洗澡时，我感觉有两种感觉在我心里斗争：我恨你，我需要你。

在第 100 天的早晨，我坐在公共厨房的蓝色塑料卡座中，威尔在准备早饭。为了让他安心,我用勺子把黏糊糊的燕麦片在盘子里推来推去,假装在吃,但我的心思不在这里。几分钟后我们就要去医院了解上周我接受的各种检查的结果。有两种可能:移植成功,我最终会没事;移植失败,白血病会复发,这一次可能导致我迅速死亡。我从没想过还有第三种可能。

威尔洗盘子时,我焦虑地浏览着来自读者的邮件,寻找能转移我注意力的东西。有一封邮件吸引了我的注意。标题是:回归的艰难过渡。邮件附了一张年轻男孩赤裸着上身坐在病房里的照片。他的肩膀很宽,肌肉发达,红润的脸颊容光焕发。他的头和我一样光滑,没有头发,但他自信的样子令我惊讶。我把手机递给威尔,给他看那张照片。威尔吹了一声口哨。"该死,他比我帅。要不是我了解你,我都要担心你要把我甩了,找一个病友做男友。"

这个年轻人名叫内德。他的邮件讲述了自己的故事。2010年,内德正在上大四,还处于幸福的无知状态,对毕业后会发生什么一无所知。他忙着写荣誉论文,并开始和一个美丽的女孩约会。他申请了去意大利的富布赖特奖学金,希望毕业后去那里。他寒假回位于波士顿的家时,做了CT,扫描显示他的脾脏肿大。进一步检查之后,医生确认他得了白血病。这不是内德第一次生病。三年前,他确诊睾丸癌,不过他提起这事时语气轻描淡写。"'低配版癌症',只需要做一个手术。"他这么形容。

这是一个我很熟悉的故事。这是我的故事,也是专栏发表后,我听到的很多年轻癌症病人的故事。它们带给我安慰,让我知道世界上有很多像我一样的人,一个看不见的共同体,隐藏在病房里,被拴在静脉输液架上。

但内德的故事转向了意想不到的方向。"让我想给你写信的原因是我知道你很快就会好起来——返回真实世界,过渡到正常生活。我的回归很不顺利。"读到这里,我意识到这封信的主题不是年轻人罹患癌症。它讲述的是癌症消失后会发生什么。我无法想象癌症治愈后的生活,至少现在不能。我还被困在希望之居,还在用轮椅移动;我的病还远未治愈,除了即将出来的活检结果,我什么也无法考虑——更别提癌症治愈后的生活了。

几分钟后,威尔和我下楼来到希望之居的大堂。妈妈在那里等我们,我们一起出去,拦了一辆出租车。我带了几个塑料袋,以防在车上恶心,但这一次让我的胃翻滚的是紧张。到达医院后,我们乘电梯来到骨髓移植科门诊,因为紧张而一言不发。

接待员叫了我的名字,我们被领进诊所后面的一个房间。我的医疗团队走了进来,一位护理人员跟着我的移植医生——他体格结实,戴着眼镜,总是挂在脸上的严厉表情掩盖了他温和的性情。我屏住了呼吸。"好消息是最近的活检显示你的骨髓中没有癌细胞了,"他说,"移植似乎成功了——目前看来是——但还要好几个月和多次诊断,我们才能确定。"

"坏消息是?"我问。当然,我希望没有坏消息,但是到现在我对医生如何谈话已经足够了解,因此怀疑肯定有坏消息。

"坏消息是你很可能复发。因为你骨髓中的染色体异常,而在移植前我们没能完全消除白血病,你的病很可能复发。我希望你尽快开始实验性的维持化疗,身体条件允许就立刻开始。"

我坐在检查床上,抱着膝盖,被绝望吞没。是那种溺水般的绝望,我仿佛在水下,外界的声音都变得很小很遥远。我想到早晨读到的内德的信。回归正常生活有什么难的?此刻我愤恨地想。我只想恢复正常。如果能离开这些病房,对我来说就很幸运了。我的癌症就像垃圾场的恶犬,此刻可能被关起来了,但凶暴又满腹怨言,随时会在铁丝网下挖洞逃走,我必须殊死一搏才能把它关在栅栏后。我要忍受更多实验性的治疗,经过数月甚至数年无数的测试,跟进治疗的进展,一点点接近治愈。没完没了地接受下一次扫描,进行下一次活检。

"我要做多长时间的维持化疗?"我问医生,为答案做着心理准备。"很长时间,"他轻轻地说。"一年,可能更长时间。"我看向威尔。他的脸上露出了男人在感觉被困住时会露出的那种阴沉失望的表情。我没法怪他。但是,现在回头看,我其实还是怪他了。

[第十七章]

自由的进化

家对于我这样的人来说是一个难以捉摸的概念。我12岁时，已经在3个不同的大洲上过6所不同的学校。初一之后我们基本定居在萨拉托加矿泉城，但我没有生发出我来自那里，或任何类似的归属感。我在一个地方待超过一年就会觉得不安，像吸在船身外的藤壶一样，害怕被困住。这是在不同的文化、国家、信仰和习俗中长大的混血孩子的诅咒：肤色太白或太棕、名字太异域风格、总有一种暧昧的格格不入感，无法真正地完全属于任何地方。

确诊之后我的住所仍旧不固定。去年，我和威尔在病房外度过的时间加起来总共是六个月。我们住在萨拉托加矿泉城我儿时的卧室，朋友家的客卧，最近则住在希望之居——按照规定我们最多在这里住六个月。夏天结束时，我已经不想再四处漂泊。我无比渴望拥有一个家。

2012年8月底，威尔和我搬进了妈妈位于东村四街和A大道交会处的公寓，这是20年前，妈妈刚移民到纽约时住的地方。只要威尔和我有足够多的钱支付维护费、水电费和税费，我们想住多久都可以。

从我上一次走进这幢楼到现在，太多事情改变了，又仿佛什么都没变。

到达时，我听到有人大喊："宝宝！"①然后我看到在这里做晚间门卫的豪尔赫。他现在已经是一位老人了，头发灰白，有点驼背，但他还记得爸爸妈妈把刚出生的我从医院带回来的那一天。楼里所有的门仍然全都是蓝绿色，走廊装饰着金色的线脚和装饰派艺术风格②的灯具。电梯经常坏，水龙头偶尔会流出棕色的锈水。这间火柴盒形的公寓位于底层，窗外是院子里的垃圾堆。威尔的父母给了我们盘子架和杯子，我父母借了寝具和一块美丽的老突尼斯地毯给我们，一位朋友给了我们床架。我们还在慈善商店淘了一个旧旅行箱，很像我们在巴黎当餐桌用的那个。一个家，无论多么狭窄，多么阴暗，装修多么凌乱，都意味着一种全新的自由，我们感到极其幸运。

我们住进公寓的第一晚，威尔把两个盘子摆在旅行箱上，并点了一些蜡烛。记忆中我上一次吃真正的、完整的一餐是在移植科的复活节晚餐，直到最近我吃饭都是用管子，或吃那种煮过头的碎块状食物。我的体重降到了有史以来的最低点，我也毫无食欲，但我决心要享受在新家的第一餐。自由意味着能吃半碗自制意面——然后整晚都努力不再把它吐出来。

自由也意味着在接下来的几周里耐心地和威尔相处，他在努力承担医护人员和已经回萨拉托加矿泉城的我妈妈的工作。他承担了大部分家务，做饭，打扫，每隔几周在我又发烧或者出现新的并发症时陪我去急诊室。我太虚弱了，就连走到一个街区外的药店都是挑战，所以，大多数的日子我一个人躺在床上，睡觉、尝试写作、麻木地看电视。我期盼着中午的到来，威尔会利用午休骑自行车回家，检查我的情况并给我做点东西吃，然后再回去工作。然后我再等待7点到来，威尔回家。鉴于我还是不能去外面拥挤的地方，不能吃餐厅的食物，不能乘坐公共交通，晚上我们会待在家里。我在希望之居产生的和威尔的距离感消退了。我们俩都为在属于我们的地方重新开始的前景感到兴奋。自由意味着可以在移植后第一次与他

---

① 原文为法语。
② art deco 是一种 20 世纪 20 年代起源的重装饰的室内设计和建筑设计艺术风格，名字源于 1925 年在巴黎举行的现代工业和装饰艺术博览会。

人同床共枕，认识自己已经忘记与他人亲密接触的感觉的身体。

一个周一的早晨，九点刚过。我站在公寓楼外，每个街角都有人在拦出租车。我坐在路边，决定等几分钟，等早高峰过去。我又开始化疗了，无论怎么做——不淋浴、设好几个闹铃、前一天晚上早睡——我去医院似乎总是会迟到半小时。但我不是很着急，我的半小时迟到缓冲期已经十分稳定，我几乎为此骄傲，我很准时，只不过是依照自己的时间表。

也许我暗自希望到得足够晚，就会被告知可以暂停化疗一天。我对不得不维持化疗很反感。现在我的癌症已经被消灭，但存在复发的风险，因此鼓起勇气经历这个折磨人的过程对我来说更难了，尽管我的理智理解我为什么需要这么做。新治疗方案包括静脉注射阿扎胞苷，一种临床试验时我用过的药物。我每个月连续五天注射这种药物，然后休息三周。这听起来似乎没什么大不了的，但是经验告诉我休息的日子不会是什么悠闲假期，那三周我会过得很辛苦——因有毒化学品而迟钝呆滞，然后刚感觉好一点，就要进行下一轮五天的注射了。在可见的未来，这就是我的生活。

一辆出租车出现了，我漫不经心地拦下了它。司机是一位老人，梳着灰白色的扭辫，有浓重的牙买加口音。我们顺着曼哈顿东侧的罗斯福大道加速时，我看到一个年轻女孩沿着东河边的自行车道骑车。她看起来和我差不多年纪，肤色健康，体格健壮，金色的马尾辫在风中摇摆。我想未来我可能也可以骑车去医院。等我的身体足够好。

"你好？还在吗？"出租车司机说。我们已经到医院了，而我还沉浸在自己的思考中。"你还好吗？"我心里一直酝酿着一个恶作剧，某天，如果有人问我好不好，我会就我最新的细胞遗传学报告或活检结果来一段独白。但司机只是想表示友好而已，他并不真的想听我解释骨髓移植可能让人神志不清、头脑混乱，或者让我在公共场合表现得仿佛患有发作性睡病[①]。所

[①] 一种原因不明的慢性睡眠障碍，患者在走路、吃饭、工作时可能不能自控地睡眠。

所以我什么也没说，付了钱，迅速道了声"多谢"就钻了出去。

走进斯隆·凯特林的大厅时，熟悉的抗菌剂的味道刺激着我的鼻孔。20个楼层、反光的电梯和点缀着艺术品的墙面让它像一艘装满癌症病人和看护者的巨大游艇。它甚至拥有奇怪的、低配版的游艇设施：一个星巴克摊位，一个餐厅，偶尔举行的室内音乐会和一个娱乐楼层——其中有艺术和手工活动，还有一间图书馆，病人可以借到破旧的禾林①爱情小说。楼里一尘不染，配备着最先进的设备，但总体仍有一种近乎寒酸的破旧感。候诊室摆放着20世纪70年代风格的家具，医生和陪护人员常年踱步的地方，大理石花纹的油地毡都磨损了。急诊科总是人满为患，在轮椅或担架上的病人溢出到走廊里。

我第一次来到斯隆·凯特林是在我确诊后的几天，到这里寻求第二意见。当时我留着齐腰的长发，戴着鼻环，看起来和其他病人不同。在候诊室，一个身着无袖上衣、戴着头巾遮盖秃顶的中年男子以为是秃顶多年的我爸爸在接受化疗，朝他的方向在空中握了握拳。"要坚强，兄弟。"他说道。我记得当时我有种被平反的感觉，好像这个错误证明了我不属于这里——我和这些处于衰弱的病人有某种不同。现在我觉得斯隆·凯特林的病人和消毒水的味道令人安心。我头上斑驳地长着一些鸭绒似的金发，这样的我在这里非常适应和自在。我了解流程，能流利地说医疗术语，闭着眼睛都能在复杂的走廊网络里找到方向。现在外面的世界反而变得陌生，甚至有点吓人。

我按了三下免洗洗手液——我的好运仪式——搓揉我的手掌，戴上一双蓝色乳胶手套和一个新的口罩，走向B电梯。电梯门在四楼打开时我打了个寒战。骨髓移植门诊室总是很闷很冷，像储存肉的冷藏室。我从护士站拿了一条加热过的毯子——一个像炉子一样的奇妙装置把它们烤得暖烘烘的——坐了下来。

---

① Harlequin，一家创建于加拿大的出版社，出版了大量爱情小说。

在候诊室里等待的时间似乎无穷无尽，最好在静止中度过，观察人类也可以打发时间。一段时间之后，我变成了分辨疾病阶段的专家：刚刚确诊的病人身边总是陪着一大群拿着花和礼物的亲朋，有些半秃的爸爸或头发剃掉也不太可惜的儿子会剃光头以表支持——他们大概认为应该因这种牺牲而被授予勋章。几周后，亲友团的规模会缩小。分配"化疗陪护职责"的日历会被拟定出来，以便朋友和家人轮流陪伴病人。六个月之内，坐在病人身边的看护人通常只剩下一位，沉重的责任会让他抱怨停车难或者"没完没了的等待"。如果病人生病的时间不幸超过一或两年，最终大家都会确信他可以独自来医院。

今天，我确诊后首次加入最后一组病人的行列——不过，我不是唯一一个。我注意到一个刚刚走进来的年轻男子，他也按要求戴着口罩和手套。他看起来30岁不到，又高又瘦，头上戴着一顶羊毛帽。环顾拥挤的候诊室寻找坐的地方时，他看起来很紧张。唯一的空椅子正好就在我右边，他走过来时我们朝彼此点了点头。

"你是苏莱卡吧？"他说道，伸出一只戴着手套的手，"我很喜欢你的专栏。"他自我介绍叫布雷特，我们等待时，他向我讲述了他与淋巴癌斗争的故事，他和妻子正在考虑彻底放弃他们在芝加哥的生活，搬到纽约，以便他接受骨髓移植。我与他分享了我的经历。我告诉他如果他决定在这里接受移植会被照顾得很好，我还主动提出帮他和希望之居建立联系，他和妻子可以免费住在那里。布雷特的名字被叫到时，他的手很稳，而我们的对话所产生的联结让我感到踏实。我们交换了电话号码，我承诺如果去芝加哥就联系他。但他消失在了帘子后，又只剩我一个人了。

终于被叫进化疗室时，我看到了我最喜欢的一个护士——阿比。"你的眼睛有点红。"她说，语气中有点担心。"我只是累了。"我说——这确实是一部分真相。我最近睡得不好。为了对抗移植物抗宿主病所服用的大剂量类固醇让我失眠，所以我常熬夜看电影。但接下来的话还没说口，我就发现自己在大哭。突然的崩溃让我很惊讶。在家里，我已经变成了一座行走的眼泪喷泉，但在外人面前我很少这样。

  自从我得知还要做更多的化疗，我的内心很不平静。威尔要上班，我的父母则回到了位于萨拉托加矿泉城的家。自由意味着学习自己照顾自己。自由是标注着周一到周日的巨大药盒，和按时服用各种药物的责任。自由是独自一人去化疗，是意识到我要孤身一人经历这一切。实际上我一直都是孤身一人。

[第十八章]

田园犬

儿时，我弟弟和我的朋友们爬树和踢足球时，我会在路边和树丛里寻找被抛弃的动物。只要路过被丢弃的纸箱或垃圾堆，我都会朝里面看，检查有没有被和垃圾一起扔掉的小猫。大人问我长大想做什么时，我无比认真的回答：我要做照顾流浪动物的特蕾莎修女。

多年来，我一直求父母让我养一只小狗，但他们每次都拒绝我——我们经常搬家，他们不想承担额外的责任。四年级和五年级时，每天放学，我都骑自行车去本地的动物医院，帮忙打扫犬舍、看手术并为储藏室补货。我用零花钱买旧的兽医教科书和捐给动物救助组织的狗粮、幼猫奶粉和玩具。我记住了美国育犬协会（American Kennel Club）认可的 274 个犬种，并让爸爸妈妈考我它们的行为特征、健康需求和寿命。10 岁时，我要弟弟送我一个孵化器做圣诞礼物。到了春天，我用我的旧婴儿车推着几只小鸡到处跑，搞得父母很烦心。之后我还繁育过仓鼠，搞过照顾宠物的副业。上中学时我每周都去动物收容所，在那里和患疥癣的老狗交流。我特别喜欢田园犬——越邋遢、淘气、野性未泯、难以训练，越好。在一定程度上，我觉得我和它们很像——是外来者，在寻找一个家。

我对这项事业的坚持延续了一段时间,上大学时我曾短暂地养过一只刚出生的猫,给它起名穆罕默德。但我学业很忙,很快就不得不把它送给一位更可靠的主人。随着时间推移,我忙着参加暑假旅行、乐团排练、交男朋友、参加派对。毕业后,我的成人生活中没有养宠物的空间,我照顾自己都困难。

我刚确诊不久、住在西奈山的时候,一只治疗犬曾来看过我,那是一只小西班牙猎犬,在我病床上跳来跳去,顽皮地拖我腿上的毯子。那是我生病后第一次感觉没有被当作脆弱的瓷器。治疗犬的来访让我像儿时一样产生了对宠物的渴望,自从和威尔搬进公寓后,这个想法变得更加坚定了。我在电脑上浏览动物收养网站,一看就是几个小时。但我知道现实是:我虚弱的免疫系统意味着我不可能养狗。我的移植医生毫不犹豫地否定了这种可能。但我还是特地每隔几周就问一次。

10月的一个早晨,我来斯隆·凯特林检查,被告知我的移植医生要休几天病假。他不在期间,我被重新分配给另一名医生,她名叫——名字很吉利——巴克医生[1]。我决定在她这里再试试我的运气。

"你觉得我能养只狗吗?"我们刚见面几分钟我就问道。

巴克医生考虑了一会儿。"可以,"她回复道,"我觉得没什么不可以的。"她指出我的免疫系统变强了——没有完全恢复,但已经足够了——而照顾宠物甚至可能是很治愈的,她说。

我立刻开始行动。当天下午晚些时候,我说服威尔下班后带我去一家位于苏荷区(SoHo)的动物救助组织——"只看看"。我径直奔向那只最小的狗。他是一只丑丑的混血"贵宾雪纳瑞"——雪纳瑞和贵宾犬的混血——稀疏的白毛几乎盖不住他斑斑点点的发紫的皮肤和耷拉的耳朵。我忍不住问能不能抱它一下。它很小,我可以把它捧在手心里。它长着邋遢的山羊胡,眼睛里闪烁着淘气的光,发出低低的吼声,看起来脾气不太好,

---

[1] Barker,"bark"在英文中指"狗叫,吠叫"。

有点疯癫，但很有个性。我对它一见钟情。"这就是我的狗。"

威尔有些不安，担心我接触病菌以及我们在应付不过来的情况下还有照顾宠物的额外负担。我求他，承诺会采取预防措施保护我的健康，并提出了无数解决办法：狗外出散步的时候会穿一次性脚套，尽量保持脚的清洁。喂他、清理它的粪便时，我一定戴手套。我发誓不让它睡在我们的床上，并制订了我精力不够时能帮我们照顾它的朋友的清单。

"你简直不择手段。"威尔带着一丝笑意说道。

当我告诉动物救助组织的接待员我们有兴趣领养那只小狗时，她告诉我们等待名单上已经有不少之前已经提交领养申请的人。她要评估所有申请，给所有申请人的推荐人打电话之后才会做最终决定。我犹豫了一下，然后恳求道："大概什么时候能给我们回复？我希望在下一轮化疗开始之前接到小狗。你知道大家都说……小狗就是最好的治疗。"这是我第一次也是唯一一次利用我癌症病人的身份，但我真的很想要那只小狗。接待员显然被我声情并茂的表演打动了，她几乎直接把领养文件塞给了我们。在乘出租车回公寓的路上，小狗变成了"奥斯卡"。

带奥斯卡回家的第一个晚上是我确诊后最快乐的时光。回家不到一个小时，它尿了两次，并在我们客厅的古老突尼斯地毯上拉了一坨和它的体型相比体积惊人的屎，但我太开心了所以并不在意。威尔很快进入了状态，我们一起给它洗了澡，像狂喜的新手父母一样围着它团团转。奥斯卡终于在我胸口睡着时，我挠着它的肚子，看它的小黑爪子轻轻地抽动着——可能是在梦里追兔子。它温暖的身体和平稳的心跳让我放松，我在沙发上睡着了，奥斯卡蜷缩在我手臂下。

第二天威尔去上班了，只有我和奥斯卡在家，我开始面对现实。我没想到我要一天几次抱着一只还不能控制大小便的小狗冲到外面，我还没冲到门口，呈弧形喷出来的尿就已经洒在了走廊的地板上。化疗和移植让我精力不济，我仍需要大量休息，但奥斯卡想玩寻回游戏时，根本不在乎我是不是恶心或者疼痛。照顾它很快变成了我每天最恐惧的事情。每天早晨，威尔去上班之后，奥斯卡就会开始舔我的脚趾直到我醒来。然后我们出门散步。走过几个街区之后，它热好身，想奔跑，而我已经很累了，想爬回床上。我不知道我是不是犯了一个大错。

但是随着时间的推移，我们慢慢地开始适应彼此的节奏。和奥斯卡住在一起让我必须围绕它的需求，而非我的需求安排每天的生活。奥斯卡不再拿客厅的地毯当尿垫，我不再一觉睡到中午。奥斯卡打完了疫苗，我也把小时候打过的疫苗全部重新打了一遍。（儿时打的疫苗在移植之后全部失效。）努力跟上奥斯卡的节奏也成了很好的复健。我的肌肉因为长时间卧床休息而萎缩，但现在每天不得不多次出门散步，几周之后，我们上楼下楼步伐都十分轻快，我可以一步跨过几级台阶。

很长时间以来，癌症第一次不再支配我的生活。"好了，走吧，"我说道，一边拍手一边叫奥斯卡去散步，"你带路。"它向前冲去，猛拽牵引绳，带我走出公寓楼，去汤普金斯广场公园的遛狗公园，我们在那里交了很多朋友。有喜欢在沙里和奥斯卡摔跤的"麻薯"；有喜欢隔着一段距离看其他狗玩耍的害羞的比格犬兄妹特尔玛和路易丝；还有巨大的黑褐猎浣熊犬马克斯，他最喜欢做的事情是攻击女子大衣上的毛皮装饰。路人不再注视戴着口罩的可怜女孩，而是停下脚步逗奥斯卡并告诉我它有多可爱。公寓楼里的其他租客现在先和我的狗打招呼然后再向我问好。我和威尔也不再讨论我的症状或本周的治疗计划，而是忙着对狗进行如厕和服从训练。这种感觉很不错。

我还处于"高风险"白血病病人移植一年内的高危缓解期。我每天还是要吃 23 颗药，大多数时间——无论是睡着还是醒着——都在床上度过。我还是需要每周去医院接受检查，每次去医院等待血细胞计数是否正常的结果时仍然都很焦虑。每个月，我仍要接受五天的化疗。奥斯卡不会改变我骨髓的情况，但他施展了一种完全不同的魔法。收养他之后，我的精力大有改善，有了一点恢复正常的感觉。

[第十九章]

水彩之梦

在医院的感觉和在大城市生活很像。你每时每刻都身处活动的中心：病人在走廊上走，住院医生清晨会来查房，护士们聚在咖啡机旁聊天。然而，你还是会感到深深的孤独和疏离。

现在再也没有看护人陪我来医院了，我只能靠读不断涌进我收件箱的读者来信打发这无聊的时光。《被打断的生活》系列专栏文章发表以来，被授权给了多家杂志和报纸，吸引着越来越多的读者。我没有精力每周写一篇新的专栏文章，但我确实在坚持写作，缓慢地每天都写，哪怕只是写一个段落。除了偶尔在候诊室闲聊或在人行道上打招呼，我从没想过和我的读者有任何更进一步的接触。但我渴望和懂我的人交流，渴望寻求孤独的解药。坐在候诊室准备开始第三轮化疗时，我读到一个名叫梅利莎·卡罗尔的年轻女孩在脸书上发来的消息，她也在斯隆·凯特林接受治疗。我问她想不想聚聚，她几分钟之后回复说她今天也在医院并问我想不想见面。

在骨髓移植门诊结束化疗之后，我乘电梯上楼和在输液的梅利莎吃午餐。30岁的梅利莎是儿科癌症病区最老的病人之一。她患有尤因肉瘤，一种凶险的骨癌，这种病多发于幼儿和青少年，因此她在九楼就诊。

第十九章　水彩之梦

儿科病区仿佛另一个世界。墙上装饰着手绘的壁画和开心的动物剪纸。刺眼、令人不快的医院荧光灯在这里更温暖，投射出舒适的光线。这周晚些时候就要过万圣节了，所有的医生和护士都穿着万圣节服装。就连口罩都升级了——各种颜色，有的上面还印着笑脸和小胡子。在接待台对面，有一个巨大的玩乐区，里面满是玩具。一个不到五岁的女孩——她的皮肤几乎透明，头颅中央有一条细细的疤痕蜿蜒而下——在把一个娃娃推进、拉出一个木箱。近看时我发现那个木箱是一个玩具 CT 仪。女孩旁边有一个盘腿坐着的护士，在低声解释仪器的原理，这画面像奇怪的幼儿园场景。

最近几个月我所追求的是成为成年人，好像成年是一场我可以准备、填满正确答案然后高分通过的考试。我 24 岁了，要养一只小狗，付房租，写专栏。我有男友，我准备治疗一结束就和他结婚。我自己一个人去化疗，但站在色彩鲜艳的墙壁和一罐罐棒棒糖之间时，我十分渴望能来儿科，这里有和我年纪相仿的病人，而不是楼下骨髓移植门诊那些常去吃早鸟晚餐[①]的老年人。

我绕过玩乐区走向病区的另一头，梅利莎正坐在一张乐至宝式[②]的躺椅上，面对一排窗户。她的深色长假发被卷成了柔软的波浪，和她纸一样苍白的皮肤和涂成玫瑰色的嘴唇形成了鲜明的对比。但她面庞上令人难以忘却的是眼睛——很大，瞳孔好像绿色的海玻璃，被长长的深色睫毛包围。一个静脉输液袋挂在上方，将有毒性的药物滴入她有文身的手臂里。看到我的时候，她拍了一下手并露出了微笑。"苏莱卡！"她说话略有一点咬舌。我们没有拥抱，遵守免疫减弱病人之间禁止接触的规则。"这里很酷，是不是？"她说道，"光线很明亮。"

我在她旁边的躺椅上坐下，午餐时间到来时，我们点了星形的花生酱果酱三明治——梅利莎说这是儿童菜单上她最喜欢的食物。我们一边吃一边往窗外看，我问了她很多问题，想了解关于我的神秘新病友的一切。梅

[①] 部分餐厅在传统晚餐时间之前提供的餐食，一般价格较低且品种较少。
[②] La-Z-Boy，家具品牌，主要生产沙发。

利莎告诉我她出生于爱尔兰，他的爸爸，一位音乐人，就来自那里。她告诉我她刚刚进入青春期时学会了打鼓，还组建过一个没有坚持太长时间的名为"神秘螺旋"（Mystic Spiral）的全女子独立乐队。从艺术学院毕业后，梅利莎搬到了布鲁克林，她在那里作为著名当代画家弗朗切斯科·克莱门特（Francesco Clemente）的助手工作了五年。

"2010年对我来说是很不错的一年。"梅利莎说，眼中充满渴望。她有一个男友，社交生活也很丰富，她的画开始进入各个画廊。然而，一天晚上，她和朋友在威廉斯堡（Williamsburg）见面喝酒，在黑暗的酒吧里，朋友不小心用一个凳子的金属腿压到了她的脚。一开始，梅利莎以为自己抽筋了，但几周后疼痛仍旧没有缓解，一个疙瘩状的肿块出现在她的脚面上。几番周折后没有保险的梅利莎找了一家浮动费率制的诊所[①]，X射线检查显示她的第三跖骨被压碎了。检查还表明肿块不仅仅是肿胀，而是异常组织。活检显示该组织是恶性的，癌症已经扩散到了她的盆腔淋巴结和膝盖。"显然不可能被酒吧凳压出癌症，"梅利莎说，"如果我朋友没有压到我的脚的那个位置，我可能就不会发现我得了癌症。是不是很夸张？"

确诊后，梅利莎别无选择，只能返回新罕布什尔州和父母一起住。她开始接受强效的化疗，当她的头发开始脱落时，她把自己锁在洗手间里用剃刀剃了光头。之后，她妈妈开车带她去了一家位于波士顿的沙龙，为她配了一顶和她那黑色夹杂栗色的卷法一模一样的假发。当天晚上，她戴上假发，登上了返回纽约的火车，去布什威克（Bushwick）参加了一个派对。"我把假发给我的朋友们看，然后直接跳进了后院的游泳池。"她带着玩世不恭的笑意告诉我。这就是梅利莎：活力四射爱玩爱闹，总是笑盈盈的，哪怕是在最糟糕的情况下。有她在的地方，万物都更加明亮开朗。

这是梅利莎第二次接受治疗。第一次时她接受了17轮化疗和多次手术，最终扫描显示无癌细胞残留。但是只过了一年半，她的癌症就复发了，

[①] sliding-scale clinic，指根据病人收入情况调整收费金额的诊所。

她决定转到有更多治疗选择的斯隆·凯特林来治疗。收到复发的消息时，她非常崩溃，她在父母家的门廊坐下，打开了素描本。她以前是在大画布上画油画的，但颜料的气味让她不适，所以她开始实验用水彩作画，并完成了首个令人难以忘怀的名为《戴口罩的自画像》(*Self-Portrait with Mask*)的系列。"我喜欢水彩的不确定性和美好的意外。我喜欢无法完全控制它的感觉，就像生活一样。"她告诉我，"你要不要找个时间过来，让我给你画一幅肖像？"

我热切地点头。梅利莎是我确诊前就会交往的那种人，交到一个也在尝试用创作应对疾病的新朋友令我十分激动。我们都在开拓不可能的事业：梅利莎在床上画自画像，我在床上写自传。我们希望水彩和文字成为治疗我们痛苦的药。我们逐渐学到有时忍受痛苦的唯一方法就是将其转化为艺术。

梅利莎和我很快变得不可分离。我们陪彼此进行化疗，下午去慈善商店淘情侣皮夹克和适合我们骨瘦如柴身体的新衣服。晚上，我们在她位于布鲁克林、俯瞰麦高利克公园（McGolrick Park）的公寓度过，她的公寓装饰有大量奇奇怪怪的小玩意儿：一个追求者送给她的类似动物标本的双头小鸭子、一个美丽的玻璃水烟斗、一个装了十几个药瓶和画笔的木箱，以及墙上的一块巨大的软木板，她在上面钉着医院手环、朋友的照片、过去的机票和以前在事业上受到各种嘉奖的证书。为了缓解恶心，她不断地抽大麻，饿的时候她会给我们做一碗冰激凌。她借给我一顶假发，并教我化妆，告诉我如何画眉毛，我的眼睫毛全都脱落了，她就教我如何贴假睫毛。梅利莎喜欢跳舞，我们有精力时，会用音响播放《战栗》(*Thriller*)，然后在客厅旋转跳舞，跟着节奏绕圈，挥舞我们的假发直到我们累倒在沙发上。

爱情是我们聊不完的天中经常出现的话题。在长期患病期间寻找爱情——更别说维持爱情——是很难的，有时候甚至完全不可能。我是极少数在治疗期间伴侣仍在身边的年轻人。"抓住他，"梅利莎常说，"你不知道你有多幸运。"确诊后几个月，她的长期男友抛弃了她，搬到了西海岸，很快开始和一位年轻得多的女孩恋爱。"一个世界级的混蛋。"梅利莎说。

但我们最喜欢聊的话题是我们好起来之后想去的地方。我们计划了去遥远地方的日程。梅利莎幻想着棕榈树、香料市场、黄包车和大象。我梦想自己在远方进行报道，或者开一辆破旧的敞篷车沿着加利福尼亚的海岸线飞驰。人们常把患癌说成一场旅行，但是我们不想经历什么狗屁"癌症之旅"——我们想踏上真正的旅程，摆脱癌症病房的声音、气味和悲惨的塑料植物，一头扎进我们梦想的无所顾忌的生活。

两个骨瘦如柴、颧骨突出的女孩，几乎剃成光头的脑袋里满是对未来的绝望梦想——随便什么样的未来，只要那时我们还在。

那个深冬，我们认识几个月之后，梅利莎发现她的癌症扩散到了肺。她的反应是买了去印度的机票。"不是遗愿清单，更像是破罐破摔清单。"她坐在厨房桌前一边抽烟卷，一边说。上网时，她发现了一家叫"人生新章"（A Fresh Chapter）的非营利组织，为癌症幸存者提供海外旅行和志愿机会，以帮助他们在治疗结束后找到新意义和方向。"去印度一直是我的梦想——那里的颜色、文化让我渴望画画，"梅利莎说，"癌症已经夺走了太多东西，而我需要这个。我只是想再次拥有创作的灵感。"

她竟然要去健康人去了都会生病的国家，我瞪大了眼睛。"但你要是因为中性粒细胞减少性发热而倒下怎么办？"我问道，"你如果要在那里住院怎么办？"

"再糟糕又能糟糕到哪里去？"她回答，"苏莱卡，有史以来第一次，我感到我就要死了。我会因为这该死的病死掉。"

我们一动不动地坐着，沉重的沉默让周围的空气变得凝滞。

我过于虚弱，没法去任何距离医院超过50英里的地方，更别提和她一起去印度了。那个3月，梅利莎出发后，我在病床上给她加油，通过她每隔几天用短信给我发来的照片和近况"云旅行"。在这美好的两周里，梅利莎不是癌症病人——她是艺术家梅利莎，通过一个志愿者项目在德里的小学教画画。她拜访了莲花寺（Lotus Temple）并在那儿真心祈祷。在一个露天市场，她发现了美丽的手绘提线木偶，她买了好多。她旅行的高潮是游览泰姬陵，她说那比她所见到的任何地方都美。在印度旅行期间，她暂时摆脱了死亡的威胁。一天我拿起手机看到一条她发来的消息："我从未活得如此尽兴。"

与此同时，在纽约，城市被暴风雪席卷。大片长条形的雪花从天而降，在人行道、树木和建筑物上形成厚厚的白色毯子，一排排的脚印很快出现在积雪上，很好看。我拉上了窗帘，但积雪反射了路灯的光，让公寓沐浴在水一般的蓝光中。威尔从一位朋友那里得到了一台旧电视，他把它接好并放在一张折叠桌上，这样我们就可以躺在床上看电影。那是一个周日的夜晚，我们并排躺着，我的肚子上放着一个加热垫，他则大口大口地喝完了一罐啤酒。

威尔站起来去拿一罐新的啤酒时，我忍住了让他慢点喝的冲动，不想进一步激怒他或者变成那种情景喜剧里的唠叨女友。他身上有某种重压，但我不敢问是什么，因为我相当确定答案和我有关。最近，他下班回来之后，看起来不安而沮丧。如果我让他去遛狗或者跑腿，他会叹气，埋怨希望能多一些自己的时间或者多和朋友在一起。我讨厌自己向他索取那么多，当你感觉到某人并不想给予你帮助时，向他寻求帮助令人感到羞辱。有时我睡了之后，会听到他逃离后关门的声音，起来以后我发现他出门散步或者去隔壁的运动酒吧看比赛了。我会清醒地躺着，等他回来，等太阳升起，静静等待像霉菌一样慢慢渗入我们关系的紧张感暂时过去。

"我们需要更多的帮助。"威尔一遍遍地说。他同时扮演着三重角色：男友、看护和努力弄明白自己是谁以及如何度过人生的普通20多岁年轻人，威尔感到难以招架,快被众多责任构成的重担压垮。他从不直接说,但他显然受够了我的健康给我们造成的各种限制和我的各种需求。

"我的几个同事明天计划去一个得克萨斯的音乐节,"拿着啤酒从厨房回来之后,他说,"我在想我们可以临时买一张机票,和他们一起去玩几天。"他的语气很放松,但他的面部表情很紧绷。

"我这周要做化疗,周五有手术。"我要植入输液港[1],替换之前被我从胸口扯出来的导管,"我需要你在这里。"我语气中的绝望令我难堪。

"我知道,我知道,对不起,"威尔说,"但我真的想要休息几天。而且说不定,我在那里,可以写点自己的东西。"

我希望做那种感激的模范白血病病人,对他说:尽情休假吧,这是你应得的,玩得愉快,亲爱的。但是维持这种假面一段时间会让人精神疲惫。病人会感到表演的压力,要优雅地受苦,要英勇无畏,要一直表现得百折不挠。但那天晚上,我没有心思聆听我的病让威尔多么辛苦——我一刻也无法摆脱我的身体、我的疾病、我们的生活,我无法聆听他有多么需要休息。

"你为什么在我最需要你的时候休息?"我问道,尽管这基本是一个反问句。

"你的身体总是有问题,"威尔说,"到底什么时候才是合适的时候?"

我的视线开始抖动、模糊,就像剧烈的偏头痛开始时一样。我无意识地拿起放在床边窗台上的一个装满白色沙子的手工吹制玻璃球,那是威尔的妈妈上次来访时在博物馆的礼品店买的,她觉得玻璃上粉色、紫色和橘红色的条纹像圣塔芭芭拉(Santa Barbara)的落日,她把它送给我,在我身体好到可以亲自去旅游之前临时替代真的景色。我用右手拿着那个玻璃球,看着里面旋转的五光十色的沙子。然后,我把它高高举过头顶,竭尽全力地朝房间另一头砸去。我的准头很差,球没有砸到威尔,距离他足有

---

[1] PORT,为了减轻药物对患者血管刺激而植入体内的专业输液装置。

五英尺——甚至没有碰到我们小公寓的另一头,而是下落然后在地上摔得粉碎,破碎的玻璃和沙子四处飞溅。地面诡异地闪着光,好像被撒了金粉。看着凌乱的地面,我感到一种痛快的、一闪而过的舒畅,内心的愤怒开始消散。

"你干什么?"威尔震怒道,吃惊地张大了嘴。

"这简直就是我的地狱。"我喊道。

我从床上起来,地上的碎玻璃被我的拖鞋底踩得噼啪作响,我走进洗手间并甩上了门。我在洗脸池前俯身,往脸上泼冷水,然后看向镜子。我看起来很糟糕——因为我就是很糟糕,我想,同时感到一阵头晕目眩的羞愧。化疗药之外,我的血管中流动着一种丑陋。不起眼的暴力、咽下的怨恨、埋藏的屈辱、无处安放的愤怒和对拖了太久以至于我们两人都无法承受的状况的深深疲惫——这一切加剧了威尔和我之间不断拉大的距离。我可以和梅利莎讨论这一切,因为她比任何人都清楚生病时人的个性可能发生的分叉——疾病会把好的部分和坏的部分都放大,暴露你希望自己永远不要发现的东西,疾病会让人堕落至最野蛮的自我。

但是尝试向威尔解释这一切仿佛是不可能的。所以我悄悄走出洗手间,我们一言不发地上床睡觉。透过薄薄的窗帘,我能看见雪还在下。我做得太过了,希望能收回我做的事情。我想说,对不起,但他已经睡着了。

第二天早上,威尔买了一张最后一刻的飞机票,收拾了一包行李,去了得克萨斯。

第二十章

癌友杂牌军

梅利莎是我仔细观察过的最美丽的女人，而且这样想的不止我一个人。她的银色蛇皮木底鞋、文身和成熟女人的优雅让她很快成了儿科癌症病房的全民女神。好几个少年不可救药地暗恋着她，每次她拖着输液架走过时，他们都会脸红。

暗恋者中就有约翰尼，我接受移植手术期间和他在网上聊过天。他是一个来自密歇根州的瘦瘦的好看的孩子，有着橄榄色的皮肤和巧克力色的眼睛。他上大一，但学业因确诊白血病被打断了。现在他住在罗纳德·麦克唐纳之家（Ronald McDonald House），儿科版的希望之居，来自远方的生病的儿童和他们的父母仅需支付极低的费用就可以住在里面。约翰尼无论去什么地方，他的妈妈，一位虔诚的、说话带有浓重口音的哥伦比亚女性，都陪在他身边，但与我和梅利莎在一起时，他会要求她去候诊室等。他对她说："妈妈，你看我和朋友在一起呢。"约翰尼很快就喜欢上了梅利莎，并极度希望我们认为他很酷——他喜欢聊他短暂加入的兄弟会，疯狂的酒桶派对（keg party），还有女孩子们。我们不怎么相信他那些听起来夸张而离奇的故事，但他认真又可爱，我们像喜欢自己的弟弟一样喜欢上了他。

梅利莎的另一位仰慕者是一位名叫马克斯·里特沃（Max Ritvo）的年轻人。他是一位诗人，正在耶鲁上大四。他有时住在纽黑文（New Haven）的宿舍，有时住在他家人为他租的有大理石地面和戴白手套电梯服务员的豪华公寓中。和斯隆·凯特林的所有人一样，马克斯也像白煮蛋一样苍白而秃顶，但来自慈善商店的和服、玳瑁框眼镜和他头颅侧面鸟的图案的刺青让他看起来与其他病人不同。马克斯和梅利莎一样患有尤因肉瘤，从16岁起就开始断断续续地接受治疗。他聪明又幽默，有一颗能生成奇怪生动的警句和比喻的大脑，常让我们话说到一半停下来捧腹大笑。马克斯形容吗啡戒断像"啜泣的窗玻璃即将迎来锤子和酸的洗礼"。等待扫描结果的焦虑则像"吃比萨，不确定上面是胡椒碎还是红蜘蛛"。在病床上脱处是"在消毒剂海洋中央的凹凸不平的木排上做爱"。他的语言完美地概括了我们所经历的特别的苦难，我常常把它们快速记在小纸片上，塞进牛仔裤后面的口袋里妥善保存。

我们组建了一支癌友杂牌军，规模随时间的推移逐渐扩大。成员包括：凯琳——花臂朋克摇滚时装设计师，也患有尤因肉瘤，找不到地方住时搬进了梅利莎在布鲁克林的公寓，成了她的室友；克里斯滕——淋巴癌患者，在西村（West Village）开一家小滑板店；埃丽卡——纽约大学食品研究专业的研究生，乳腺癌患者，有着奇怪的幽默感，总是带美味的零食来我们的聚会；还有安贾莉，和我患同种癌症的印度移民，她尖酸刻薄，总是骂骂咧咧，因曾把护士弄哭而臭名昭著。我是在骨髓移植科门诊的候诊室遇到安贾莉的。她近40岁，很漂亮，有着茶色的皮肤以及和我的鼻子很像的鹰钩鼻，总是按要求穿着病号服，没有头发的脑袋上戴着一顶针织滑雪帽，凹陷的脸颊则被口罩遮住。第一次见面时，她向我点了点头，我也向她点了点头，我们都认为这很难得：在长满皱纹的白色脸庞的海洋中发现了另一位年轻女性。"那些老东西早就看腻了。"她对我说，冲着其他病人翻了个白眼，而我们就这样成了朋友。安贾莉的哥哥，她潜在的最匹配的骨髓捐献者，从没有给她回过电话。她的移植失败了。

我们在团体内创立了非官方的伙伴系统。我们相互陪伴去化疗并比较彼此的治疗笔记。没有力气聊天的时候就刷肥皂剧，夜晚陷入失眠时则一起玩好友拼字游戏（Words with Friends）。如果有人收到了糟糕的医疗消息，我们就带着外卖和阿普唑仑[1]出现在他的门前。当衣服不再适合我们变化的体型，我们就一起去购物，深夜焦虑来袭时，我们给彼此打电话。最终，我们会举办临终关怀之夜并帮彼此策划追悼会。但我们当时还不知道这些。

我们成为朋友后不久，我受邀去一个在拉斯维加斯举办的年轻成人癌症大会演讲，我提出借此机会组织一次女子集体旅行。安贾莉身体状况不好，不能去，但其余的人——梅利莎、凯琳、埃丽卡、克里斯滕和我——得到了医生的许可，一个周五早晨，我们戴着口罩，带着一保鲜盒的加了大麻的布朗尼蛋糕上了飞机。

位于拉斯维加斯市中心的棕榈度假酒店（Palms Casino Resort）的大堂有着华丽的水晶灯，人造革沙发，铺满地面的、烟味浓重的红地毯和几台老虎机。在前台办理入住时，接待员告诉我们，我们的房间被升级到了顶楼套房。我们无法相信自己的好运，一起乘电梯来到顶楼，打开套房的大门后，看到两个有可以俯瞰拉斯维加斯的落地窗的巨大房间，窗外的城市灯火通明，各式广告牌闪烁跳动。客厅里有一个配钢管的玻璃淋浴房，我们轮流上去转了几圈，放声大笑直到肋骨开始隐隐作痛。然后我们把行李箱里的东西拿出来，咖啡桌上堆满了假发。在吧台上，我们把药像烈酒一样排成一排，我们5个人的药瓶加起来有100多个。

那天我们主要在泳池度过，然后去了一家名为"尊贵的荡妇"（Precious Slut）的文身馆。确诊后，梅利莎已经文了好几个文身。我注意到很

---

[1] Xanax，一种治疗用于治疗焦虑，紧张和恐慌症的药物，具有抗焦虑、放松和镇定效果。

多年轻癌症病人都会这么做:渴望申明对自己身体的所有权和控制权,让身体成为自己设计的画布。为了纪念我们在拉斯维加斯度过的周末——纪念让我们走到一起的奇怪原因——梅利莎和凯琳在她们的小臂上文了同款黑桃,还劝我们也加入她们。埃丽卡已经有一个文身了,少年时文在后腰下面的一个中国字,她现在非常后悔,声称随着时间的推移它会逐渐转移到她的屁股上。克里斯滕不喜欢文身,而我尽管有点动心,但免疫力过低,不敢冒险。

那天晚些时候,回到酒店后,我们点了香槟和几个比萨,像猫一样蜷在客厅的白色沙发上。我们一直聊到深夜,从化疗后的发型窍门到对癌症复发的恐惧,再到埃丽卡在网上遇到的新西兰的帅哥厨师。"他们把我的乳房切掉之前,我想再做一次爱。"埃丽卡说,她几周后要做双侧乳房切除。晚上和厨师见面时她一直戴着假发,并且没有把自己生病的事情告诉他,不过有一两次她发现他在打量她手腕上的坚强腕带[①]。在此后的一周中,他们互发消息,但是埃丽卡不知道如何瞒着他继续发展关系。她拿出手机,开始大声读她发给他的消息:"嗨,这可能是你这辈子收到的最糟糕的短信,但我觉得我应该告诉你,因为我想你可能真的喜欢我。我患有癌症,我这周无法与你见面的真正原因是我要化疗。很抱歉。千万不要觉得你有义务回复!"

我们都探身过来,屏住呼吸。"他说什么?"凯琳问道。

"什么也没说,"埃丽卡告诉我们,"但是一小时后我听到有人敲门。是一束花,来自我住的那条街上一家我喜欢的店,那种美丽的手工花束。我打开卡片,上面写着:'什么也不会改变。亲吻拥抱。迈克。'"

"好,这男孩显然值得留住。但我们真正想知道的是,床上的感觉怎么样?"克里斯滕问道。

埃丽卡叹了口气。"说实话?我人生中最好的。"

[①] livestrong bracelet,耐克出售的一种上面写着"坚强"(LIVESTRONG)的黄色硅胶腕带,是一款为生活被癌症影响的人们募款的商品。

"嫉妒。"我脱口而出。

"但你和威尔是完美情侣，"梅利莎坚持道，"你们是我还相信爱情的唯一原因。"

我和威尔之间的真相——紧张的关系、越来越远的距离、挫败和怨恨——是我甚至不愿向自己承认的东西。所以我没有与这些几乎无话不谈女孩分享它们，只是耸了耸肩。

性爱一直是我和威尔关系的重要组成部分，即便是在我确诊之后。疾病甚至让我们更加狂热，让我们对彼此有一种奇怪的渴望。我们仔细研究如何在医院做爱且不被发现，尽管我们的策略并不总是万无一失。（在西奈山，我们被护士发现过不止一次，他们后来会大声地敲我的病房门，进来之前问："所有人都穿着衣服吗？"）但是最近几个月，情况发生了改变。

移植后我们初次尝试亲密行为是我们还住在希望之居的一个晚上。威尔参加大学同学聚会回来后，爬上我们的单人床，吻我。移植后我失去了所有的身体欲望——吃饭、移动、触碰或被触碰。我的皮肤敏感脆弱，为治疗移植物抗宿主病服用的类固醇让我感觉水肿易怒。我每时每刻都感到不适和恶心，又因为我总是无法配合他而感到愧疚。因此他压在我身上时我没有拒绝。我希望一切都恢复正常——但事实并非如此。我痛得无法思考。我感觉我身体内部在被撕裂。我一次次叫出声来，但威尔以为我是因为享受，而我也没有纠正他。我希望演好女友的角色，在我几乎没有什么其他可以给他的情况下。结束后，我走进洗手间，锁上门。我在那里坐了很久，到后来我大腿内侧的血迹都干了。

我无法理解我的身体发生了什么。我不知道为什么我的皮肤会突然发热，像滚烫的水壶，让我半夜掀掉毯子，把头伸到水龙头下用凉水冲。我不知道怎么控制我喜怒无常的情绪，前一分钟还在因为沮丧而大叫，下一分钟却感到狂喜。我不知道为什么在杂货店排队时或在公园里遛狗时我会突然热泪盈眶。自从威尔和我搬进东村的公寓并再次开始睡一张床，我就成了逃避专家——晚上背对着他睡，借口说自己太累了，或者假装已经睡着。偶尔有亲密行为时，我变成了那种盯着天花板上的某个裂缝，努力离开自己的身体，等待一切结束的女人。

我的医疗团队中没有任何人在治疗过程中提到性健康和癌症的话题。没有人警告我绝经是治疗的常见副作用。没有人给我提缓解潮热和疼痛的建议。移植后我等待着月经恢复，但一直没有恢复。我 24 岁，甚至不知道绝经这个词。尽管我认为一定有什么问题，但我闭口不谈——没有告诉我的医疗团队，没有告诉威尔，没有告诉我妈妈，没有告诉任何人——直到此刻。

我们在拉斯维加斯的最后一晚，向我朋友吐露这一切时，我感到嗓子很紧。我告诉他们那晚在希望之居的疼痛，和之后我感到的沮丧和不解。令我吃惊的是，梅利莎和凯琳接话说性行为也会让她们感到疼痛，她们怀疑可能是盆腔放疗的副作用。克里斯滕说结束放疗之后，做爱就变得疼痛难忍，她根本无法再有性行为了。埃丽卡说她问医生安全的避孕方法时，医生明显表现得很不舒服。"我感觉我仿佛是在和我舅舅说话。"她说。因此，和厨师约会后，她自己上网查询了服用紧急避孕药是否安全。

那天晚上，我们只是几个对疾病带来的性方面的副作用知之甚少的女孩子，想要把一切弄明白。后来我哭了，被各种不同的情感所淹没，为我们同样失去的东西而心碎，又同时感到解脱——甚至因为我们共同打破了沉默、摆脱了羞愧而感到喜悦。

[第二十一章]

沙漏

当你生病时，当你忙于维护不断出现故障的身体机器时，时间过得既快又慢。尽管你想要的一切就是延长生命，但你会祈祷止痛药快点起效，夜晚快点到来，可时间仍旧不紧不慢地缓慢向前推移。而更长的时段——几周几个月的痛苦日子——一眨眼就在见医生、输血和被送进急诊室之中过去了。

2013年的秋天，这种悖论格外明显。从我开始维持化疗以来，不知不觉一年已经过去了，在一个周五早晨，我为"治疗的最后一天"做了准备。我为了这一刻特地打扮了一下，选了一条符合我轻松雀跃、充满希望的心情的印花背心裙。它展示了我最近和朋友去长岛海岸旅行时晒出的肤色，这是我们提前——可能是过早——对治疗结束进行的庆祝。在去医院的路上，我独自一人坐在M15快捷巴士的一排蓝色塑料凳子上，心满意足地做着白日梦。我把脸颊靠在窗户上，注视着第五大道上川流不息的车辆。

到达斯隆·凯特林时，我很难得地没有迟到。我两腿悬空坐在检查床上，拉下我裙子的肩带，露出我的输液港——一个固定在我右侧锁骨和右侧乳房之间的冰球形状的东西。护士把针插进去，连接装着化疗药的输液袋时，我痛得皱了皱眉。当她开始输液时，我的嗓子能感觉到盐水的味道，那种熟悉的咸味令我安心。然后她把输液袋挂在架子上，开始调整输液阀的滴速。

"你今天感觉怎么样？"她问道。她涂着粉色唇膏，金色的发髻有点乱，糖果曲奇般的圆脸白皙甜美。

"我无法相信终于结束了，"我说，"我可以敲钟吗？或者，结束化疗发不发证书？"

护士眯着眼睛盯着我看，她的额头因为困惑而皱了起来。

"卡斯特罗医生没告诉你？"

"告诉我什么？"

"哦，"她说，"他跟移植团队的其他人商量过了。根据最新的指导方针和研究，他们认为你还要做九个月的化疗——保险起见。"

"再做九个月？"

这种感觉并不陌生：只要一句话的工夫，我的安全感就会被彻底摧毁。你得了白血病。治疗没有起效。你需要移植。你需要做更多的化疗。自从我开始写专栏，语言就是我的救赎，我几乎忘掉了语言有时多么伤人，能够多么轻易毁掉你对未来，对人生的计划。我很快不自觉地泪如泉涌，大量滚烫的泪水顺着我的脸颊滑落。"我能见卡斯特罗医生吗？"

"他今天不在。"护士回答道。她递给我一盒纸巾并再次为这个疏漏道歉。我让她不要挂心。这不是她的错，不是任何人的错——或者说，即便是，也无所谓了。我毫无疑问会同意继续化疗——已经走了这么远了，我会继续做任何生存所需的事情。"三周后见。"输液结束后我说道。

当天晚上，我鼓起勇气告诉威尔医院发生的事情，然后仔细观察他的脸，寻找他听了这个消息后是什么感觉的线索。未来的九个月仍旧是看病、医疗账单以及虚弱和疲惫。未来的九个月，他的人生因为我仍旧无法回到正轨。我们上床准备睡觉，威尔一晚上都在低声说支持的话。他告诉我他多么遗憾，而我有理由感到愤怒。他亲吻我的脸，当我又开始流泪时用手掌轻抚我的脸。他的温柔就是我的一切，但我很难弄清他的真实感受。我容易情绪崩溃，而威尔则很难看透。如果他生气、悲伤或者失望，我几乎总是到事后才发现。他睡着后，我注视着他，想知道那双轻闭的蓝眼睛后面到底在想些什么。

一周之后，威尔让我在客厅坐下，告诉我他要去加利福尼亚州了。他的计划是休息一段时间——这次稍微久一点，这样他可以充电，和好久没见的父母在一起。他会在圣塔芭芭拉远程工作。一个月——也许是两个月，不会再长了。另外，我可以去找他，他补充道。或许我们甚至可以实现我幻想的加利福尼亚公路旅行。"情侣经常给彼此空间的，"他说，"我认为这对我们是好事。"

我震惊地看着他。这个计划被他说得简单明了——在我们是一对正常情侣的平行宇宙里，可能确实如此，但这不是真实的情况。我们是男女朋友，但也是看护者和病人。我厌恶他逼我说出口——让我列出我依赖他的所有事情。

这些事情包括即将开始的我们公寓的厨房装修——他走了，装修的事情突然全部由我一个人对付。我不舒服的时候也需要帮助。遛狗、买日用品、做饭、去药店拿处方药、夜里去急诊室等等。我们的小公寓距离我父母家有三个半小时的车程，这里也没有他们能住的客房，他们无法在这里舒适地长住。威尔离开之后，我只能搬回位于萨拉托加矿泉城我童年的卧室——但我并不想这么做——或者想办法一个人在这里生活。

"你要走是因为我还要继续做化疗吗？"我问道。

"当然不是，"他厉声说道，"你怎么可以这么说？我为你牺牲了一切。"

我立刻感到愧疚。当然，关于牺牲他说得没错，但我仍想知道："那你为什么要走？"

"我需要专注于自己的事情。我不开心，我对我的事业现状不满意。我整天都在修改别人的作品，帮助他们实现梦想，然后回家照顾你。"

"那你为什么不能在这里做你自己的事情？"我说道，"我会帮你的。"

"你既要治疗还要工作，在我们的关系中，你占据了很大的空间。"

威尔的话有一定的道理。在过去一年中，专栏受到的欢迎让我登上了杂志和电视，还做了几次演讲。我甚至极度意外地凭借配合专栏的系列视频获得了艾美奖最佳新闻与纪录片大奖（News & Documentary Emmy Award）。在林肯中心（Lincoln Center）参加华丽的颁奖典礼时，我的脸颊因类固醇而浮肿，留着只有四分之一英寸长的寸头，兴奋的同时我感到自己与周围的一切格格不入。每次有机会出现时，我都希望趁我能好好抓住它。但意志力和抱负不是万能的，我逐渐被工作的重负压垮，我身边的所有人都担心这一切会对我的健康造成不良影响。

从一开始，威尔就主动帮助我，我感激地——现在看来过于迫切地——接受了他的帮助。他熬了无数个通宵阅读和修改草稿，帮助我协商合同、准备采访。我第一次受邀在亚特兰大的一个医疗大会上做演讲时，因为身体虚弱不能一个人旅行，他利用假期陪我一起去。他拿着我们的行李，推着我的轮椅在机场排队安检，在飞机上照顾我。增加的收入让我们能够过得更舒适，我把我赚的钱也分给他，坚持说因为我一个人做不到这一切，他应该获得报酬。尽管是出于爱而主动承担这一切，但这些工作仍然过于沉重。最近几周，我努力降低我的存在感，减少索取，少说话，鼓励他专注于自己的创作项目，但似乎没有什么用。我总是不由自主地觉得我吸走了屋里太多的氧气。直到现在，我从未真的听到威尔把这一点说出口。

"你不快乐？你事业受挫？怪我吗？"我问道。我的手开始颤抖。我拿起厨房台面上医生给我开的阿普唑仑，用我的臼齿嚼碎了几颗浅蓝色的药片，咬碎吃比整个吞下去起效更快。我希望避免类似之前的玻璃球事件的大爆发，但为时已晚。"你去死吧，"我愤怒地咒骂道，"你还嫌我不觉得自己是个累赘吗，去死吧。"

成为病人就意味着失去控制——无法控制医疗团队的决定，无法控制自己的身体和其突如其来的崩溃。看护者也面临同样的情况。但两者有关键的区别。我比任何时候都更想离开：摆脱不断改变的治疗方案和日常，摆脱疲惫和一直需要他人帮助的耻辱。但作为病人，我和这混乱的一切，和我一团糟的骨髓是绑定在一起的。作为看护者，威尔是出于爱，也可能是责任感，才经历这一切的。"你一直陪伴她，简直是圣人——大善人、模范伴侣。"——不断被如此评价并不会让他的压力变小。但留在这里，和我一起经历这一切，是一个选择。真相是他可以离开，而且他会离开。

威尔去加利福尼亚的那个秋天，所有人都尽力支持我。我的朋友们再次主动提出帮我，并不时给我送来自制的食物，一位邻居主动在我化疗的那一周帮我遛奥斯卡，我父母则找人帮忙打扫公寓。威尔在远方尽力而为，每天打好几个电话来关心我的情况。大多数时候，我们的对话充满惯常的温暖和幽默，但有些时候，尤其是我又进急诊室或受不了一个人面对这一切的重压时，我难以保证话语中不带一丝怨恨。但我很想他。我想起了我确诊的那天晚上威尔在萨拉托加矿泉城说的话："今后会发生很多糟糕的事情。我们要把我们的关系放进一个盒子里，不惜一切保护它。"一开始我们做到了，疾病让我们比以往任何时候都更加亲密。但一路走来，从某个时刻开始，我们两人都不再保护我们的关系——更糟糕的是，我们有时还破坏它，伤害彼此。如今，疾病让我们渐行渐远，形同陌路。

威尔不在的日子，我开始和癌友们度过更多的时间。我无需提任何要求或做任何解释，他们就知道我情绪低落。埃丽卡做了胸口用大学运动队常用字体写着"苏苏队"（team susu）的运动衫；克里斯滕陪我去急诊室或化疗，这样我就不用一个人了；马克斯总是带着99美分一片的比萨和卷得很好的大麻烟卷出现在我的公寓；梅利莎召集大家，组织游戏之夜、跳舞派对和偶尔的集体外出。基因的病变让我们走到一起——我们都受制于失常的、恶性的细胞和迫近的死亡的威胁——但在某一刻我们已经不仅仅是临时的病友，我们是一家人。

第二十一章　沙漏

那个晚秋寒冷的早晨，梅利莎和我去位于 73 街和第一大道交界处的罗纳德·麦克唐纳之家见约翰尼。下了点雪，走进红色雨棚并穿过旋转门时，我们有点发抖。约翰尼在里面等我们，他穿着一套在他消瘦的身体上显得松松垮垮的黑西装，一条很大的红色领带盖着一件白色的正装衬衫。最近几轮化疗让他的皮肤变得蜡黄。几周前我们才和他一起庆祝了他 21 岁的生日，我记得我曾感叹和那时比他虚弱了很多。尽管状态不佳，他还是打扮得十分精神——而且他完全有理由这么做。

许愿基金会（Make-A-Wish Foundation）的业务是为患病儿童和青少年实现他们的愿望。我听说有受助者去西班牙看斗牛士，有人和最喜欢的明星一起去迪士尼乐园坐过山车，有人希望和家人一起去夏威夷的度假村进行海边度假。相比之下，约翰尼的愿望很简单。他希望带癌友们好好吃一顿晚餐然后去看一场百老汇演出。但我怀疑他邀请我是为了打掩护，单独约梅利莎会让他的暗恋过于明显。

约翰尼的妈妈一如既往地在场，他的爸爸这周也从密歇根州飞了过来。他们给我们三人在大厅拍了很多照片。梅利莎和我站在约翰尼两边，挽着他的胳膊，我们都像马上要去参加舞会一样冲着相机微笑。一辆黑色的礼车在路边等我们。司机身着黑色的背心，戴着正式的司机帽，很有仪式感地为我们打开了车门。"你们先请。"约翰尼说道，让到一边让我和梅利莎先上车。"哇哦！多么绅士。"我们调笑道，他的耳朵立刻变得通红。

礼车顺着中城拥挤的街道行驶，路过五彩缤纷的摩天大楼和一群群游客。我们在一座外面挂着"欢迎来到风味王国"招牌的建筑前停下，到达位于时代广场的盖伊·菲耶里（Guy Fieri）餐厅。一位侍者领班带我们穿过迷宫般的镶着木板的房间，来到我们的桌前。约翰尼打开巨大的菜单时明显非常兴奋，一条条地念那些他自从第一次读到关于这家餐厅的报道就想尝试的菜品——尤其是培根奶酪通心粉汉堡和一道叫"超棒椒盐卷饼鸡柳"的菜。"这也太棒了吧。我们可以随便点，最棒的是——全都免费！"

看到他这么有精神我很开心。他最近真的很不容易。作为混血独生子，他没能找到匹配的捐献者。替代方案是脐带血移植，移植之前他需要完全进入缓解期。但每次将要进入缓解期时，接二连三的感染和并发症会让他再次退回原地。最近，治疗对他不再起效，他计划南下去位于休斯敦的大型癌症中心。

我们点了香槟，并举杯预祝约翰尼即将参加的临床试验成功，为我们的小团体、为更美好的未来、为盖伊·菲耶里餐厅在所有方面都糟糕的品位而干杯。六七个菜来了，满满当当地摆在大漆面餐桌上。约翰尼吃了几口，大部分食物都没有动。随着晚餐的进行，他越来越安静。甜点——一个油炸的"巨石"冰激凌——上桌时，他看起来摇摇晃晃、面色苍白，额头上覆盖着一层薄汗。

"你还好吗？"我问道。

"我很好——不，好得不得了。这是我人生最美好的夜晚之一，而且它尚未结束。我们还可以看一场百老汇演出！"他强颜欢笑地说道。

我们到达剧院，大厅十分拥挤，穿过摩肩接踵的人群时，约翰尼脚步不稳，摇摇晃晃的。我们再次询问他的情况，但他并不理会，坚称他没事。但他攀爬通往剧院一楼的铺着红地毯的台阶时停下了好几次，重重地靠在栏杆上。梅利莎和我交换了担忧的眼神，谨慎地伸着手臂走在他身后，时刻准备接住倒下的他。

我们平安无事地到达了相应的区域，向引座员出示票时，却出现了短暂的尴尬时刻：我们才意识到只有两个座位是连在一起的。约翰尼看起来有点不自在，然后提到票是最后一刻才订好的。

"所以，你们怎么坐？"引座员插话道。

"梅利莎，"约翰尼害羞地问，"你想和我坐在一起吗？"

引座员把梅利莎和约翰尼领到了他们的座位，他们就坐在我前面一排偏右的位置。很快，演出开始，灯光变暗，厚厚的天鹅绒帷幕随着音乐拉开。但我没法集中精神观看演出，而是向前倾着身体，偷偷看约翰尼，确认他一切都好。当我看到他脸上欣喜若狂的笑容时，我发现自己在低笑，心中充满骄傲和柔情。他坐在最酷最美的女孩身边，状态好得不得了。

之后，梅利莎和我把约翰尼送回了罗纳德·麦克唐纳之家。告别时，我们知道我们可能再也见不到他了。我想他也知道这一点。"我爱你们。"他说道，一反常态地认真表达他的感情，然后用力和我们拥抱在一起。

三周之后，约翰尼的妈妈从得克萨斯州打来电话。"肺炎、心脏停搏，"她一边抽泣一边断断续续地说，"我们在这里没有认识的人。我要带我的孩子回家。"很难听明白发生了什么。然后她说："约翰尼现在在天堂了。"

[第二十二章]

破裂的边缘

当威尔圣诞节后从加利福尼亚州回来时，我不知道是我还是奥斯卡更开心。我想可能是奥斯卡，因为威尔进门时它激动地在毯子上尿得到处都是。他不在的这段时间，我想通了几件事。我像时日无多一样工作和写作，这样做压垮了自己和我们的关系。我还意识到我无法想象，也不愿想象没有威尔的生活。我想通的最后一点是如果什么都不改变，我们的关系就会恶化到无法挽回的地步。

我渴望和他共度美好时光，因此建议我们去萨拉托加矿泉城。因为我的父母在旅行，我们可以独享整幢房子。我们收拾了一箱行李，两人一狗登上了火车。第二天早晨醒来时，地上积了1英尺厚的新雪，一切都闪闪发光，纯洁无瑕。我们用帽子、围巾把自己裹成木乃伊，穿上厚外套和靴子来到户外。威尔开始铲车道上的雪，而奥斯卡疯狂地在雪里转圈奔跑。我看了一会儿，然后用戴着手套的手取了一点雪，压成雪球，朝威尔扔了过去——这导致了一场激动人心的大规模雪仗。"我觉得自己像《小鬼当家》(*Home Alone*)里的凯文·麦卡利斯特（Kevin McCallister）！"我一边大喊，一边把一个雪球朝他的脑袋后面砸去。

接下来的几天我们都是这样度过的，沉迷于享受彼此的陪伴，享受着我们的短暂假期。新年前夜，我们开车去附近的城镇米尔布鲁克（Millbrook）参加一个朋友的派对。威尔开着面包车沿着上冻的高速公路行驶时，我们讨论了我们的新年决心。那一年，我们迫切地希望让一切回到正轨。我们都认为我们需要帮助，决定考虑伴侣治疗。我们还讨论了换风景。我们都迫切地希望离开已经变成医院和心碎同义词的纽约城。我们幻想搬到一座位于哈德逊山谷（Hudson Valley）的小农舍，一个安静的地方，有一个很大的后院，奥斯卡可以在里面自由地跑来跑去，我们可以有一个花园——一个我们可以重新开始的地方。或者我们也可以买一辆车，旅行一段时间，探索美国，在国家公园里露营，直到我们找到一个新的，可以称之为家的地方。"我们一起承诺在未来的几个月彼此依靠。我们不能让这一切把我们分开。"威尔说道，"情况越艰难，我们就要越亲密。这是我们的工作，我们最重要的任务。我爱你。"

这正是我渴望听到的，我们到达派对现场时，我容光焕发。在接下来的几个小时里，我们仿佛回到了美好的旧时光——吃吃喝喝，非常开心。派对的主人拿出了一把吉他，大家一起唱甲壳虫乐队的歌。我坐在威尔的腿上，我们的身体随着音乐一同摇摆。莉齐也在场，她一度把我拉到一边。"看到你和威尔这么开心，我很高兴，"她说，"我很长时间没有看到你这样了。"随后她告诉我，她和我的一些最亲密的朋友最近收到了威尔的邮件。邮件的大意是，尽管他希望尊重我的隐私，但他认为朋友们需要知道治疗对我和他有多大的影响。他问他们能否成为额外的增援，尤其是化疗后副作用最严重的那几周。威尔建议建立一个邮件圈，这样他工作或者晚上不在家时，其他人可以来帮忙。威尔的邮件以乐观的调子收尾，他感谢了所有人的支持："最重要的是，我想要对你们说，如果我已经一段时间没有这么说了，我爱你们，你们对苏莱卡的关心令我非常高兴。她不常透露情况有多么艰难……但正如我们都知道的那样，她很坚强。"威尔采取这样的行动让我既感到困扰——他没有征求我的意见——又充满希望，这表示他在认真对待我们的关系,他已经在想办法改善我们的境况了。

午夜将至时,有人提议我们去滑冰。大家拿着香槟和溜冰鞋,在雪中跋涉,向院落边缘的湖走去。我们在冰上轻快地滑来滑去时,威尔用他的手握住了我戴着手套的手。大家在倒数 2014 年的到来,对着月亮大喊。"明年会更好。"我说,把他拉近。"明年会更好。"他重复道,然后我们相拥接吻。

回到纽约后,我们认真履行伴侣治疗的计划。我们通过黄页找到了第一位治疗师。她的办公室有一张破旧的沙发和一块磨损严重的波斯地毯。空气中有浓重的广藿香水的气味。她似乎对长期患病期间维持一段关系的种种微妙之处知之甚少,而且不接受保险,所以在几次毫无帮助的治疗后,我们决定换人。我们见的第二位治疗师是斯隆·凯特林心理肿瘤学项目的成员 T 医生,他的治疗在我的保险范围内。T 医生友善且善于聆听,但大多数时候,我们离开她的办公室时,都因为刚才说的话而更生气,更沮丧,更无助。

一天,T 医生问我们是否愿意让一组住院医生旁听我们的一次治疗。我立刻就同意了。斯隆·凯特林是一家教学医院,我总是愿意让医学生旁听。如果我们的不幸能够帮助未来的其他人,这似乎是一个很小的牺牲。而且我认为听听其他人的看法可能会有帮助。但那次治疗是一次灾难。威尔、我和 T 医生一起坐在一个大会议室的中间,一排陌生人站在墙边,观察我们,在小小的便签本或纸上记笔记。在观众面前讨论我们关系中最痛苦和最私人的细节,并让这些细节被当成教学素材剖析令我们感到羞辱。

"大多数共同经历长期癌症治疗的年轻情侣最终都分手了,"一位住院医生告知我们,"在这个阶段什么会对你们有所帮助?"

"如果我们知道,我们就不会在这里了。"威尔难得带着明显的怒意说,他脖子上的筋在抽动。

治疗结束我们离开时,头顶被乌云笼罩。"以后再也不参加了。"我们一致表示。但我们急需引导。我们再也不知道该如何继续,无论是各自面对还是共同想办法。然而,得到的指导越多,我们就越感到挫败。

我们的朋友和家人如果知道我们的情况这么糟糕会很惊讶,因为威尔和我从不公开争吵。事实上,我们的表现完全相反——在他人面前,我们显得十分互敬互爱。我们彼此赞美,几乎一直有身体接触,肩并肩坐在一起或者握着彼此的手。他总是对我十分疼爱——给我拍照,帮我拿水,把毯子盖在我的腿上或者在我不得不取消计划时对他人解释我为何缺席。我们不自觉地将对方说到一半的话补充完整,没有任何其他人能够理解的共同经历将我们联系在一起。我们对彼此有无限的忠诚。

然而,私下在我们的公寓里,我们度过了一个又一个争吵的夜晚。你为什么这么冷淡?这是我的口头禅。我需要休息。这是他的口头禅。奥斯卡总是躲在沙发底下,直到我们的声音恢复正常的音量。只要感到我们即将大吵一架,我就往嘴里塞一把阿扎胞苷。有时候我一听到他的钥匙在前门丁零当啷地响就反射性地吃上一颗。我的愤怒缓慢地被沉默的放任所取代。任何形式的亲密,无论是性爱还是其他,都消失了。到睡觉时间,我们关灯,背对背躺着,沉默地发着愁,相较于彼此,我们更愿意和手机交流。

威尔必须回去上班,告别时,我被一种不祥的预感所吞没。我拥抱他的时间比平常更长,不想松开,喉咙里仿佛因恐惧而形成了肿块。那是因为太爱某人而无法接受他的离去的恐惧,是知道离别在即的恐惧。

那天乘巴士回家时,我提醒自己,我已经接受了近三年的治疗,而威尔还在这里,还在我身边。我希望说服自己,我们的关系还能够被挽救。我希望相信这只是花更多的功夫、更努力或者寻找更好的帮助就能解决的问题。癌症是贪婪的,我想,它不仅伤害我的身体、破坏我对自己的一切认知,现在还向我们的关系转移,毁掉我们之间最好最纯粹的东西。

我无比希望时光倒流。我会更警醒地保护我们的爱情,我会从确诊那天就开始伴侣治疗,我会拒绝让威尔一夜又一夜睡在我病床边上,我会更多地依赖我的父母，我会更努力地去消解因无处发泄而在我内心不断积累的压力。然而我无法倒拨时钟，前路一片模糊。解决方法似乎遥不可及：仿佛一艘在雾中迷失的船，越漂越远。

[第二十三章]

最后一个美好的夜晚

在警官看来,我们看起来肯定像两个态度很差、比真实的我们厉害得多的女孩。我们穿着同款黑色皮夹克,我的发型看起来像刚剃的寸头,画着很粗的眼影,脖子上还有一个巨大的蟒蛇文身。梅利莎长发及腰,手上戴着很多银色的戒指,瞳孔因为她最近几乎每小时都吸的大麻而放大。

那位警官不可能知道我脖子上的文身是假的,梅利莎戴着假发,她最近得知她的尤因肉瘤已经无法医治。那一周早些时候,医生们告诉她,他们已经没有办法治疗她的病了。她开始了解临床试验,争取时间,但预后很不乐观。为了让她开心一点,我提出去城里玩一晚上。所以我们去了一个摩托车文身节,参加了一场异装歌舞秀,在迪斯科镜面球的闪光下站在椅子上跳舞。此刻,我们在科尼岛(Coney Island)的地铁站台上和一名警察面对面,黎明的第一缕光线开始撕开黑暗。

几分钟以前,我们跳过了旋转栅门,尽管我们的钱包里都有地铁卡。直面死亡时,YOLO[①]——人生只有一次——这句话就有了全新的含义。但

[①] 英文"人生只有一次"(you only live once)的首字母缩写。

是我们违法了，警官说，他威胁要把我们送到当地的派出所去。梅利莎一刻也没有犹豫，扯下她的假发，露出了光秃秃的头顶。她噙着泪水开始声情并茂地瞎编，说自己是着急赶回家吃治疗癌症的药。她的表演起效了，警官放过了我们，只给我们开了 200 美元的罚单。他甚至为给我们开罚单而道歉，他说我们被监控拍到了，所以他别无选择。

"我们是共犯了。"警官祝我们一切都好并放我们走之后，梅利莎压低声音对我说。

"坏到骨子里——和我的病一样。"我打趣道。我们登上地铁，门在我们身后关闭的那一刻，我们相互搀扶，笑得直不起腰来。

这是我们一起度过的最后一个夜晚，但我们还不知道。事情的发展总是出乎人的意料。

八周之后，三月的一个周一上午，我去斯隆·凯特林进行我的倒数第二轮化疗，但我没有因为化疗即将结束而感到解脱，而是不断地想起梅利莎。她的癌症正以可怕的速度残酷地向全身扩散。肿瘤残酷无情，使她的脊柱两处骨折，并从她的头骨中穿出，扭曲了她精致的五官，她的一只眼睛肿得无法睁开。梅利莎说觉得自己很丑，不希望任何人看到她的样子。除了我、马克斯和她的几个最亲近的朋友，她拒绝了所有访客。

人们想象死亡时，容易受到某些故事的影响。在悼词和讣告中，人们用"去世""归西"和"被赋予天使的翅膀"之类的话来描述死亡。这些委婉之语让死亡显得如此被动和安宁，仿佛不知不觉开始午间小憩。人们更愿意相信人对自己的死亡会有一定程度的准备。梅利莎的情况不是这样。当死亡迫在眉睫时，她怒火中烧。"我没有准备好，"她说，"我还有好多事要做。"她也极度恐惧，总是在想死是什么感觉——以及她的父母要如何面对这一切。

那周的每一天，输液结束后我都会乘电梯去梅利莎住院的 18 层。我每次去都感觉她更虚弱了。一天，在进她的病房前，我在走廊上看到了她的父母。"医生一直叫我们做好准备，我们要做好准备。"她的爸爸边说边用握成拳的手揉搓红肿的眼睛，仿佛想要从一个噩梦中醒来。

另外一天，我去看梅利莎时，她问我愿不愿意再和她一起去印度旅行。她认为我们要立刻出发。"我时间不多了。"她说，声音因吗啡的作用而含糊不清。我静静地坐了一会儿，寻找合适的回应。最近几年，我看着我的朋友和家人坐在我的病床边强颜欢笑，忍住眼泪。现在，我在努力做同样的事情，我抬头看天花板，用力吞咽了一下，然后咬住我的下嘴唇试图保持镇定。

"我们应该先去哪里？"我问道。

梅利莎不可能乘航班去任何地方。但我们还是计划了行程，想象着那我们都知道永远不会实现的旅行：我们会坐黄包车穿过德里市中心，会在市场买更多的手绘提线木偶扩充梅利莎的收藏，在日出时去泰姬陵。我开心地笑着，一边听她说一边点头，时不时插入一些建议或低声说些鼓励的话。印度成了一种隐喻，而非一个目的地。

梅利莎开始犯困时，我起身离开。我捏了捏她的手，俯身拥抱她。"我没准备好。"她含泪说道。我给她盖好被子并拉上了窗帘。"好好休息，"我柔声说道，"我明天再来看你。"我在门口停下脚步，待了一会儿，看她入睡。

第二天早晨，梅利莎被救护车送往马萨诸塞州的一家临终关怀中心，这样她可以离家近一些。她在照片墙（Instagram）上发了一张照片，照片是在救护车上拍的，照片上是结霜的车窗外繁忙的街道。"再见，纽约。我爱你。心碎。"她在下面的配文处写道。

她离开之前我没能见到她。她的救护车开走时，我正在输液，最后一袋"毒药"正被滴入我的静脉。

无论何时到来，死亡都不是好事，但年纪轻轻就被判死刑是违背自然秩序的。生病多年后，梅利莎和我学会了尽量和死亡的威胁共存。无论我们多么努力，死亡都如影随形无法摆脱。我们就死亡长谈，有时甚至开这方面的玩笑。梅利莎说她希望所有人都在她的葬礼上大哭。我说我希望我的葬礼之后有一个热闹的余兴派对，我们一同起草了一份文书，详细列出了宾客名单和提供什么种类的鸡尾酒。

但无论怎么做我都无法做好真的失去她的准备。多次与死神擦肩而过的经历以一种奇怪的方式让我们感觉自己不可战胜。即使是梅利莎离开纽约之后，即使她不再回复短信——她的精神到了虚无的空间，即使她的父母写信告诉我们，在人生的最后时刻她被家人、装饰品和那些提线木偶环绕——这一切仿佛不是真的，令人难以置信。

我可以毫无顾忌地谈论任何事情的朋友不在了。但她去哪儿了？

为什么？

悲伤是随时到访的幽灵。它在夜晚到来，让你无法入睡，让你感觉胸口塞满碎玻璃。它在派对上你大笑时到来，指责你在这个瞬间忘掉了伤痛。它如影随形，直到成为你的一部分，伴随着你的每一次呼吸。

[第二十四章]

结束

在我化疗的最后一天,我的朋友和家人祝贺我这一切终于结束了。无数次活检、静脉注射抗生素、呕吐之后,我应该终于可以回归大集体了。然而事实上,对抗癌症最艰难的阶段是在治疗结束后才开始的。

在接下来的一个月里,我因免疫系统脆弱而患上了危及生命的艰难梭菌肠道感染并为此第四次住院。我称这个月为"恐怖狂欢节",因为每次住院都会让我陷入超现实的无边残酷的苦海,重创我,直到我彻底支离破碎。

第一次住院的前一晚,梅利莎去世了。

第二次住院期间,埃丽卡和厨师结婚,在科罗拉多州举行了小型仪式,我没能像我保证的那样做她的伴娘,而是被拴在输液架边上。

第三次住院的前几天,威尔提出一种更彻底的休息。他说他在考虑搬出我们的公寓,自己找地方住。他的意思是我们分开住,但保持关系。他说这是暂时的,但我不相信。

威尔的提议让我感觉从背后被人捅了一刀。我内心已经为这个时刻做了很久的心理准备,但我发现自己还是为此失魂落魄。他选在此刻——我尚未从梅利莎的死中恢复,肠道里还有感染在肆虐——对我来说似乎不可原谅。我怀疑这可能是为了永久和我分手做的铺垫。哪怕这真的像他声称的那样是暂时的，他最终还是会搬回来，我也不认为这会对解决我们的问题有任何帮助。

我一直相信在这个世界上爱可以战胜一切。我相信爱可以弥补痛苦，能够帮助我们应对人生的残酷，甚至将其转化为某种美好。但此刻我开始怀疑下一次遇到糟糕的情况时，他会再次离开。我开始对我们的关系失去信心。

我像绝望的人那样给威尔下了最后通牒。"要么你留下，我们一起想办法渡过难关，如果你搬出去，我们就结束了，"我说，"我不能再这样下去了。"

24小时之后，威尔在布鲁克林找到了一间公寓，预计两周之后就可以入住。他告诉我他在考虑租下这间公寓时，我没有做任何事情去阻止他。相反，我继续把他推开。"去吧，我才不在乎呢。"我说，尽管我的每个细胞都在喊相反的话。没等我完全消化正在发生的事情，威尔就签了租约，而我再次因为艰难梭菌感染进了急诊室。

这是我第4次也是最后一次住院。我被安排住进了18楼，我的病房就在我最后一次见到梅利莎的病房隔壁。在斯隆·凯特林的几百间病房中，我偏偏被安排进这个房间，这仿佛一个残忍的玩笑。我甚至和梅利莎遇到了同一个护士，一头红发，留着赫本头，涂着同样颜色口红的莫琳。我请求转到白血病科或移植科，但医院没有床位，所有人都没有办法。被迫躺在距离我与去世密友告别的地方只有几英尺的地方让我感觉被针对了——这仿佛是以让我崩溃为目的的惩罚。

我出院的那天，威尔搬走了。拖着上面写着"病人物品"的医院大塑料袋回到家时，公寓安静得诡异。你应该哭，我站在走廊时对自己说，但我太累了没有力气哭。我在公寓里转来转去，心如死灰而又有条不紊地——查看空荡荡的衣橱和衣柜抽屉，奥斯卡迷惑地跟在我身后。我在一个抽屉里发现了一包旧香烟。我知道我不应该这么做，但我还是点燃了一支。我坐在厨房的地板上，慢慢地抽这支烟，医院的手环仍旧挂在我的手腕上。

确诊以来一直在内心支撑我的脚手架坍塌了。治疗期间，我身边有世界上最好的亲友团：我的男友、家人和朋友，还有一支优秀的医疗团队不知疲倦地努力延长我的生命。我的目标是摆脱癌症。现在"切、毒、烧"[①]的治疗过程已经结束，我独自一人茫然无措地坐在废墟中，不确定如何向前走，不知道所有人都去了哪里，而我此后应该做些什么。

我此刻才注意到用小号字印刷的附加条款：幸存后的所得是显而易见的。你获得了生命——你有了更多的时间，但走到这一步你才会意识到，幸存是要付出代价的。

我用了很久才让瘫坐在厨房地板上的自己振作起来——生气、悲伤和寻找前进道路的挣扎让我失去了一年的时间——而在那个可怕的日子里，我只能抽完我的烟，拉上窗帘然后爬上床。梅利莎走了。威尔走了。癌症走了。我对自己重复这些事实，希望能慢慢接受，希望能有真实感，但相反，我只感到麻木。我的知觉仿佛被麻醉了。我说不出那天的其他时间我都干了什么，下一天、再下一天也是一样。我想我大概遛了狗，补货了咖啡和牛奶，尽量接我父母的电话保证他们不要突然在我家门口。但我不确定，我或许做了这些动作，但事实上，我根本魂不守舍。

唯一突破这种麻木的是威尔的幽灵。他走了，但并未完全消失。我能够感觉到他的存在——或者说他的缺席——他就像幻肢一样。威尔是我的看护人、我推心置腹的知己、我的爱人、我的社交中间人和我最好的朋友。有时，他真的就是我的拐杖，在我没有力气自己走路、吃饭、洗澡时，帮助我做这些事情。他为我做得太多了，超出了一个人应该为另一个人所做的事情的极限，但我还没有完全意识到这一点——我只是觉得，威尔不在身边我就不知道如何独自面对这个世界。

[①] cut, poison, burn，指癌症治疗中的手术、化疗和放疗。

尽管我向自己保证不给他打电话，但这种冲动其实从未远离我的脑海。他搬走一周之后，我屈服了。"你能过来吗？"一天晚上我对他说，我再也无法忍受公寓的安静。一个小时之后我听到他的钥匙在门锁里转动。他不敲门就打开了门，好像我们还住在一起一样。有几分钟，我们假装什么事也没有发生，他像往常一样在地上滚来滚去和奥斯卡摔跤，然后站起来拥抱我。我们点了街角利尔弗朗基餐厅（Lil' Frankie's）的外卖，尝试进行文明的闲聊，然而情况还是不可避免地急转直下。

这变成了我们的相处模式，互不理睬的日子中穿插着几次深夜见面，见面的最终结果有两种：一是我们就是谁做了什么导致我们的关系恶化到现在这样，声嘶力竭地吵得不可开交，二是威尔留下来过夜。我们没有做爱——好几个月都没有——但我害怕一个人睡觉，他还愿意留下来陪我令我感到欣慰。我总是希望像这样和他待在一起，像以前一样，和狗一起蜷在床上，让威尔意识到他可能失去什么，让他道歉然后永远搬回来。但我们的关系，我们之间彼此的感情，仿佛已油尽灯枯。每一次清晨到来，威尔起床离开时，我都感到羞辱和受伤。不能再这样下去了，我在他身后锁门时发誓再也不给他打电话，再也不邀请他过来。

我又一个人住在公寓里，要么怒火中烧地以一种恶毒的方式憎恨威尔，要么躺在厨房的地板上发呆。我在脑海中把我和威尔在一起的生活简化成了一个剧本，故事大概是这样的：我病了，威尔厌倦了我的疾病，慢慢与我拉开了距离，然后他突然搬走，在我住院的时候抛弃了我。对我来说，这样描述更轻松，把错都推到威尔身上，而不是去面对故事的另一面——我对他的种种辜负，把他逼到精疲力竭，让他最终离开。我们分手的深层原因仍在表面下暗暗燃烧，因为太烫了而无法触碰。

威尔是我的挚爱——我相当确定这永远不会变——尽管我很想认为，如果有足够多的时间和空间，我们最终能够重新找到在一起的路，但我不再相信这种可能性了。我们深陷看护者和病人的关系中太久以至于像琥珀中的苍蝇，被困在怨恨形成的硬壳之中。继续等待威尔可能会带来更多的悲伤、痛苦和愤怒，我不认为自己能承受这一切。我人生中第一次感觉自己不知不觉间已经摇摇晃晃地走到了悬崖边缘。我到了我所能承受的极限。

我开始意识到，我要做一个选择：如果我想要在生者的世界找到自己的位置，就要停止去争取那段很久之前就已经死去的关系。我要开始为自己奋斗。

第二部

[第二十五章]

中间地带

"每个出生的人都拥有健康之国和病人之国的双重国籍,"苏珊·桑塔格(Susan Sontag)在《疾病的隐喻》(*Illness as Metaphor*)中写道,"尽管我们都想只用健康护照,但我们每个人或早或晚,至少有一段时间,不得不成为另一个国度的公民。"

到最后一天的化疗结束前,我成年后的大部分时间都在另一个国度度过:没人想待的病人国。一开始我抱着只在这里短暂停留,甚至连行李都不用打开的希望。我抗拒"癌症病人"的标签,相信我能保持原来的样子。但随着病情加重,我看着过去的自己逐渐消失。我的名字被分配给我的病人识别码所取代。我学会了流利地说医疗术语。就连我的分子身份都改变了:当我弟弟的干细胞移植入我的骨髓中时,我的脱氧核糖核酸(DNA)不可逆转地变异了。我的光头、苍白的肤色和输液港导致人们看到我时总是最先注意到疾病。经年累月,我尽最大努力适应了新国度的风俗习惯,友好地对待其中的居民,甚至在其境内开辟了一番事业。在这片国土上,我建造了一个家,接受了我不仅要在这里待一段时间,而且可能永远不会离开的事实。外面的世界,健康人的世界,变得陌生而吓人。

但对我，对所有病人来说，终极目标是最终离开病人之国。很多癌症病房都有一个病人在治疗最后一天可以敲响的钟，敲钟仪式象征着一种转变。是时候告别病房诡异且永远不变的荧光灯了。是时候回到阳光下了。

这就是我此刻所处的位置，我正站在熟悉的国度和未知的未来之间的门槛上。我的血液里不再有癌症，但它还以其他方式存在，支配着我的身份、我的人际关系、我的工作和我的思想。我的化疗已经结束了，但我的输液港还在，我的医生要等到我"进一步恢复"再移除它。摆在我面前的问题是如何让我回归健康人的国度和我能否完全做到。没有治疗方案或出院指南能够在这段旅程中给我指引。我必须自己摸索前进的道路。

恢复期中不理智的第一阶段：焚烧。我想烧掉和威尔有关系的东西。我想烧掉我的悲痛。我要烧掉我的过去，为新的成长清理出土壤。我认为我会以这种方式重新开始。

为了清除公寓里威尔的痕迹，我点燃了大量的鼠尾草。浓烟在空气中打转。我重新摆放家具，直到房间有新鲜感。我把装着我们合影的相框收起来藏进橱柜。我把我们一起买的被子塞进垃圾槽。我不接他给我打的电话。我删掉了他的号码。

我迫切地渴望成为一个26岁的普通人。我不知道那意味着什么，所以我在健康的同龄人身上寻找线索。威尔搬出去快一个月之后，我的歌手朋友史黛西邀请我去看她在时髦的流浪者酒店（NoMad Hotel）的演出。我一点也不想社交，但我强迫自己去参加。我换下我的运动裤和T恤，穿上一条能遮住输液港的高领黑色连衣裙。我反复捣鼓我的头发，希望它看起来不像刚结束化疗，而像朋克风赫本头。在最后时刻，我邀请了一位我生病前就认识的老朋友一起去。他是一名爵士音乐人，叫乔恩。

我到达酒店时，乔恩在大堂等我。我们俩的交情可以追溯到我们少年时乐队夏令营的相识。那时候乔恩高瘦笨拙，嘴里全是牙套，穿着过大、不合身的衣服，特别害羞，几乎不说话。此后，他发生了翻天覆地的变化。

现在，他浓重的新奥尔良口音——说话时拉长元音、娴熟高超的钢琴技巧和衣冠楚楚的外表令他极具吸引力，他总能成为被关注的焦点，吸引屋里的每一个人。他身材高挑，无可挑剔地穿着定制西装和皮靴，帅到令我震惊。他深蜜褐色的皮肤极富光泽，他的五官——嘴唇、鹰钩鼻和宽阔的肩膀——赋予了他王子般的庄严。乔恩在大堂另一头看到了我，我穿过房间走向他时，在他的注视下有点脚步不稳。

我们乘电梯上二楼，进入了一个卡巴莱①夜总会，那里有富丽堂皇的墙纸和点着蜡烛的桌子，史黛西身着一袭红裙走上舞台，对着话筒低声哼唱，她的磁性嗓音充满黑暗的房间。乔恩和我坐在一张舒适豪华的皮沙发上。距离我们上次见面已经过去了一年多的时间，我们光是交换近况就有很多话可聊。乔恩立刻问起了我的健康，然后又问了威尔的事情。我说我们已经分手时，他看起来十分震惊。"你们的关系看起来很……稳固。"他说道。

"这是最好的结果。"我假装不在意地说，忽略我在厨房地板上度过那四个星期。

"发生了什么？"他问道。他看起来真的很困惑。

"我的病对我们的关系造成了很大的影响。"我说。如果让我选一个罪魁祸首，疾病似乎是最简单的替罪羊。

这是我第一次不得不解释这件事。我把它说得好像已经过去，好像一切都已经整理好了。我渴望这样相信——从我和威尔的关系中走出来，将帮助我从疾病中走出来。

"你呢？"我问道，迫切地想要换个话题，"在和谁约会吗？"

"我也单身。"他回答道。

我还没有想到自己是"单身"。尽管这是事实，但我仍感觉自己还处于某种不确定的状态。单身。我默念道。这个词在我的舌尖上显得很陌生。

从乔恩脸上的表情来看，这也是他第一次从这个角度看待我。我们之

---

① cabaret，餐馆或夜总会，晚间提供歌舞表演。

间的氛围发生了某种改变，空气中充满了可能性。我们开始聊其他话题，但我们的对话变得有些紧张，乔恩似乎又变回了那个害羞、笨拙的少年。"你最喜欢什么运动？"他无缘无故地问，在沙发上紧张地前后摇晃。

"我最喜欢的运动？"我说，停顿了一会儿，然后说出了我脑中蹦出的第一个东西，"篮球，大概吧。"

"哇，我也是！那我们就又有一个共同点了！"乔恩说得特别认真，以至于我都忍不住笑了。

尽管我认识乔恩大半辈子了，但我们俩仿佛在相亲。很尴尬。我向服务员招手，点了一杯鸡尾酒。酒送来时，我喝了几大口。时间越来越晚，我放松了一些，乔恩似乎从他的害羞中恢复了。音乐从爵士变成了低沉的低音鼓，很快所有人都有说有笑，站起来跳舞。史黛西和几个女性朋友过来加入了我们。乔恩看别处的时候，她们老是用手肘捅我，催我，告诉我是时候重回"市场"了。离开医院之后，我第一次感觉自己像个正常人，甚至有魅力了。

午夜早已过去，我已经很久没有在外面待到这么晚了，但我不愿这个夜晚结束。我希望这种感觉能维持到我回家之后——我需要这种感觉持续下去。乔恩和我在人行道上逗留。他亲了我的脸颊一下，向我道晚安，我心头一震。我内心深处清楚我没有考虑任何超越友情的感情的立场。那一瞬间，我对现状的认识是清醒的：我的个人生活一片混乱，身体状况也是。我整个人都一团糟。疾病留下了大量的间接伤害。但承认疾病造成的破坏就意味着要面对这一切，而我不认为自己已经足够坚强——现在还不够，短期内都做不到。然后清醒的时刻过去了，我进入了另一种状态。也许事情没那么糟糕，也许和其他人约会是走出来的一部分。我的大脑不惜一切代价避免去清算过去——它让自己陷入了迷茫和矛盾，直到我再也无法分辨什么是真什么是假，它让我相信我已经没事了，而事实根本不是这样。

很快，乔恩和我几乎每晚都通电话，一聊就是好几个小时。他正随乐队巡演，几周后他回城时，正式邀请我出去约会，看喜剧演出并吃晚餐。

之后，他送我回家，并吻了我——这一次是亲吻我的嘴唇。有另一个人陪在我身边让开始新生活的前景变得不那么可怕。

我喜欢乔恩的一切。我喜欢他脑中有无穷无尽的想法，喜欢他的手指在琴键上按压移动。我喜欢他无限的抱负，这让我也想拓展自己的格局。我喜欢他不用咖啡因就可以保持干劲，不用酒精就可以保持平和。但最重要的是，我喜欢我在他身边的感觉。乔恩将我视为健康、正常、有能力的人——仿佛我还是我们初遇时那个头发凌乱、古灵精怪的13岁女孩。他像我好像从未生过病一样对待我，尽管这和我对自己的看法不符，但让我想扮演这样的角色。我把这个角色演得很好，以至于我几乎让自己开始相信这是真的。

尽管我内心不愿承认，但吸引我的除了乔恩，还有新的恋爱能让我更快地走向健康之国的想法。在接下来的几周里，我恨不得每时每刻都和他在一起。有几天我随他一起巡演。我们手牵手漫步于陌生的城市，连续几个小时聊天，在公园长椅上发表害羞的宣言。我们整夜和他的朋友们在一起，在一个又一个爵士夜总会跳舞，直到天明。我从来不表露我有多么筋疲力尽，我从来不拒绝。

但是回到纽约，当我们第一次在我的公寓过夜时，我像一只初生的羊羔一样颤抖而不确定。和威尔亲密无间是一回事，他目睹了患病期间我身体的蜕变。和一个外人，一个未被疾病触及的人亲密接触则截然不同。我们宽衣解带时，我感到暴露和不安。我的身体透露的故事与我呈现的不同：最近的艰难梭菌感染让我瘦了近20磅①，我的肋骨在薄薄的皮肉下突出。静脉输液、注射、抽血留下的淤青和针孔遍布我的手臂。多年来多次植入中心静脉导管在我的脖子和胸前留下了伤疤。还有我的输液港：它也还在我身上。

输液港是虬结的疤痕下的一个圆形塑料突出，在我的右侧乳房上方很

---

① 1 磅约合 0.45 千克。

明显地凸起，摸起来是硬的。我不知道我是应该解释为何它还在，还是希望乔恩在黑暗的房间里不要注意到它。他不知道的事情太多了。如果我们的关系变得认真，那我就不得不与他深入探讨不育以及化疗引起的绝经等众多极度敏感的话题。一想到要进行这些对话，我就觉得自己应该干脆考虑禁欲。呼气。吸气。我不知道该怎么做。

乔恩的手指从我的嘴唇顺着我的脖颈移到我胸口螺旋状的伤疤上。他俯身，用嘴唇轻触我的输液港，然后说："你是我遇到的最美的女人。"那个夏天我坠入了爱河，不仅是爱上了乔恩，还是爱上了不同的生活的可能性。唯一的问题是，我在以摇摇欲坠的过去为基础构筑新生活。8月底，好几周没见面的威尔和我决定见一面。我们在街对面我们最喜欢的早餐店买了咖啡，然后登上了我公寓楼的天台。"我要告诉你一件事。"我们在一张野餐桌旁坐下时，我说道。

"我也是，但你先说。"他回答道，总是这么绅士。

我计划在这里告诉他乔恩的事情。这消息并不突然。夏天早些时候，我警告过威尔我在考虑和其他人交往，而他也不笨——他知道"其他人"指的就是乔恩。我提过我们经常在一起，我记得威尔说："等你厌倦了你的反弹①男友之后再通知我。"他似乎很自信，认为这是一段露水姻缘。他的话令我愤怒，部分因为威尔似乎并不介意我想和其他人交往，部分因为他的预设都是对的——关于我对他的愤怒以及我无法独立生活。但现在，最初的反弹恋爱已经变成了有意义的关系，我认为我应该告诉威尔真相。

整个早晨我都在脑中排练，告诉自己我会选择最合适的词汇，如果我用合适的方式沟通，威尔会理解的。我们能够彼此原谅，并得到解脱，这甚至会成为长期友谊的基础。

但是坐在威尔对面，我很难继续否认现实。我的眼神在他的脸和地面之间来回游移。真相？我们的情况比我对外的说法要复杂得多。我希望相

---

① rebound，"反弹"恋爱指一段关系刚刚结束就立刻开始的新恋爱，常被认为是对分手的一种反应，当事人可能不确定自己想要什么或还深受过去的影响。

信我们结束了，然而我们有很深的羁绊：威尔仍旧是我所有医疗表格上的"紧急联系人"，还是我感到不舒服、难受或害怕时想联系的第一个人。但我即将告诉他的事情会让我们的分手变得彻底而无法挽回，有一瞬间，我不知道这是不是我想要的。

为了鼓起勇气说出来，我在我的脑中倒数——"三、二、一"——但当我终于开始构建话语时，仔细排练过的解释消失了。"我想告诉你我在和别人交往，而且是认真的。"我说道。

威尔的蓝眼睛里有一种破碎的神情。看着他脸上出现震惊的神情时，我感到我害怕自己。否认现实让人可以在真空中行动，不用考虑自己的行为会对自己和他人的生活有什么影响。他脸上受伤的表情令我难受，但我同时也感到一种令人羞愧的满足。在某种扭曲的潜意识层面里，我认为我希望威尔感受到一丝他搬走时给我带来的那种痛苦。我希望证明我不是依赖他人的无力而病弱的女孩——只要在他身边我就有这种感觉。我希望他知道有其他人认为我有吸引力。但更重要的是，我希望他痛苦的脸庞证实我的渴望：他仍然在意我。

威尔沉默了很久。恢复平静之后，他的眼神变得强硬。当他终于开口时，他告诉我在他为我做了那么多牺牲之后，这么快就放弃我们的关系的我是叛徒和懦夫。他说，再没有人会像他那样爱我、照顾我。而且他也不看好我的新恋情。他警告我一旦我最终恢复理智，我会为我的行为后悔。"你知道好笑的是什么吗？"威尔说道，"我今天来这里是要告诉你我已经准备好搬回来了——再给我们的关系一个机会。但托你的福这已经不可能了。"

"你怎么能这么说，"我生气地低声说道，"你凭什么在我生病时离开，等我终于好了又要回来。"

"好，就这样吧。祝你和我的替代品好运。"威尔回答道，把手伸到头上，夸张地做打哈欠状。

我们俩都做了错误的致命假设：我没想到下了最后通牒之后威尔会搬

走；威尔没想到一旦他搬走了，我就不会再留恋。但覆水难收。我们都无法不再计较对方的背叛。我们都很难过，都假装不在乎。我们都太骄傲了，不愿请求或给予原谅。

威尔走后，我在屋顶上待了很久。我很迷茫，万物都让我困惑：天空、鸽子、远处尖叫的警报，还有，尤其是，我自己。然而，我确定一点：正如我无法想象没有威尔的生活，我也想不到如何和他一起走下去。我们都需要把彼此从相互依靠——从过去看护者和病人的角色——中解放出来，但我不认为我们可以共同完成这件事，至少近期做不到。为了铸就新的身份，我们不得不各奔东西。

即便如此，我们从亲密无间、深爱彼此的情侣变成各自黯然神伤、满腹怨气的陌生人的速度之快还是令我震惊。我们对我们的关系进行最后的拆解时，感觉不像分手的最后阶段，而像痛苦而漫长的离婚程序的开始。威尔把他手上的公寓钥匙还给了我。我们注销了联合银行账户，取消了手机家庭套餐，我们整理了共同财物，尽管我们从未主动要求，我们各自的朋友和家人也自觉地划清了界限。

至于奥斯卡，我们同意共同扶养，我周中照顾它，威尔周末照顾它。刚开始，威尔会按门铃，进公寓来接奥斯卡。后来有一天，他在玄关柜前发现了一双13码的男式乔丹运动鞋。此后我们就在中立区域进行交接。很快，威尔周末也不把奥斯卡接走了。这太难了，他终于承认。他也需要向前看了。

向前看。这是一个我痴迷的句子：它意味着什么，如何真正做到向前看？最初这仿佛非常简单，简直太容易了，但我逐渐开始意识到向前看是一个虚幻的概念——是生活变得难以忍受时你向自己兜售的谎言。是一种幻觉，认为可以在自己和过去之间构建屏障——认为可以忽略痛苦，用新的恋爱埋葬刻骨铭心的爱情，相信自己是为数不多可以跳过悲伤、恢复和重新振作这一过程的幸运儿——认为这一切侵袭而来时，自己不会体无完肤。

随着夏日将尽、逐渐入秋，我的输液港，我身体里能摸到和看到的最后一个癌症残留物，开始让我感到不耐烦。我的医疗团队坚持要保留到他们确定我再也不需要它为止。但我希望想穿什么就穿什么，不用担心别人盯着我锁骨下的奇怪圆形凸起，我希望除去我和正常生活之间的最后一道屏障。此后去斯隆·凯特林检查时，我再次提起移除输液港。毕竟，我最后一次化疗已经是五个月之前的事情了。此后我经历了几次小恐慌——导致了三次结肠镜检查和三次内窥镜检查，偶尔的 X 射线检查，一次奇怪的、令人紧张的血细胞计数降低后还进行了一次骨髓活检——但总体上我的身体状况还是相对稳定的。内部讨论之后，我的医疗团队同意并确定了下周移除输液港的日期。这是对我的健康的信任。我感到欢欣鼓舞。

10 月末的一个周五，乔恩和我去斯隆·凯特林进行输液港移除。目睹疾病如何侵蚀一段关系之后，我努力不让他接触医疗方面的事情。他待在我家时，我甚至把药藏起来，等他不在时再吃药。我不期待也不要求他做什么——我因为索取太多而毁掉了我的上一段感情——但医院的规定是手术后必须有人接我回家。

"这是口罩和手套，"我在候诊室向乔恩解释道，"是的，你要戴上——这是为了保护其他免疫减弱的病人。"告诉他这些早已成为我第二天性的事情感觉很奇怪。我不停地看他，分析他的身体语言，寻找他被与癌症有关的这一切吓倒的迹象，但乔恩看起来很淡定。

一位护士过来，在带我进手术室前简单问了我一些问题。除了经常问的那些——目前吃什么药？有没有新的症状？有疼痛吗？——她出其不意地问了几个十分尴尬的问题："我看你之前因为艰难梭菌和可能的肠道移植物抗宿主病住院，你还是经常感到恶心吗？你每天大便几次？你的大便黏稠度如何？还拉稀吗？"

那一刻我羞愧难当，简直想杀人——但如果乔恩觉得恶心，他没有表现出来。到我要被推走时，他隔着口罩亲了亲我，告诉我我醒来时他会在。

在手术台上，我穿着一件露背的医院罩袍躺在刺眼的荧光灯下。"恭喜！"医生进来时对我说，"听说你今天要被遣送出港①了。"当然，他指的是移除我的输液港——确诊后我通过它进行了多轮化疗，输入了无数抗生素、干细胞、免疫球蛋白和血。这显然是为了逗病人笑时他常说的台词。尽管这个谐音梗颇有一些问题，但这个时刻确实有点像一种正式"驱逐"，是把我遣送回健康之国的最后程序。

一个麻醉面罩被盖在我脸上，医生让我从10倒数。"另一边见。"在我陷入药物导致的沉睡之前医生说。

45分钟之后我在麻醉恢复室里醒来。在黄昏中起身时，我的神经末梢感到刺痛。我睁开双眼，眼珠像玻璃球一样滚动，扫视整个房间，我想不起我在哪里，不知道为什么是乔恩，而不是威尔坐在我病床旁的椅子上。然后我看到了胸口的纱布，想起了发生了什么。我没有感到解脱，反而因为失去了我的输液港——想到来斯隆·凯特林的次数会减少，想到不能经常见到我喜欢的护士和医生——而感到失落。此刻我尚无法分析这种悲伤、困惑、不安的感觉，所以我把它归为麻醉的副作用。

那天晚上晚些时候，乔恩建议我们出去庆祝。我还是感觉状态不佳，但我努力打起精神。我们穿上正装去阿波罗剧院（Apollo Theater）参加一场晚会。在哈林区（Harlem）的文化精英中颇有名气的乔恩不断被想和他说话或者合影的人从我们这桌带走。那天晚上的大部分时间我都一个人坐着，一杯又一杯地喝霞多丽白葡萄酒。在某个时刻，我胸口的纱布脱落了，顺着我的肚脐和裙摆往下滑，掉在了地面上，我悄悄地把它踢进了被桌布遮挡的桌下，并环顾四周，看有没有人注意到。暴露在外的缝过针的伤口还很脆弱敏感，总是被我裙子的布料摩擦到。我注视着情侣们在黑白方格地面上起舞，我试图忽略疼痛，但毫无效果。身着燕尾服和晚礼服的男女在温柔的白光下闪闪发光的样子让我在角落显得更阴暗孤独。我抬手摸脸时，惊讶地发现我的皮肤是湿滑的。大滴大滴混合着睫毛膏的眼泪顺着我

---

① 原文为deport，一般意为"把（违法者或无居留权的人）驱逐出境"，医生在此用这个词表示移除输液港（port）。

的脸颊流淌。

"怎么了？"乔恩回来后紧张地问道。在未来几个月，他反复不停地问这个问题，震惊地发现他爱上的那个快乐、自信、不拒绝任何可能性的女孩只是在努力表演。

我回答："我没事。"

我想说却不知如何表达的是：输液港被移除了，但它并没有消失。它的缺失变成了一种新的存在，让我意识到疾病在我身上打下了烙印。治疗对我大脑、身体和精神的破坏很严重；埋葬一个又一个死去朋友的打击；一直在我内心累积的、被漠然忽视的伤痛；失去威尔的心碎，以及对不和他复合是一个错误的恐惧，还有关于接下来我应该做什么的迷茫。

三年半之后，我终于彻底摆脱了癌症——如果从瘙痒开始，就是四年。我以为在这个时刻我会感到自己获胜了——我以为我会想要庆祝，然而我感觉仿佛开始了新一轮的清算。在过去的1500天中，我都在不知疲倦地朝一个目标努力——幸存。现在我幸存了，却发现自己不知道如何生活。

英雄之旅是文学中最古老的叙事母题之一。幸存者，和英雄一样，曾面对致命的危险，经历了九死一生的考验。他们排除万难，奋勇向前，因战斗中留下的伤疤而变得更强大、更勇敢。一旦胜利在望，他们就会带着积累的智慧和对生活的新认识，以全新的面貌回到普通的世界。在过去几年中，我接触了大量类似的叙事，并在电影、书、筹款活动和祝福卡中看到这样的故事。这些陈词滥调在文化上变得如此根深蒂固，想不传播这种故事很难，拒绝相信自己可以做到则更难。

秋季，我尝试实践这种叙事，尽可能兴高采烈地回归生活。我逼自己每周去几次公寓地下室的健身房——这对生病前的我来说都可以算是壮举了。我买了榨汁机，逼自己喝了一段时间令人作呕的羽衣甘蓝混合果蔬汁。我每天早晨去附近的咖啡店，努力写点东西。和朋友一起出去跳舞时，我有过欢笑和轻松的时刻，但它们很短暂——来得快也去得快。

但我应该好起来了，我一遍遍对自己说。毕竟，在纸面上，我已经不再是病人了。医院预约、血检、担心的朋友和家人来电……这一切的洪流逐渐变成了涓涓细流。很快我就可以恢复成具备自理能力的一般人。如果再过几年，我的癌症不复发，我甚至可以加入被视为"痊愈"的癌症幸存者的行列。然而，我却一点也不觉得自己像摆脱了这一切之后我希望成为的那个，健康、快乐的年轻女孩。

每天早晨我还是要吃一大把药。免疫抑制剂可以预防我的身体排斥弟弟的骨髓。每天两次的抗病毒药和抗细菌药保护着我脆弱的免疫系统。利他林可以对抗移植后的长期疲惫和昏沉。左旋甲状腺素承担我被化疗破坏的甲状腺的工作。激素替代药物替代萎缩的卵巢的角色。

更糟糕的是疾病对人心理的深刻影响，这对他人几乎是隐形的，难以解决。抑郁像恶魔般降临，一连几天，有时甚至是几周，囚禁着我。等待常规血检的结果时我异常焦虑。每次我发现自己错过了医院的电话或者在小腿后面发现一块神秘的淤青都会无比惊慌。悲痛经久不散，在我睡着时，梅利莎浅黄绿色的眼睛一次又一次地出现在我的梦里。

我越是努力在健康人的国度寻找我的位置，朝模范幸存者的标准靠近，就越能体会到理想和现实的差距。

我甚至无法承认这种割裂的存在：我已经让我的父母经历了很多，不想让他们再为我现在面对的挑战担忧。我的医疗团队关注的是癌症，而不是摆脱癌症之后的事情。我痛苦地清楚在恢复过程中遇到困难是很多人没有机会体验的特权，我担心自己显得不知道感恩——甚至有一种对那些在绝症中更恐惧、绝望的人的冷漠。

重重矛盾让我深陷没有答案的问题之中：癌症会复发吗？我每天白天需要休息四个小时，我失效的免疫系统仍旧不时把我送进急诊室，这样的我能做什么工作？我的编辑在给我加压，让我恢复专栏，读者们想知道我怎么样了，想了解摆脱癌症后我的生活，但我只要坐下来写作，就只能编织谎言。我希望给读者那种我和他们多年来一直期望的叙事——我希望我说自己与威尔仍旧在一起，我们即将举办推迟已久的婚礼；我正在为参加马拉松而训练；正在从遥远的地方进行专题调查报道；我即将生孩子。但当然这都是假的。

因为无法调和我对缓解期情况的想象和实际的情况，我将专栏永久性地搁置了。我通过争取一些演讲机会和在一家房地产公司兼职——我可以在床上远程工作——维持生计，但这些工作既不是长久之计也无法让我感到充实。我很少和朋友见面，见面时，我都要为三个可怕的问题做好心理准备：我的身体如何？威尔和我怎么回事？接下来我会做什么？最终，我干脆不再出门。

同时，乔恩的事业蒸蒸日上。他一直是我认识的最刻苦的人，我为他的成就感到骄傲，但是和一位长期出差的巡演音乐家恋爱很难。没有伙伴或看护者时刻在身边时我仍旧没有安全感，一旦落单，我就会崩溃。而乔恩在我身边时，我又会与他保持距离。这些自相矛盾的表现令人困惑，很快他就开始问更多的问题。他想知道我们的关系会走向何方。想知道我对婚姻和孩子的看法。他希望我敞开心扉，但是他问得越多，我们之间的鸿沟就越大。

乔恩去外地演出时，我瘫在床上，因假装没事儿而精疲力竭。我用被子蒙住头，习惯性地蜷成胎儿般的一团。我让自己哭泣——丑陋的、颤抖的抽泣。我拉着窗帘一连几天都这样躺在床上，不理睬电子邮件和电话，只在狗哀号时才离开公寓。每天晚上，我入睡时都告诉自己明天就是我振作起来的日子。每天早晨，我醒来时都感觉悲伤迷茫到难以呼吸。在最低落的时刻，我幻想自己再次生病。我想念治疗期间那种有明确目的的感觉——直面死亡会让一切变得简单，并将你的注意力引导到真正重要的事情上。我怀念医院的生态系统，那里所有人都和我一样是破碎的，但在医院外，在健康人之中，我感觉自己像个冒牌货，不知所措，无法正常运转。

那个冬天的某天清晨，我出门遛奥斯卡，一脸憔悴的我像僵尸，或时而在地球时而潜伏在什么黑暗地方的生物。走向A大道时，我遇见了一个男人，我模模糊糊地记得在附近自由职业者常去的咖啡店见过他——他是一名小说家,我想。他时髦地穿着一件肘部有皮制贴布的粗花呢长大衣,拿着一个公文包。我穿着我的睡衣,在抽一根我在街角杂货店用 50 美分买的自卷烟。

"醒醒,公主,"他一边上下打量我,一边说道,"别轻易选择死亡。"

在他的注视下,站在冬日白色的阳光下,我感到无地自容。我从 20 岁到 30 岁之间有一半时间都在为幸存奋斗,但幸存后却变得丧气以至于引起了陌生人的担心和干预。治疗时,我坚信一点:如果我幸存了,一定是有目的的。我不仅想活下去,我想要活得好,活得精彩,活得有意义。否则,活下去又有什么意义呢?然而,实际的情形恰恰相反。如今我得到了好好生活的机会,却没有抓住它——更糟糕的是,我在浪费它。这让我更加羞愧:我知道还活着的我是多么幸运,很多我爱的人都已经不在了。治疗期间和我关系不错的 10 个年轻癌症病友,现在只有 3 人还活着。

走回家时,我清楚地意识到:我不能再这样下去了。有些事情——或者也可能是一切——必须改变。

[第二十六章]

通过仪式

我们容易将一个重大决定——比如踏上漫长的旅程——追溯到一次顿悟，一个灵感闪现的时刻。好像当你躺在地板上乞求改变，而改变到来时，完备的行动计划也出现了。

我没有经历过这样的时刻。

我离家旅行的决定是分阶段做的，但它始于我代替他人进行的一次旅行。

在梅利莎去世和我结束化疗一周年的日子，我站在肯尼迪国际机场的安检队伍中，希望美国运输安全管理局（TSA）的工作人员不要翻我的行李箱。顶着苏莱卡·贾瓦德这样一个名字，我有时会在边境和机场安检中被重点检查，但这一次我真的有私藏的东西。在行李箱里，我把一罐灰白色的粉末塞在一双袜子里。这不是常见的禁运品：我想把梅利莎的部分骨灰偷偷带上飞往印度的航班。

梅利莎去世后，以她的名字设立了一项基金，用于送年轻癌症病人出国旅行。我毫不犹豫地接受了第一笔基金——并应梅利莎父母的要求，把她的一部分带去印度。去印度旅行对她意义重大，我们也希望有朝一日能一起造访印度。我决定现在前往印度是对梅利莎和我们未能成行的旅行的纪念。也是我对抗梦魇的第一次尝试。

鉴于我的免疫系统还很脆弱，说服我的医疗团队让我去印度旅行很难。"严重感染的风险太高了。"我最初提起这个想法时我的医生说。但是他最终改变了主意，并开始让我逐渐脱离免疫抑制剂，以便我的身体能够抵抗病菌。我必须打各种疫苗，进行一系列血检，并得到医疗团队每一位成员的签字，确认我足够健康，可以出行。

登上印度航空的飞机后，我戴上口罩，用消毒棉片对座椅、餐盘和扶手进行了消毒。尽管采取了预防措施，到达德里几天后，我还是因病毒而病倒了。在那里的两周，我大部分时间都虚弱且发烧，最后不得不去当地医院确认没有患什么重病。我开始明白无论过去多长时间，我的身体可能都永远无法恢复到曾经的状态——我不能一直等待，等到我"身体足够好"再开始重新生活。这是痛苦而必要的妥协。我可能无法彻底甩掉疾病，我必须开始带着疾病向前走。

尽管我很不舒服，我每天还是逼自己起床，出门探索。我把那一管梅利莎的骨灰放在外套口袋里，无论去哪里都带着，每走一步都能感觉得到她的存在。我们一起探索德里灰扑扑的街道：气味浓烈的香料市场，现代艺术美术馆和散布着废墟的广阔花园。我们乘黄包车穿过巴士、自行车还有大象混在一起的街道。我们漫游时，我用梅利莎的画家眼光观察，享受着鲜艳的颜色——宝石般靓丽的纱丽、满是万寿菊的花摊和印度教洒红节时跳舞的狂欢者一把把洒向天空的五彩颜料。我按基金会的要求每天下午在特蕾莎修女的临终关怀院——一家为穷人提供临终关怀的机构——做志愿者，在一排排铁丝上晾晒湿衣服，将餐盘送到卧床的人身边。

我把泰姬陵留到了最后。我带着梅利莎已经两周了，是时候说再见了。一天，我在日出前到达泰姬陵，只有十几个游客在排队，等待大门打开。街道黑暗无人，只有一条流浪狗睡在路中间，她的宝宝蜷在她身边取暖。我告诉导游我进去以后要撒一管骨灰。导游告诉我这是违反规定的，安保非常严格，这是决不允许的。我把梅利莎的故事以及她有多么想回到这里告诉了他。说完后，导游不仅同意了，还主动提出由他把管子偷带进去。

泰姬陵仿佛黎明时飘浮在空中的一首诗，是大理石柱和宣礼塔构成的月光白的幻梦。这是一个梅利莎面对死亡时牵挂的地方，研究了它的历史后，我明白了其中的原因。它是由莫卧儿皇帝沙·贾汗（Shah Jahan）为纪念1631年在生产第14个孩子时去世的妻子委托建造的。据说皇帝悲痛欲绝，一夜白头。他发誓要用前所未见的美丽建筑使他们的爱情永垂不朽。泰姬陵足足花了几十年时间才建好，但完成之后皇帝从中获得了慰藉。在装饰性的花园中漫步时，我想到泰姬陵同时象征着爱与悲痛，正如我和梅利莎的友谊。我意识到，在人生中，这两者不可分离。

我拾级而上，细细欣赏书法和半镶在大理石里的宝石——珊瑚、玉和玛瑙。我绕到后面可以俯瞰亚穆纳河（Yamuna）的天台上，这条神圣的河流两侧是噼啪燃烧的火葬堆，印度教教徒在那里为死者举行最后的仪式。我注视着河流，想到了梅利莎在照片墙上发布的最后一个帖子。那是一张她在印度的照片，文字说明是："走了，走了，超越了，完全超越了，哦，大彻大悟，赞美万物。"我扫视天台，看有没有保安，确认安全之后，我跨过警戒绳，走到天台边缘。我在河上方张开手掌。一瞬间，小瓶子反光闪耀，然后掉进水里，消失了。

把梅利莎的骨灰带到她最爱的地方并没有减轻失去她的痛苦，但她向我展示了一种可以面对悲伤的方式。我了解了仪式在哀悼中的作用——这些仪式让我们能够承受复杂的情感、能够面对失去，通过承认过去，为找到走向未来的道路创造空间。这让我想起了我们纪念进入新阶段的其他方式：生日、婚礼、产前派对、洗礼、受戒礼和成人礼①。这些通过仪式②能让我们从人生的一个阶段迁移至另一个阶段，让我们不在过程中迷失。它们向我们展示了一种尊重"不再"和"尚未"之间的空间的方式。但我需要

---

① Quinceañera，部分国家和地区为庆祝女孩满15岁举行的仪式。
② rite of passage，标志着人生进入新阶段的仪式或事件。

创造自己的仪式。

隔着几个大洲，我能够更加清晰地审视我的生活。长久以来，我就像一直被困在窗户里的蜜蜂，越发绝望地用额头撞击玻璃，徒劳地想要出去。过去的两周让我得以暂时喘息，但我担心一旦回到纽约，我又会回到那种悲伤、被困的状态。为了不变回那种状态，我必须做出大的改变。

在回家的漫长航班上，我幻想独自一人踏上朝圣之旅，尽管我不知道具体采取什么样的形式。我想动起来——让自己启航，投入到辽阔的世界中去。并非因为我特别想要探索世界，而是因为我变得害怕世界，怀疑自己独自应对世界的能力。我想不期望、不索取、不依赖任何人，去发现中间地带的另一侧是什么样的。我想重新开始生活。

我暂时还没有展开宏大旅程的眼界、力气和资源，所以从一系列初步的短途旅行开始我的追寻。我回家几周后，登上了前往佛蒙特州的火车，我家在绿山山脉附近有一座小木屋。我一直身体虚弱，不能一个人来这里。但现在，学会如何一个人生活似乎是走向未来的第一步。我需要相信我能够自立。我需要学会照顾自己。我用了一段时间才承认自己是癌症病人，在后来的很长一段时间里，这是我的唯一身份。是时候弄明白现在的我是谁了。

小屋位于树林深处，没有手机信号，去最近的城镇要沿着一条荒芜的高速公路走 15 英里，路过亚麻色的玉米地、浓密的树丛和零星的农场。除了一位邻居——简，她退休了，和丈夫一起住在距离我家 1 英里的地方——我不认识任何人。由于我没有驾照，简主动到火车站接我。她带我去超市买了一些补给品，然后送我回小屋，我会在那里待到食物吃光为止。"孩子，你确定你一个人在这里没问题吗？"她一脸担忧地问道。除了奥斯卡，现在只有我、在苹果树下吃草的鹿和远方起伏的山脉。

"我很享受孤独。"我假装自信地说道。实际上，我很担心，一个人时总是胡思乱想会发生什么。

简开车走了,我整理了一会儿行李,然后坐进石头壁炉边的扶手椅里准备读书。但我很焦虑,无法集中精神。安静和与世隔绝有一种放大的作用,让我格外清晰地看到自己变得多么胆小和脆弱。树林里回荡的每一声鸣叫和嚎叫都让我心惊,我会半夜突然醒来,反复检查前门有没有锁好或有没有连环杀手藏在门廊的柴火堆后面。在我患癌之前的人生中,无论是在埃及留学,在加沙边境进行报道还是搭车穿越约旦沙漠,我都固执地坚持独立,并为自己的勇气而骄傲。我的冒险有时可谓鲁莽。但身患绝症这么久改变了我和恐惧的关系。这段经历让我对无数潜在的危险保持高度警惕。

在这次佛蒙特之行中,我几乎每时每刻都提心吊胆,很不舒服,但我强迫自己遵循一条规则:我不可以因为恐惧离开。在我只想逃回城市的时候,我下决心多留一个晚上,然后是两个、三个。我告诉自己,只要有足够长的时间,我就会厌倦反复检查门锁,也不会再因为想象出来的坏人而失眠。或许我甚至能将我对简说的谎言变成现实——开始享受孤独。第四天我起身回城时,没有做到这一点,但距离目标近了一点。

在此后的几个月中,我尽可能多地回到佛蒙特。每次独自来小木屋旅行,我都会感到自己更加沉稳了一点,更加勇敢了一点,对窗外的世界更加好奇了一点。我和奥斯卡一起越走越远,奥斯卡在前面猛冲,带着我走在蜿蜒的乡间小径上,路过破旧的谷仓、潺潺流淌的小溪和覆盖着翠绿苔藓的河岸。我学会了如何生火,在树林里越走越远,收集引火柴。一天,一只黑熊笨拙地来到了小木屋附近,奥斯卡从沙发上跳起来,像一只狮子一样朝它怒吼。熊吓了一大跳,跌跌撞撞地绊了一跤,然后一路冲刺消失在了树林中。"孩子和野兽的勇气是天真的表现,"安妮·迪拉德[①]曾写道,"我们让身体被我们的恐惧支配。"

我时常一整天都不见任何人。我偶尔给乔恩打电话,但他很忙,又在巡

[①] Annie Dillard(1945—),美国作家、诗人,曾凭借描绘在弗吉尼亚州听客溪的一年生活的《听客溪的朝圣》获普利策奖。

演。他似乎也明白——甚至不需要我解释——我正在做一件重大而艰巨的事情，而我最需要的就是独处。唯一打断我的孤独时光的是一位名叫布赖恩的青年的偶尔来访，他来铲长长的车道上的雪，天气回暖后，则帮忙打理花园。一天，我们聊了一会儿，他发现我不会开车后，主动提出教我。作为交换，我成了他的耐心听众，听他讲述在佛蒙特乡村"出柜"的困难和他在一个社交软件上的种种冒险。我们一起想他的征友简介。"笨拙，有胡子，230磅，平凡长相。心胸宽广，浪漫到无可救药。最喜欢的花：绣球葱。"布赖恩说道。

"尺寸有保证的双子座。"我建议道。

他一阵爆笑。"事实上，我是狮子座。"

布赖恩是我在这里最接近朋友的人，除去我开车的时间，我期待他的陪伴。

对于我的大多数朋友，学开车是高中重要的里程碑，他们会在16岁生日当天的清晨，冲到机动车车辆管理局（Department of Motor Vehicles）领许可证。对于他们和大多数美国青少年来说，开车是终极成年仪式。它意味着深夜在后座上亲热，载朋友去商场，在音乐会上进行车后备厢野餐——意味着独立。但对我来说，开车听起来则是可怕的、令人难以承受的责任。我用我父母的小面包车进行的几次灾难性的实验证实了我的怀疑：我不学开车对行人、骑自行车的人和所有司机都是一件好事。我选择在一个不需要汽车的小镇上读大学，毕业后，住在以地铁为首选交通工具的大城市并非巧合。

在佛蒙特没有驾照不仅仅是不方便。我不喜欢别人载我，这只会让我想起自己的依赖性。配咖啡的牛奶喝完时，我希望自己能开车去20英里之外的农夫市集。我并不是不再害怕，但我的害怕正逐渐被对自由的渴望所取代。

整个夏天，布赖恩都教我开车，我学会了在小路上行驶，在松树中练习侧方位停车。随着我在方向盘后越来越放松，一个朦胧的想法开始明确为一个宏伟的计划。在印度的经历让我认识到旅行可以让人摆脱旧的生存方式，为新方式的出现创造条件。我越来越清楚地意识到我需要离开熟悉的一切，但我不想孤身一人——我想要寻找能够为我的困境和旅程提供指引的人。我终于通过驾照考试时，下一步行动已经很明确了：我要进行一场公路旅行，去拜访那些在我生病时支持我的人。

午夜将至，壁炉里的柴火变成了灰烬，但我重新点燃了余烬，煮了一壶咖啡。我坐在小屋的地板上，打开了一个我多年前在古董店买的手工雕刻的大木盒。里面有我祖母给我的生日贺卡、照片、票根和可怕的医院纪念品，比如以前的医院手环和我的输液港。盒子里还有几百封信。有从遥远的地方寄来的破旧信封，写在酒吧纸巾上的爱的话语，写着邀请函的厚纸和很多已经褪色的打印出来的电子邮件。有些信是我熟识的人寄给我的，比如威尔的爸爸。他给我写了两百多张明信片——我确诊后的那个漫长的夏天每天一张，移植后也是每天一张，直到我脱离危险。但多数是我从未见过的人寄给我的。

有人说在困境中你会发现谁是你真正的朋友，但我更发现了我想和谁成为朋友。有些我以为可以依靠的人消失了，而一些我几乎不认识的人为我做了很多，出乎我的意料。这些陌生人的体贴令我惊讶——他们是专栏读者、网上匿名的评论家、在候诊室认识的人和朋友的朋友——他们给我发来关怀包裹、搞笑邮件，自白的脸书消息和长长的手写信。和很多我在线下认识的人相比，他们对我更诚实，更不掩饰自己的脆弱。他们分享自己关于生活突然被打断的故事——突然确诊某种疾病或经历其他的创伤。他们教会了我，被生活打倒时，你是有选择的：你可以让你遭遇的最糟糕的事情支配你之后的日子，也可以手脚并用努力重新开始。

治疗结束后，我发现自己被这个盒子吸引。我尤其想读一封信。这是一封来自内德的电子邮件的打印件——2012年我住在希望之居时，25岁的内德给我写信，讲述了过渡回"真实世界"的难处。最初收到这封邮件时，它令我愤怒，因为那时我得知移植后我还要恢复化疗。回归正常生活有什么难的？我只想恢复正常。我当时想。但是一走出治疗的迷雾，我就发现内德是对的。当我自己摸索这条坎坷的道路时，我反复翻阅这封信，从他的话中寻找安慰。我发现现实生活中很少有人理解夹在两境之间的感觉。

还有很多其他给我写信的人，他们或许可以与我分享灾难之后重新生活意味着什么的见解。他们包括：俄亥俄州的退休艺术史学家霍华德，他一生大部分时间都在与一种令人衰弱的疾病斗争，但他仍旧构建了充满活力的生活；我第一次独自化疗时有一面之缘的年轻男孩布雷特，他正在老家芝加哥恢复并尝试重新开始生活；农场厨师萨尔萨，如果我有机会去蒙大拿州，她会主动在我的晚餐盘里堆满食物；努力在儿子自杀后继续生活的加利福尼亚的高中老师凯瑟琳；当然，还有得克萨斯州的死刑囚犯利尔·GQ，他认真的连笔字——在磨损的笔记本纸上用蓝色墨水写的带圈的'p'和'q'——深深地印在了我的记忆中：我知道我们的情况截然不同，但我们的影子中都潜伏着死亡的威胁。

我把盒子里的东西全部过了一遍，列出了 20 多个人的名单，他们的话语和故事一直在我脑中萦绕。我给他们一一写了信。我解释我即将开始一场公路旅行，并问他们是否愿意与我见面。点击"发送"时，我不知道会发生什么。多数人最初与我取得联系还是在几年前，而我时常状况不佳，无法回复。我不知道他们是否还记得我——或者他们是不是还活着。但令我激动的是，几天之内，我的邮箱里就充满了邀请我前去拜访的回复。

我买了一沓公路地图，把它们铺在厨房桌子上。用手指沿着表示州际公路的紫色曲线、表示河流的蓝色曲线和表示国家公园的绿色曲线描画时，我的行程瞬间明了了。我会逆时针环游美国，从东北部到中西部，穿过落基山脉所在的各州，南下前往西海岸，穿越西南部和南部，最终北上回到东海岸。我会旅行约 1.5 万英里，经过 33 个州，拜访 20 多个人。奥斯卡和我会去康涅狄格州的一所寄宿学校、底特律的一间艺术家的顶层公寓、蒙大拿州乡下的一个牧场、位于俄勒冈州海岸的渔夫小屋、位于奥海谷（Ojai

Valley）的一位老师的平房和得克萨斯州利文斯顿（Livingston）的一座臭名昭著的监狱。我们会以信件为指引去不同的地方，看能有什么发现。

在接下来的几周时间里，我回到纽约把我所有的物品都打包装进盒子里，把盒子存进仓库，并转租了我的公寓。我没钱买自己的车，但我的朋友吉迪恩慷慨地让我使用他的旧斯巴鲁。转租我的公寓带来的额外收入加上我存的 4000 美元应该基本够用。我计划尽可能露营，睡沙发，只偶尔住汽车旅馆。我在克雷格清单搜寻二手露营装备，买了一个便携式丙烷燃气炉、一个零下睡袋、一个泡沫垫和一个帐篷。我把这一切都打包放进汽车后备厢，还带了一箱书、一袋狗粮、一个急救包和一台相机。出发之前，我去找我的肿瘤科医生最后进行一次检查。

我的旅行会持续 100 天。我的医疗团队要求我下一次复诊不得晚于 100 天，但我愿意将这想成另一个百日计划，为了开发自己的潜能，坚持每天做一点新的尝试。这是我重新定义这个关键转折点的方式。区别是，这一次的通过仪式是我自己创造的。

[第二十七章]

回归

在曼哈顿中城混乱的清晨，我把我的装备都装进车里，坐进驾驶座，系上安全带。奥斯卡坐在后座上，焦虑地、上气不接下气地喘气，他小小的身体剧烈地颤抖，我都能听到他的狗牌叮当作响。我尽量不把他的焦虑看成是我引起的。奥斯卡没有太多坐车的经验——不过，公平地说，我也没有。打灯，看镜子，小心盲区。我像害怕忘记电话号码一样反复念叨布赖恩的指示。我转动钥匙点火。引擎"嗡"的一声发动了起来，汇入车流时，我能听到自己的心跳。我右转开上第九大道，路过了一个溢出的垃圾桶，一辆被拴在路灯柱上的废弃自行车，和一个站在自行车道中间的衣衫褴褛、体格健壮、眼神狂暴的男人。他好像在冲我挥手，这画面让我觉得有些奇怪，但在纽约好像又不值得大惊小怪。我从他身边开过时，他挥手的动作更加剧烈了，胳膊在头顶狂乱地舞动。他似乎在努力警告我什么。我还没来得及思考他在警告我什么，汽车喇叭就开始尖叫。然后我突然明白了：那些车在冲我按喇叭。它们正冲着我开来。

1.5万英里的旅程才开始了5分钟，我就在一条单行道上逆向行驶了。我打方向盘向左转，猛踩油门在沥青路面上猛地掉头，在千钧一发之际避免了与来车正面相撞。把车在路边停下时，肾上腺素在我的体内奔涌。公路旅行是一个糟糕的主意，我看着呼啸而过的车流想道。我还没有准备好，缺乏经验，太脆弱了，无法在外面生存。负责任的做法是取消整个计划。但即便我对自己这么说，我知道我不会也不能这么做。留在原地就是让自己永远被困在破碎的状态中。上路是为了创造关于自我的全新故事。我其实没有多少选择的余地。

我过去的碎片散落在曼哈顿的街道上。我出生在这里，差点也死去在这里。我在这里坠入爱河，去年，也在这里崩溃破碎。随着这座城市在后视镜中远去消失，我并不难过。我第一晚的目的地就在背后 100 英里处，但我要到黄昏才会到达。我转晕了头，开上了花园州公园大道（Garden State Parkway），转而向南走。我对"盲区"的概念仍旧不熟悉，几次变错了道，导致了更多的人冲我按喇叭，至少有一个司机凶狠地冲我竖了中指。一时不知所措的我决定继续往南走，在泽西海岸的一个小镇停车，临时约一位朋友共进午餐，然后重新上高速公路，这一次是往北开。我挤在上下班高峰的车流中缓慢穿过纽约都市圈，随后逐渐到达了康涅狄格州肥沃的绿色大地。开车本身并不是体力活，但我却感觉很消耗体力。我的手腕因为紧握方向盘而疼痛，脖子上的筋也在抽痛。坐直并关注不断变换的路况需要我身体目前仍旧缺乏的耐力，我难以想象我要如何熬过未来的 99 天。

我到达利奇菲尔德（Litchfield）时，最后一缕微温的阳光透过松树林照射下来。我连续快速轻拍脸颊以保持清醒。到达过夜的破败农场时，天基本已经黑了。我把车停在一棵老柳树下，跌跌撞撞地下车，呼吸着秋日清爽的空气，从后备厢拿出手电筒、睡袋和晚餐的食品。我沿着通往一排俯瞰草地的小木屋的小道艰难前行。我住的小屋简陋而穿风，只有一个多功能的房间，摆放着不成套的扶手椅、一张铺着羊毛垫的折叠床和一张桌子。这个地方属于一位朋友的朋友，他正好去外地了，主动提出让我住在这里。他在桌上留了一瓶红酒和一张字条，让我把这里当成自己的家。

我考虑过给自己倒一杯酒，然后做一顿真正的晚餐，但我太累了，只狼吞虎咽地吃了一个花生酱果酱三明治，就钻进了睡袋。我的房间对面是一扇能看到草地的玻璃移动门。我看着一切被黑暗笼罩。眼睛逐渐适应后，我开始看到以前注意不到的细节。在风中摇摆的模糊树影，一点一点刺破夜空的星光。我开始数星星，努力让我不安的内心平静下来，但我睡不着。在像基岩一样又硬又凹凸不平的床垫上睡很不舒服。辗转反侧想念我的床时，我开始质疑我在这里做什么——或者说，我为什么要旅行。随着时间的推移，黑夜在我耳边诉说着各式各样的担忧，让我去想接下来的几个月可能会出现的各种可怕情况。小屋外的一声巨响让我猛地坐起来，心脏在胸口狂跳，结果那只是纱门被风吹开的声音。我重新躺下，觉得自己很可怜——一个27岁的成年女人竟然还怕黑。

与此同时，奥斯卡一直睡得很熟。它躺在扶手椅上，一边打盹一边发出噗噗的喘气声。我很羡慕它自在的状态，羡慕它在这个世界上活动时所怀有的彻底的信任——仿佛不知危险和死亡的存在。我轻呼它的名字，听到它起身跳到地板上时，松了口气。他从房间的另一头大步跑过来，指甲碰着冰冷的地砖，然后用鼻子蹭着我的手。"上来。"我说，拍了拍折叠床。奥斯卡是不可以睡床上的，它困惑地盯着我看。我又拍了拍床。它曲起粗短的后腿往下蹲，把自己弹到空中，然后颇为笨拙地"砰"的一声落在床垫上。我的手指穿过它耳后丝滑的毛，顺着粗糙的颈部摸到它腹部斑驳的粉色皮肤。它舒服地呼气，紧靠着我的胸口。我用手臂搂着它，我们是在简陋的营地里一起躺在黑暗中的伙伴。透过T恤的薄棉布我感受着它的体温。我闭上了眼睛。再次睁开双眼时，一缕浅橘黄色的光正在草地上升起。第二天到来了。

在黎明，我留下了一张感谢卡，锁好门，徒步上山来到车旁，疲惫不堪、视线模糊。一个半小时之后，我沿着两车道的乡村道路来到了我清单上的第一个地址：一所名为波特小姐（Miss Porter's）的女子寄宿学校。嵌着白色风雨板①的维多利亚式宿舍伫立在修剪过的草坪上,这里质朴而体面的环境好似伊迪丝·华顿②小说中的场景。我在人行道上搜寻,眼睛焦急地掠过一群群背着沉重的书包跑去上学的女孩,直到看到一张有点熟悉的脸。

见到内德真人的感觉有些怪异。我试图把我面前的男子和三年前我收到的照片上赤裸上身坐在病床边的光头癌症病人联系在一起。如今的内德有一头浓密的棕发,他戴着眼镜,身着一件蓝色的有领衬衫和皱皱的便裤——赋予他一种与29岁不符的成熟感和书卷气。我难以相信他曾生过病。他走过街来和我打招呼,他走近时,我对他抱有的亲近感迅速消失了。我意识到,离开了将我们联系在一起的发光的电脑屏幕,我们只是两个在人行道上初次见面的陌生人。

内德和我尴尬地拥抱了一下。"见到你我很激动。"他带着害羞的笑容说道,"我的学生们也是!"他在波特小姐学校教十年级英语,我们计划我的拜访时,他问我是否愿意和他的学生见面并与她们就我的旅行进行一点分享。"走这边。"他说道,然后带我穿过了校园,走进一座铺着木瓦的校舍,奥斯卡蹦蹦跳跳地跟在一边。

十几个女孩子在一间小教室中成半圆形围坐在一张木桌旁。她们看起来像纯种马,健壮而柔韧,扎着极富光泽的长马尾辫,身着抓绒上衣。我能感觉到我的脸颊开始发烫,胸口像以往站在聚光灯下时一样开始发紧。环顾房间时,我觉得没有什么比网友和一群少女更吓人的观众了。

"早上好,女士们,"内德大声说道,"让我为你们介绍一位特别的客人。"

"大家好——我是苏莱卡·贾瓦德,"我说,"这是我的狗,奥斯卡。"

奥斯卡听到了他的名字,激动地叫了起来,毛茸茸的尾巴开始拍打地板。房间里顿时充满了少女们的惊叹声,她们纷纷从座位上跳起来抚摸它,我暗暗感谢奥斯卡打破了僵局。教室重归平静,内德成功让女孩子们回到

---

① clapboard,保护房屋外墙的木板。
② Edith Wharton(1862—1937),美国作家,其小说多描写上层社会。

座位之后，她们的注意力又回到了我的身上。我一边不安地把重心在两腿之间移来移去，一边告诉她们我正在进行环游美国的漫长——准确地说是耗时100天的——公路旅行。我昨天离家，这里是我的第一站。

教室显得闷热狭窄，我渴望去庭院呼吸新鲜空气。我用力咽了咽口水，感觉自己被暴露在众人的目光下，然后继续讲述我大学毕业确诊白血病的故事。"我现在在缓解期，"我说，"我正在利用路上的时间，从之前的经历中恢复，并思考接下来我想往哪儿走。在旅行的几个月里，我会拜访一些在我生病期间给我写信的人。你们的老师就是其中之一。"

内德告诉女学生们他20岁出头时也有类似的经历，看到我的专栏后，他感到有必要给我写信。"我记得被关在病房里，感到无比孤独，因为好势头被打断而沮丧。"内德说道，随后转身面向我，"你可能想不到，我花了很长时间幻想走出病房，来一场属于我的宏大公路旅行。但你真的实现了。现在还来到了这里。有点超现实。"

学生们盯着我们。她们看起来很震惊，但也显露出一种温柔。好像内德变得不那么像老师，与她们的距离突然拉近了——他变成了一个比她们大不了多少的年轻人，和她们一样，在教室外有自己的生活，会生病，会心碎，带着秘密生活。

在接下来的一个小时中，学生们陆续举手，问了我不少关于公路旅行和写作的问题。我说话时，她们热情地点头给我鼓励，缓解了我的紧张情绪。然后她们开始分享自己的故事。一位来自孟加拉国的走读生讨论了在家和学校不同文化之间切换的艰难。另一位学生讲述了他爸爸的突然去世以及她的思念。一位有着蜂蜜色雀斑的竞技运动员后来把我拉到一边，告诉我她一年前确诊癌症。"之前，如果你问我我是谁，我会认为自己是一名运动员，"她柔声说道，"但是现在，我不确定，因为癌症会对人产生奇怪的影响。它会把你对自己的认知和你以为自己知道的事情全都丢进垃圾桶。"

铃声响起时，好几个学生留下来聊天。"带上我吧。"一位学生说。"我也想去！"另一位接着说。我对内德和他的学生感到深深的感激。我害羞得紧张发抖，说我对未来缺乏清晰的认识。然而，他们似乎对我的尝试有信心，认为我的旅程是激动人心的、有价值的。我并没有这种信心，但他们给了我急需的激励。她们让我看到放弃无聊的伪装、承认未知之后会迎来什么。

下课后，内德和我把奥斯卡放在他的公寓，然后走路去学校的餐厅。我们路过一面挂满油画的墙，油画上应该是以前的女校长——全是严肃的白人女性，看起来好像刚下五月花号就走进了这些画像。新英格兰的精英寄宿学校遵循的规则和传统是我这种从小到大都上公立学校的人所难以理解的。而内德则出生在这种环境里。吃饭时，他告诉我他是如何在马萨诸塞州寄宿学校的校园里长大的，他的父母在那里教书——他有做老师的基因。他从大学辍学接受治疗之后的第一份工作就是在波特小姐学校教书。我问他工作是否顺利，他露出了沮丧的表情。"看起来还可以，"他说道，"管理层很满意。但我担心我比以前的内德差远了。这让我感觉自己像一个骗子。"

"变回以前的内德，"我问到，"是你的愿望吗？"

"那自然最好，但显然不现实。"他说道，摇了摇头。

我张开嘴想说些什么，然后又闭上了嘴。我还能说什么呢？内德刚刚总结了我花了一年时间才自己想通的道理。我们这样的人无法得到补偿，无法回到身体无损、心思单纯的时候。康复不是让人恢复到患病前的状态的平和的短期自我护理。康复根本不是找回曾经拥有的，尽管这个词会给人这种感觉，而是接受你必须永久摒弃熟悉的自我，接纳新生的自己。康复是一次残酷、可怕的发现。

吃完午饭，内德带我穿过住宅街道，经过玉米地，来到附近的一条河边。我刚刚认识他几个小时，但我发现自己与他交谈时比去年和任何人对话时都要更坦诚。我们闲聊时，我告诉了他一切——威尔、梅利莎、乔恩以及令我无从反抗的抑郁。我甚至把我抽烟和幻想癌症复发的事情都告诉了他。很久以来，我似乎一直被与幸存如影随形的缄默法则①所束缚，羞于对任何人说出真相。知道内德不仅理解，而且亲身经历过很多这样的挑战让我感到释怀。

"我一直想问——你为何会来找我？"内德说。

"你在给我的信中提到治疗结束后的过渡有多么困难——我现在能够理解了。"我说。我们沉默地走了一会儿，然后我补充道："我知道你无法变回患癌之前的那个人。但我希望至此你已经找到了回归正常生活的道路。"

内德一边听一边慢下了脚步。我提到桑塔格的两个国度，问他重新进入健康人国度的感受。内德歪了歪头，看起来有些困惑。"我希望我能告诉你我已经翻过铁丝网，成功回归了，"他说，"但老实说我不知道那是否可能。"

他的答案令我眩晕，我们继续交流时，我意识到我感觉到的是深深的失望。一般只有探讨打仗的老兵或曾经的囚犯——而非疾病幸存者——时才会提到重新融入社会是一个漫长而艰难的过程。在过去的一年中，我想象着内德重回健康之国，早已挣脱了他信中提到的担忧，现在可以为我提供指引。然而他仍在寻找自己的道路，仍在努力面对疾病带来的附带伤害，我突然意识到：或许这就是我们永远的课题。

"你觉得我走路奇怪吗？"内德问，指了指他迈步时轻微的跛脚。

我们一开始走路我就立刻注意到了他的跛脚，但说出来似乎不礼貌，所以我闭口不言。

内德告诉我他的化疗方案的一个副作用是侵蚀他的关节，他最近置换了两个髋关节。他患有神经疾病②和慢性疼痛，跑步和运动都很困难。像很多病人一样，他时刻都很警惕，竖着耳朵听坏消息，眼睛时刻紧张地留意着任何疾病再次渗入人生的迹象。

---

① Omertà，黑手党践行的对犯罪行为保持沉默，拒绝向权威提供证据的法则。
② neuropathy，周围神经病变，是一类周围神经系统发生的器质性疾病。

我知道这一切,我也是这样的。我出发前和斯隆·凯特林的一位医生交流过,他解释说我在经历创伤后应激障碍,我一直以为只有经历过无法言说的暴行的人才会有创伤后应激障碍。我了解到,有些创伤拒绝留在过去,在被消化和妥善处理之前,会以闪回、噩梦和愤怒的形式肆意为虐。这帮助我理解了为什么癌症带来的恐惧没有在治疗的最后一天结束,而是之后又卷土重来:可怕的事情随时可能再度发生的念头一直在我心头萦绕。噩梦让我从睡梦中惊醒。惊恐发作时我跪在地上,擦破膝盖,大口喘气。我抵触建立真正的亲密关系。我经常对我身边的人心怀愧疚。我脑中有一个声音在不断低语:别太自在了,因为有一天我会回来的。

认识到我的创伤后压力和被心理学家所谓的"创伤后成长"的可能性令我茅塞顿开。我的病令我感到谦卑,它羞辱我,教育我,教会了22岁确诊前、以自我为中心的我可能需要几十年才能逐渐理解的东西。但只有利用新获得的知识,海明威所说的才成立——"世界会打碎每一个人,但之后很多人越挫越勇"。内德和我都还没有完全弄清楚怎么做到这一点,但我们散完步并在下午告别时,知道我不是一个人让我备感安慰。

那天晚上,我钻进车里,然后接内德去吃晚饭。汽车在高速公路上疾驰,天空越来越黑。我从来没有在高速公路上开过夜车,车上有奥斯卡之外的陪伴令我感到安心。内德把我引向餐馆,在我变道时给我驾驶建议。我们到达时,我感到很有信心,把车停进一个停车位,然后跳下车,开始向餐厅走去。但是内德还在人行道边一动不动。"我觉得有必要指出,你的车斜在两个车位之间。"他在我身后大喊,努力憋笑,"鉴于我们在一家酒馆前,在有人报警说有人醉驾之前,还是重新停一下比较好。"

重新把车停好之后,我们走向"首尔烧烤和寿司"的红色霓虹招牌。等待服务员上前菜时,内德把手伸进背包,拿出一个文件夹。他把文件夹从桌上滑过来。我打开发现里面是一叠诗,每一首旁边都有铅笔做的注解。"在这一切中,我学到了一点,"他说道,"诗歌给我养分。我在诗歌中看到了我的处境和经历。我选了几首最喜欢的,它们可能与你的现状——我们共同的现状相关。"

内德闭上眼睛，背了斯坦利·库尼兹（Stanley Kunitz）《多层人生》（"The Layers"）中的几句：

我走过很多人生，
有些是我的，
我不是过去的自己，
尽管有些存在的原则
不变，我尽量
不走偏。

就像内德一样，阅读和写作从童年起就对我十分重要。在我确诊之后，写作让我得以保留自我意识，即便我的身体状况恶化了，即便我再也认不出镜中的自己。在我不得不将大部分生活都交由看护人控制时，它赋予我有所掌握的假象。尝试用语言描述这段经历让我能够更好地聆听和观察他人和我自己身体的微妙变化。它教会我为自己发声辩护。（我的医疗团队开玩笑说，他们一犯错误，就会被我写到《纽约时报》上去。）写出我的经历让我把痛苦转化为语言，还让我找到了集体——让我来这里见到了内德。

说写作拯救了我也不为过。无论发生什么，我都笔耕不辍，哪怕只是写下只言片语。

除了过去的一年。

回到我的汽车旅馆房间后，我一直想着内德背的诗——关于像线一样贯穿过去、现在和未来的"存在的原则"。和内德交谈时，我注意到他一直不自觉地把自己分成三个人：确诊前的内德、生病的内德和康复中的内德。我发现我谈论自己的生活时也是这样。或许挑战就是寻找一根把三个自我串起来的线。我认为这是一个更适合在纸上解决的挑战。

几个月以来第一次，我打开了我的日记本，开始书写。我决定每天坚持，顺着线的指引前进。

内德与我名单上的下一个拜访对象相隔700英里。一位更有经验的司机，或精力更好的人，可能连开12个小时就能走完这段路，但我要花两个星期。在第三天的早晨，我在法明顿（Farmington），嗓子痒得有点可疑。我期待露营，但好像感冒了，而天气预报说可能会有暴风雨。

当我把车开进马萨诸塞州米德尔伯勒（Middleborough）的一个营地时，天空布满了淤青般不祥的紫云和黑云。走到户外，我感到一滴雨落在身上，然后是另一滴。在生病时和一只狗睡在帐篷里听起来很悲惨。我在营地办公室租了一间木屋。小木屋在一片树林里围成了一个半圆，被停在枯黄草地上的20多辆房车遮挡着。这和我幻想中的野外体验相去甚远。

我拿出我的装备，坐在户外野餐桌旁。这是秋天第一个真正寒冷的日子，我穿着牛仔裤、运动衫、一件黑色的棉夹克，还戴着一顶羊毛帽。奥斯卡睡在我的大腿上，在我看地图时给我暖腿。我正专心致志地规划下个星期向北走的路线时，奥斯卡突然跳了下去，朝一辆刚刚在隔壁木屋门口停下的车咆哮并露出牙齿。两只戴着粉色蝴蝶结的小狗跳了出来，随后是它们的主人，一对30多岁的年轻情侣，很快他们就向我走来。

"我是凯文，这是康迪。"男子说道，他抹着发胶的头发十分闪亮，脖子上戴着一条银链子。

"苏莱卡，"我说道，"很高兴认识你们。"

"苏什么？"

"苏——莱——卡，呃。"我清楚地重复了一遍。

"这是什么奇怪的名字？"凯文回答道，嘴里发出了刺耳的笑声，"你不是美国人吧？"

我不知道这是一个真诚的问题、一个玩笑还是种族主义的嘲讽。我不知道说什么，所以也笑了笑，并有点讨厌自己这么做。

"你一个人在这里？"康迪问道。

我想都没想就说了"是",后悔没有告诉他们我的男友巴克也在这里,他去猎水牛了,很快就会带着他的枪回来。这个想法很快被另一个所取代:没有男人陪,我在路上也能感到安全,只要我懂得辨识和谁以及以什么方式打交道。此刻,这意味着礼貌地祝我的新邻居度过美好的一天,然后退回我的小木屋。我隔着纱窗看到康迪和凯文走回他们的车,然后开车离开了,这让我松了一口气。

他们一走,我就重新走出去,往火坑里放原木。试了好几次火才点着,点着之后,我满意地看着火苗跳跃地舔舐着凉凉的空气。雨开始逐渐变小,我松开了奥斯卡的牵引绳,让他自由活动。我躺在被露水打湿的草地上,张开双臂,用指尖轻抚草叶。木头燃烧的烟味沁入了我的鼻腔。

我睡着了,醒来时天已经黑了。一轮新月悬在空中,看起来像剪下的乳白色指甲。我没有力气再试用我的露营炉,所以又做了一个花生酱果酱三明治,拿着内德给我的装着诗的信封一屁股坐在野餐桌边。然而开始读之前,灌木被踩踏的声音让我分了心。我眯起眼睛往树林里看,看到了一只大狗和一个很壮实的男人,大腹便便,身上穿的法兰绒衬衫紧紧地勒着肚子。他拖着一个巨大的蓝色油布袋,里面装得满满的——是什么呢?可能只是露营装备,我想。也可能是一具尸体。他把行李拖到我右侧木屋的门廊上,甚至没跟我说你好。他在楼梯上坐下,打开一瓶啤酒,随后一瓶接一瓶不停地喝,12瓶啤酒很快就不剩多少了,这让我有些不安。我希望在火边度过安静夜晚的想法落空了。我把诗和剩下的三明治拿到了屋内。

我希望待到早晨,但是小木屋里没有自来水,而厕所在70码[①]开外。睡觉前,我拿了手电筒和洗漱用品准备去一下卫生间,但打开门时,奥斯卡从我两腿之间冲了出去,消失在了夜色中。"奥斯卡。"我低声叫道,然后加大音量又叫了一声。"奥斯卡,该死,回来。"我用手电筒照着树林的边缘,在高高的草中走来走去,带着越来越沮丧的心情叫它的名字。

[①] 1 码约 0.9144 米。

"你的狗跑丢了?"我豪饮啤酒、拖油布袋的邻居出现在我的身后,他的声音吓了我一跳。

"是的,但我能搞定。"

"需要帮你找吗?"他说。我说的话他仿佛一个字也没有听见。

"我应付得了。"我用更坚定的语气重复了一遍,随后走开了。

我在疾病的束缚下生活了太久,不仅怀疑自己的身体,还担忧外面的世界也不安全。很难分辨什么样的恐惧是合理的——什么可以信任,什么不能信任。尽管我很爱奥斯卡,但我不会和一个令我不安的陌生人一起去树林中寻找它。我转身走回我的小屋。走着走着,我听到了粗粗的尾巴拍打门的声音。果然是奥斯卡,它邋遢的脸上还挂着笑容。"我真应该把你送回收容所。"我咕哝道,把它抱起来,在我身后闩上了门。

第二天清晨,我的感冒恶化了。我全身都痛,脑袋里好像装满了潮湿的、压碎的沙子。想到旅行的大部分时间都可能会这样——焦虑的夜晚、间歇性的生病和挥之不去的疲惫——我不由得感到泄气。我强打精神来到外面的野餐桌旁,摆弄了一阵露营炉,终于把它燃了起来。蓝色的火焰在一锅冒泡的燕麦片下翻滚。我吃早餐时,我的邻居和他的狗再次出现了。"你好。"他说,碰了碰他戴在一头蓬乱油腻的卷发上的卡车司机帽向我致意。"我没找到机会自我介绍。我是杰夫,这是狄塞耳。"他说道,指了指他身边的黑色拉布拉多。"我想为昨晚道歉——我听力不好,听不清你在说什么。我今天特地戴了助听器。很高兴你的狗没事。"

在白天我能更清楚地看到他的样子。他指甲的边缘坑坑洼洼,脸颊上有一周没剃过的胡茬,但他的眼睛是友善的。我感到一阵内疚:在过去几年中,我常常被别人误解,我不应该犯同样的错误。曾经,在曼哈顿的一个下雪的冬日,一个男人在公交车上因为我没有把座位让给一位年长的女士而冲我大吼。先生,我知道我看起来很年轻,但我生病了,我正要去化疗,我想要解释,但我没有。相反,在好几双责备的眼睛的注视下,我羞愧得满脸通红,让出了座位。

"你露营多久了?"我问杰夫,努力显得友善。

"过去几周我都睡在帐篷里,但雨下得太大了,所以昨晚我搬进了木屋。"

"哇,几周?"我佩服地说道,"我也在进行一场漫长的冒险。"

"这大概也算一种冒险吧……我不得不把房子卖掉,我找不到住得起的地方,所以暂时只能这样住。营地的很多人都是这种情况。日子不好过啊,但我不会抱怨的。"

杰夫和我又聊了一会儿。他告诉我附近的海边城镇普利茅斯(Plymouth)有海滩。"那里非常漂亮,"他说,"你应该去看看。"今天天气温暖了不少,鉴于没有其他计划,我去了那里。沿着布满鹅卵石的海岸线散步时,我想到了杰夫和狄塞耳,无家可归的他们要如何过冬?我想到了内德和他的学生们,想到那些尚未与我相遇的人和未来我会开车驶过的高速公路。奥斯卡在水边追逐波浪。随着太阳在地平线上越沉越低,粉色和橙色的条纹在海面上交错。

几天以后,天气和我的感冒都好转了,我开始寻找可以搭建帐篷的地方,决心在离开马萨诸塞州之前真的露营一次。我沿着蜿蜒的海岸线一路向北,来到了索尔兹伯里(Salisbury),并在这里找到了松树露营区。我把车停在入口处的 A 形木屋前。接待台后露出一头烫过的白发,白发的主人连着便携式的氧气罐,台面上放着一包万宝路红标香烟。"有什么可以帮你的吗?"她用刺耳的声音说道。

我问她今晚有没有空的露营地,她给了我一份营地的地图。"你随便挑,"她说,"这里除了你没有其他人。"

松树高高耸立,我绕过一辆辆空的野营车,前往营地边缘。天光渐暗,我迅速拆开我的帐篷,开始搭建。我在地上铺上塑料布,把帐篷的支架放在地上,然后抱着手站在后面审视我的装备。这能有多难?

通过与金属杆的搏斗,我迅速得到了答案。我的二手帐篷没有附带说明书。几次尝试失败后，我抛弃了一切在树林暂别人类文明的浪漫想象，拿出了我的手机，寻求优兔网上的教程帮助。一位和我用同款帐篷——比格尼斯飞溪帐篷——身着迷彩服的猎人在美国某处的森林慢吞吞地说明步骤。我看了一遍，然后又倒退反复看，手忙脚乱地把篷布别到杆子上。

　　我离家一周了，从地图上看我没走多远，大部分事情也都不太顺利。但每次遇到困难，我都在锻炼全新的能力。我必须相信如果我朝我想要成为的人——一个自给自足的、独立的人，一个能无畏地在树林中露营的人——的方向持续努力，最终就会成为那样的人。帐篷搭好之后，我带着巨大的成就感钻了进去。我把头灯绑在额头上，打开了我的笔记本，摘掉了钢笔的盖子。我在露营！我写道。在帐篷里！一个人！

[第二十八章]

被留在世上的人

一个人进行公路旅行会遇上奇怪的事情。单调的驾驶变成了冥想：思想自由驰骋。一般的焦虑和担忧消失后，白日梦挤了进来。有时，一个想法突然冒出来又很快消失，就像在荒漠上闪着微光的海市蜃楼。有时，回忆的洪流被广播中的老歌或似曾相识的景色触动，奔涌而来。地理和记忆之间产生了对话。有时甚至会带来计划外的拜访。

"不自由，毋宁死"，开进新罕布什尔州时，一块蓝色大牌子上写道。我对这句州训的起源很好奇。在加油站短暂停留时，我在网上快速搜索了一下，发现这句话是著名独立战争老兵约翰·斯塔克将军（John Stark）1809 年创造的。因风湿病而身体虚弱的他不得不拒绝参加本宁顿战役（Battle of Bennington）周年纪念活动的邀请，他寄去了一封信，上面写道："不自由，毋宁死：死亡不是最糟糕的。"作为一个想要挣脱不自由生活的人，我对这句话的前半句很有共鸣。但死亡确实好像就是最糟糕的，尤其是对于那些被留在世上的人，他们或许永远无法从亲友离去的悲痛中释怀。

我想起梅利莎的父母就住在附近，我只需要稍微绕一点路。路过连招呼都不打似乎不太好，所以我给她妈妈塞塞莉娅发了一条短信，告诉她我在附近。"我们临时约个早饭?"她提出,"我知道温德姆 93 号有个地方。环境不错,古色古香,有可以带狗的室外座位。"

"好的!"我回复道,"我一小时后能到。"

回到车里,我看着高速公路上的线像白色丝带一样向远方延伸,回忆起我们上一次见面的情形。那是一年半之前在布鲁克林的一个温暖、刮着大风的 4 月夜晚。我们聚在一起为梅利莎守灵——仪式在梅利莎的坚持下,很有特色地被称为"派对"。去之前,我和儿科病房的诗人马克斯在一家墨西哥餐厅碰头,我们一人喝了一瓶啤酒和一杯龙舌兰酒,补充了一点液体勇气。守灵在几个街区外一个宽敞的场馆举行,那里一般承接的是艺术展开幕式、音乐录影带拍摄和时装秀。我记得马克斯抓着我的手,我们穿过人群走到癌症病友们中间。房间拥挤又闷热。草地装饰品组成的吊灯发出浑浊的红光。梅利莎的画作覆盖了墙壁的每一寸空间。根据她的指示,现场有大量的威士忌、啤酒和优质红酒,随着酒在人群中的流动,气氛变得越来越吵闹。到了所有人就座时——要承认我们为何相聚——房间里充满了一种克制的恐慌。在那一刻之前,守夜可以被看作惊喜生日派对,而我们好像都刚刚意识到主宾永远不会来了。

那晚梅利莎的离开有了一种前所未有的真实感。也直观地展现了她的去世对她的家人、朋友造成的伤害。马克斯坐在我旁边,瞪大双眼,看起来快要晕厥。鉴于他和梅利莎确诊的是同一种病,我了解他在这里是什么感觉。尽管他现在已经没事了,但尤因肉瘤很凶险,会一次次侵袭人的身体,直到生命结束。马克斯好像知道我在想什么,他用一只胳膊搂着我的肩膀,我把头靠在他的肩膀上。"我好像知道我的葬礼会是什么样的了,这感觉真诡异。"他低声说。

表演、朗诵和祝酒等节目开始,其中夹杂着压低的啜泣声。梅利莎的爸爸,保罗,最先发言。"作为家长,没有什么比失去一个孩子更痛苦,"他带着浓重的爱尔兰口音说,"但梅利莎留下的无与伦比的遗产——她的艺术作品和她所有的好朋友们——给了我们极大的安慰。过去三年里,在梅利莎和可怕的疾病斗争的过程中，我和她共度了很多时光。我认为自己是世界上最幸运的爸爸。"接着他讲述了他人生中最美好的日子：那是一个美丽的夏日午后，尽管在又一轮化疗期间，但梅利莎感觉不错。她带保罗去了博物馆，然后在布鲁克林吃午餐，见了朋友查克，一位文身艺术家。"你今天一定要文一个。"保罗复述梅利莎的话。他们各文了一个爱尔兰克拉达图案（claddagh）：两只手捧着一颗戴着皇冠的心，象征爱、道义和友谊——这三样梅利莎都拥有。之后，她又带他去街对面的酒吧，她的一些朋友在那里演奏蓝草音乐①。"有人塞给我一把吉他，我们一起演奏，"保罗笑着对大家说，"之后，梅利莎抓住我的手臂说：'爸爸，你简直太酷了。'我跟你们说，很少有 20 多岁的人对自己的爸爸说这话的。"然后他拿起吉他，开始拨弦，唱了一首很受欢迎的名为《黄昏来时》（"Dimming of the Day"）的老歌，最后他用一句囊括了一切情感的话结束了他的致辞："我会永远想念她。"

一个又一个发言者站起来分享回忆和故事时，我不停看向梅利莎的妈妈，她看起来深受打击。她穿着一件西装，为了纪念女儿，在翻领上别了一个金色的大麻叶胸针。她的表情令我难以忘怀——面若死灰、下巴紧缩、眼神坚毅。她一直没有哭，直到最后到她致辞的环节。"梅利莎真的很棒……"她说，然后开始悲痛欲绝地哭泣，声音也随之变得嘶哑破碎，"我应该多说一些，但我实在……做不到。"

我们称失去伴侣的人"寡妇"或"鳏夫"，称失去父母的孩子"孤儿"，但英语里没有形容失去孩子的家长的词汇。孩子应该在父母去世后还要活几十年，在父母去世时才需要面对死亡之沉重。眼睁睁地看着孩子去世是地狱般可怕沉痛的经历，言语在此刻陷落崩塌，无力承重。

在生命的最后几周，梅利莎最大的担忧就是自己去世后父母会怎么样。每次她提起这件事，我都不知道该说什么。我不知道在纪念仪式当晚应该

---

① bluegrass，美国传统乡村音乐，用吉他和班卓琴演奏。

对她的父母说什么。除了一个短暂的拥抱和一句匆忙的慰问，我一直与他们保持着距离，害怕说错话或者在他们面前崩溃。我又能做什么去减轻他们的痛苦呢？

现在我正在去和梅利莎的妈妈共进早餐的路上，我仍旧不知道该说什么。我们从来没有在梅利莎不在的情况下相处过。今天之前我们大多时候是在医院候诊室或走廊相遇。我在三号出口向右转，路过一块有奶牛群的土地、一座白色的尖顶教堂和堆满褐色土豆的农产品商店。在温德姆路口乡村商店和餐厅（Windham Junction Country Store and Kitchen）门口停车时，塞塞莉娅在停车场等我，她穿着牛仔夹克和黑色高帮匡威鞋。她和她的女儿很像，不过戴着眼镜，齐腰长的黑发中有几缕灰色。看到她我感到胸口一紧。

我们点了咖啡，坐在外面。咖啡馆周边的树木绚丽多彩。"这周末是赏秋叶最好的时机。"塞塞莉娅说道。我们一起欣赏着风景。她带着一只最近从救助站救出的雪纳瑞幼犬——她告诉我看到奥斯卡对我有多大的帮助之后，她决定也领养一只狗。"它们能让一切都变好一点，是吧？"我说道，两只狗开始一起玩耍。

"是的，"塞塞莉娅告诉我，"但我不会对你撒谎：这是痛苦的一年。保罗和我在考虑打包搬家。我们需要一个新的开始。我们想搬到加利福尼亚或者亚利桑那，但还不知道能否实现。"

想到他们在一个有棕榈树、全年都阳光灿烂的地方退休，我不由得喜笑颜开。"为什么不搬呢？"我问道。

"梅利莎去世之后我们还没有清理房子，"她承认道，"屋里太乱了——已经到了囤积癖的程度——简直令人难堪。所以我才约你在这里见面。我们想搬家，但是东西太多了，我不知道从何开始。我应该怎么处理她的旧木马？她的画？她的衣服？"

我无法假装我有办法解决塞塞莉娅的困境。面对自己的东西决定保留什么捐掉什么都很困难，更别提代已经去世的孩子决定了。这个任务似乎十分接近悲痛的内涵——不放手与放手之间的、停留在过去与让过去消散之间的痛苦挣扎。但我确定梅利莎不希望他们活在一座满是旧物的陵墓之中。在我们的最后几次对话中，我问梅利莎她害不害怕死去，她回答："我最害怕的是这会永远毁掉我父母的人生。"

"梅利莎希望你和保罗找到继续生活、快乐起来的办法。"我说。

"我不知道我们还能不能快乐，"塞塞莉娅说，"她不在的每一天，每一个小时，都是一种煎熬。最糟糕的是其他父母就像我们被诅咒了，而且这种诅咒还会传染般对我们。我想悲痛会让他人不适。他们希望你乐观，希望你不要再提已经去世的女儿，希望你不要再悲伤。但我们永远无法不悲伤。我们还能怎么办呢？"

吃完早餐后，塞塞莉娅陪我走到车边。她问我接下来去哪儿。我告诉她我在去俄亥俄州的路上，但在离开东北部之前我可能会停下来看看我的家人。"我有个小东西要给你。"她说，给了我一个奥斯卡用的小背包，里面装着零食、玩具和一个便携式的狗水壶。然后，她又从夹克里掏出一个东西，摊开手掌时，她的掌心上是一把古董银钥匙。她解释说这是梅利莎收集的小玩意之一。这一举动令我十分感动，喉头哽咽。但我不想哭，所以我咽下哭腔，从口袋里拿出车钥匙，把梅利莎的钥匙也穿在上面。"这样梅利莎就可以和我一起开车周游美国了。"我说。

随着我驶离温德姆，塞塞莉娅挥手的身影渐行渐远。她一消失，眼泪就充满了我的眼睛。开到佛蒙特，我已经哭到视线模糊，柏油路和树木全都糊在一起。我看到路边有一小块空地，就开进去停车，关掉了引擎。从得知梅利莎去世那天起，我没有为她哭过。但现在我在哭，而且似乎停不下来。我以为我已经接受了她的去世——至少尽量接受了——但是此刻，我觉得我心中的伤口仍旧没有结痂，一碰就痛。人们说时间会治愈一切伤痛。但梅利莎的离开给我留下的是一个不会——也无法——愈合的伤口。我的年纪会越来越大，她却永远静止于死亡。

最令人难过的是那种"再也没有机会"的确定性。我知道我再也无法和她一起在儿科病房吃星形的花生酱果酱三明治；再也无法和她一起在她的客厅跳舞，跟着节奏甩我们的假发；再也无法看她画一幅杰作。我理解人们为什么相信存在死后的世界，相信离开我们的人会永存于一个没有苦痛的天国是一种自我抚慰。至于我，我能够确定：在这个地球上，我再也见不到我的朋友了。

我用颤抖的手抓起毛衣把脸擦干。然后上路。沿着佛蒙特满是落叶的蜿蜒小路，路过玉米地和廊桥。我一直开到夏天我最初构思这场荒谬旅行的小木屋。我用了几天时间睡觉、在树林里散步并又哭了几次。然后继续前行。

梅利莎去世之后，时间所带来的唯一改变是最近的回忆里不再全是痛苦，也有了快乐的时刻。车在泥土车道上颠簸时，我想象着梅利莎坐在副驾驶座上，随着广播里的音乐点头，她的绿眼睛在秋日阳光下闪着光。我就人生的难题——失去和恋爱，如何带着过去走向未来，以及我化疗结束后的胭脂鱼发型[①]还有没救——寻求她的意见，在我的脑海中，她微笑的肯定和摇头的否定似乎让答案清晰了一些。

和梅利莎的妈妈交谈时，一个难以忽视的想法不断侵入我的大脑：如果我和梅利莎的故事有不同的结局，可能就是塞塞莉娅去拜访我悲痛欲绝的父母。这个想法让我内心充满足以吞噬我的愧疚感——不仅因为现在我还活着，而梅利莎不在了，还因为我一心扑在了重返日常上，忽略了考虑父母的感受。我想象着妈妈身处塞塞莉娅的位置，坐在我童年卧室的地板上，被一大堆我的东西包围——我最喜欢的毛绒玩具小狗，装满成绩单和过去的美术作业的纸盒，我的落满灰尘的低音提琴靠在墙角，我婴儿时期手工编织的衣服被叠得整整齐齐，包在薄纸里，准备留给未来的孙辈。当然，我的父母很幸运，他们没有失去一个孩子。但是面对这种可能性，并

---

① mullet，前面和两侧的头发短，脑后的头发长。

在这个过程中照顾我，也会造成一种创伤。

萨拉托加矿泉城距离纽约-佛蒙特边境大约一小时车程，我在最后一刻决定去父母家停留一晚。我不记得上次来这里是什么时候了，我减速驶进他们的车道时，妈妈冲出来欢迎我。我用胳膊搂着她纤细的肩膀，闻到了她面霜的香味。我想告诉她我爱她，我特别想她，但相较于直抒爱意，我的家庭一向更习惯边吃饭边激烈辩论。不过，这还不是问题的全部。在过去的一年里，我们不再像过去那样频繁且开诚布公地交流了。事实上，有一段时间，我们根本不交流。

我一直认为我们的亲密不会改变，尤其是在经历了这一切之后。但治疗结束后，我们之前出现了一种奇怪的距离感。尽管他们知道我和威尔的关系变得紧张，但没有人知道情况有多么糟糕，而威尔搬出去的消息对他们打击很大。在移植前，威尔在我父母家住了近一年。他参加我们的家庭度假，和我父母在医院候诊室共度了无数个小时。威尔和我住进自己的地方之后，每天都和我父母联系，他总是发短信告知他们我的健康情况，还常常发照片给他们。我父母认为威尔是我们家的一员，是他们的荣誉女婿。

比分手更令他们震惊的是我宣布我有了新的恋情。他们表达了不认可：我不应该这么快就开始和其他人约会。我确定和威尔的关系真的彻底破裂，没法修复了？半年后他们才同意和乔恩一起吃饭。他们逐渐不再频繁提起威尔，努力支持我，但我能感觉到他们仍旧为我担心。在我看来，这是重新开始的机会，但他们却看到了危险——和一个不知道我健康状况多么脆弱的新男友在一起，我可能会让自己再次心碎。

每次对话最终都会绕回同一个终点——对我健康的担忧。每次和父母通电话，如果我碰巧咳嗽了一声或者提到觉得累，他们的回答总是透着担忧："你不舒服吗？要不要约医院检查一下血细胞计数？要不要回家休息几天？"他们想要保护我，但他们的焦虑会给我很大的压力。尽管不是有意为之，但我逐渐不再频繁和他们通话或回家。收到他们的邮件和消息后，我好几天后才回复——有时候根本不回。我知道这很伤人，尤其是对习惯每天和我联系的妈妈来说，但我不知道应该怎么做。为了缓解恐惧，我需要与他们的担心保持距离。

我跟着妈妈走进厨房，我们一起泡了姜黄茶，然后拿着杯子上楼去她的工作室。角落里一个沾满颜料的手提式收录机播放着古典音乐。床沿摆满了她和爸爸每天去树林散步收集的贝壳、树枝、羽毛和动物骨头。墙上挂着她最近的作品：好几幅巨大的黑白画作，上面好像是被遗弃的鸟巢。

我们在靠窗的大绘图桌边坐下。上面堆满了笔记本、塞满画笔的罐子和几十管颜料，妈妈清理桌面，为我们的杯子腾地方时，我注意到了她的手。多年的绘画和园艺劳作让她的手饱经风霜，她的手指像生姜一样鼓胀不平，手掌像树皮一样粗糙。刚出生时，我被这双手抱在怀里。临床试验期间每晚注射化疗药时，我带着强烈的怨恨怒视这双手。在我病重失禁时，这双手为我更换被尿液浸湿的床单。这双手与我患难与共。

"妈妈？"我说道，"谢谢。"

"为什么？"[1]

"谢谢你一直把我照顾得很好。"

"你不需要感谢我。这是父母的工作，"她看起来犹豫了一下，然后补充道，"你知道奇怪的是什么吗？就我的日常生活而言，你病重的时候，我的状态似乎更好。我们处于紧急状态，我只有一个目标：照顾你。我不承认我担心你可能挺不过来。直到现在你好多了，我才允许自己感到恐惧——我才更多地去感受整件事意味着什么。"

这是妈妈第一次与我分享这些——是我第一次一瞥过去四年对她来说意味着什么。从确诊那天起，她和爸爸就一直陪在我身边。我的痛苦，我的失望、心碎和迷茫，他们都感同身受。我想他们需要很久才能摆脱对这一切可能再次发生的担心。我不是我的家庭中唯一需要努力向前迈进的人。

"一切都被彻底颠覆之后，就无法继续以前的生活，做同样的事情了，"

---

[1] 原文为法语。

妈妈说，"我还没有找到一件像你正在进行的旅行一样，能够帮助我重新找到生活重心的事情。"

第二天早晨，爸爸与我在一位世交家的苹果园里吃早餐。吃饭时，气氛很愉快，但我能感觉到一种暗暗的担心——不过这一次担心的不是我最近的血细胞计数，而是我运用转向灯的能力。回家后，我开始装车。我希望多留一段时间，但我需要重新上路。"我的百日计划将会是每天给你打电话。"我钻进车里时，妈妈故作平静地说道。爸爸站在她身边，明显把紧握的双手藏在背后。我沿着车道驶离时，看到他走到我的车后，往我的后挡风玻璃上泼了一杯水。这是一个古老的突尼斯传统，他以前也无数次这么做——在亲人踏上旅程时在他们身后泼水，祈祷他们平安归来。

[第二十九章]

路漫漫，向未知

要么我的导航在撒谎，要么我是个不靠谱的司机，我总是需要多花一倍的时间才能到达目的地。"前方右转——重新规划路线……"我再次错过出口时，导航机械的声音颐指气使地说道。从家到我的下一个目的地，俄亥俄州的哥伦布是我目前开过的最远距离。导航预测，如果我完全遵照它的一连串指令行事，我将于9小时21分钟之后到达。我看悬。

现如今，我只要考虑自己的时间，无须迁就他人。

两周之前我刚离开家时特别紧张，时常要提醒自己不要屏住呼吸。坐在方向盘后的每一分钟我都要应对前所未有的、令我手足无措的情况：我有优先通行权吗？闪烁的红灯是什么意思？交通标志上怎么有一个埃及象形文字？变道和并入高速是最令人紧张的——简直就是一场关于我会不会送命的存在主义的盲猜游戏。但是每过一天我都会更自信一点，距离上一次其他司机出于愤怒或者困惑冲我按喇叭已经过去至少72小时了。早晨离开萨拉托加矿泉城时，爸爸给我演示了该怎么做，如果我看后视镜时在座位上身体向前倾，我就能在有曲度的镜面上看到盲区里的车。现在我带着全新的轻松的感觉沿着州际公路行驶。就连在后座啃骨头的奥斯卡似乎都更放松了。

　　大约 3 小时之后,我开始感到疲惫,透过窗户照进来的暖阳令我昏昏欲睡。我在休息站脱掉鞋子,把座椅尽量向后倾,然后把脚跷在仪表盘上。我逃不出疲惫的手掌心,但我不再试图战胜它或因动作很慢而指责自己,我在麦当劳的金拱门下闭上了眼睛。我不仅努力改变,接受我身体的极限,还尽力享受不得不休息的时光。这些短暂的休憩最终成了旅途上我最喜爱的时光——将我从思想的旋涡中释放出来,让我专注于此刻,适应这具奇怪的新身体,让我来到原本不会造访的陌生之地。

　　半小时后,我醒了,精力也恢复了。我又开了 150 英里,然后决定结束今天的旅程。我在水牛城外围找了一家便宜的汽车旅馆,等待接待员为我取房间钥匙时,我翻了翻宣传尼亚加拉瀑布游船的广告小册子。那是一个灰暗阴沉的日子。奥斯卡需要活动,但附近唯一的绿地是汽车旅馆周围细细的一圈已经干枯的草地。我们听着附近高速上轮胎碾过小水坑的声音在停车场里跑圈。天上突然下起了冰雹。奥斯卡抬起头,对天咆哮。

　　走进室内,房间意外地舒适,灯光温暖又温馨。我把奥斯卡的水和狗粮放好,思考接下来做点什么。松软的床和蜷在床上看书的想法在召唤我,尽管这是一个雨天,而我已经开了 300 英里,但全新的我渴望探索。我记得小册子上的内容:尼亚加拉瀑布距离这里只有半小时车程,我以前没去过那里。我挠了挠奥斯卡耳朵后面的皮肤,然后向我的车走去。

　　开车去瀑布的路上,每路过一家俗气的酒店和艳丽的赌场,我的期待就降低一点。公园入口两侧是拥挤的停车场。找到停车位时,我已经开始犹豫要不要留下来,但我还是下车,排队买了一张雾中少女号(Maid of the Mist)的船票,这条游船会逆流而上,经过位于美国的瀑布的底部,进入位于加拿大的 U 形流域。我穿上一件塑料雨衣,和数百名游客一起登上了巨大的双层轮渡。我这辈子从没见过这么多自拍杆。

　　挤过人群,我在下层甲板找到了一个观景的好位置,我的肋骨顶着右舷的栏杆。环顾四周,我不禁注意到我是唯一身边没有家人或者伴侣的游客。独自观光让我有些不自在，尤其是在这样人多拥挤的地方。"我是有朋友的，我发誓。"我想告诉身旁的情侣。当然，他们正忙着欣赏风景，根本不会注意也不在意我是一个人，但我还是觉得自己很显眼，还有一点孤单。

但这种感觉只持续了几分钟。随着游船驶过冰冷的水域，我的脸在寒风中冻僵了，扑面而来的美景让我瞬间忘记了不自在的感觉。我的孤独反而变成了一种奢侈：我可以完全专注于此刻，这是和同伴一起旅行时做不到的。大群海鸥在头顶俯冲。咆哮的瀑布映入眼帘时，船体开始震动。我眼前的景象比我的一切想象都更雄伟壮观。磅礴的巨流从高耸的悬崖上倾泻而下，河流在撞击、捶打和揉捏中变成飞溅的泡沫。我们继续靠近时，冰冷的水飞溅到甲板上。我的雨衣像保鲜膜一样紧贴着我的身体。尽管浑身湿透、瑟瑟发抖，我仍一动不动。我的感官被完全唤醒了，世界太绚烂了。

面对如此壮阔的景象，不可能不感到敬畏。确诊也有类似的效果，让我思考我为何忽略身边的美景，或认为生活平淡无奇。走路去西奈山医院做第一轮化疗的路上，我知道这是我几周内最后一次在病房外，因此，我留意着每一个细节——从天空的明暗到清风拂过我的脖颈的感觉。我以为这种全新的欣赏会一直伴随着我，一旦我注意到了，一旦我知道一切都可能在一瞬间改变，我就永远不会再把一切视为理所当然。然而随着时间的推移，我的视野越来越小，我只看得到一间病房，之后是一张床。囿于四壁之内，我别无选择，只能将目光转向内部。终于被释放，摆脱眼前的死亡威胁后，我在自己的世界里陷得更深。此刻在瀑布脚下，我将视线重新转向了外界。

第二天早晨，我缓慢地驶上了90号州际公路——一条从波士顿一直通往西雅图的主动脉。完美秋日清晨的柔光在仪表盘上投下了斑驳的光影。在峭壁之间，我瞥到了伊利湖（Lake Erie）广阔碧蓝的湖面。中午，我进入宾夕法尼亚州西北角时，奥斯卡开始吵着要去散步。我下了高速，跟着路标来到普雷斯克岛州立公园（Presque Isle State Park），这是一个伸进湖里的细长半岛。奥斯卡和我沿着一个安静的沙滩散步。伊利湖非常大——

说像海也不为过——湖岸边长满了棉白杨、柳树和栎树。金色树叶的反光在水面上像从天而降的群星般闪烁。

尽管我很享受孤独，但我发现自己希望乔恩能在这里与我共赏美景。我们好几天没联系了，身处异地已经让我感觉与他产生了距离。我从外套中拿出了我的手机，拨通他的号码。

"你在哪儿？"乔恩说道，这是他惯常的开场白。我能听见背景里小号和大号的声音，我猜他大概在和乐队排练。

"我很好。"我说，而且意外地意识到我是真的很好。"在去哥伦布见一个名叫霍华德·克兰的人的路上。"

电话那头沉默的背后满是未能宣之于口的话语。我最早告诉乔恩穿越美国的计划时，他直接表达了他的不赞同。尽管他认可我需要改变，但他不希望我独自旅行。知道我计划拜访20多名陌生人之后——大多数都只是在网络上认识的——他就更担心了。正如乔恩所指出的，无论一个人在纸面上显得多好，你都永远无法真正知晓他的意图。

"你自己在外面要小心。"他敦促道。

我哼了一声，翻了个白眼。"你还好吗？"

"我很好。不停地工作。你不在真难熬。"他说道，听起来有点沮丧。在我出发之前，乔恩开始了一份新工作——做一档深夜脱口秀节目的乐队领队。然而当他找到一份一周五晚、不用巡演而可以留在纽约的工作时，我却踏上了我的巡游之旅。背景中乐器的声音越来越大，我很难听清他在说什么。"我很想找个时间，我们好好聊聊。之后再给你——"然后他的声音就消失了。

"你还在吗？"我问道，尽管我知道他已经挂电话了。

我灰心丧气地走回了我的车。我们不仅很少联络，还一直被卡在等待航线[①]。乔恩一直陪着我，希望我最终能接受更认真的关系。但是整整一年，我

[①] holding pattern，指飞机在机场上空待降时的飞行路线。

在情感上就像一袋石头。尽管我很想，但我不知道怎么让他走进我的内心。

小时候，我总是以为遇见"对的那个人"时，会体验到一种神秘的顿悟——不带一丝怀疑地知道就是那个人。在上一段感情中，至少在一开始，我就是这么相信的，但随着时间的推移，我的确信逐渐崩塌了。"如果感情结束，就是因为不适合。"一位朋友试图打消我的疑虑，但这种假定仍旧令我困扰。如果是明明适合，而我搞砸了一切呢？

去年，乔恩和我偶尔谈起过共度未来。我把它视作类似"我们的孩子会长什么样"的有趣思想实验，但一旦要全面考虑这类承诺的重大意义，我就会感到恐慌。也许我们不适合彼此。也许我无法和任何人交往。也许因为癌症可能复发，对我来说考虑结婚生子之类的长期承诺是不负责任的。

疑虑的根源是一种更深的不确定性：或许我仍然来日无多。

我名单上的下一位拜访对象霍华德·克兰很了解这种不确定性。我向南穿过俄亥俄州的阿曼门诺派[1]信徒聚居的乡村时，地形变得开阔起伏，富有田园风情。我超过了一个赶轻便马车的，身着背带裤、头戴草帽的男人，随后又超过了第二个、第三个。他们之外，道路是空的。我左右两侧是一望无际的农田。我加速，车轮带起一阵烟尘。

快到哥伦布时，我想起了三年前霍华德的来信。作为一名《纽约时报》的忠实读者，他读了我的第一篇专栏文章《面对癌症的青年》（"Facing Cancer in Your 20s"）后——关于个人的患病体验如何在各个方面与年龄相关——给我写了一封很长的回信。"我想你现在应该在医院开始进行骨髓移植，移植后你有望重获被大多数年轻人视为理所当然的健康。"他写道，"我给你写信也是因为我想与你分享我的故事——尽管与你所经历的有诸多不同，但在不确定性和阈限性[2]上还是有一些相似之处。"

---

[1] Amish Mennonite，北美基督教派别，因抗拒现代社会的多数社会改变和技术创新而著名。
[2] liminality，一个文化人类学的概念，主要是指"非此非彼、即此又彼的间性状态（between states）"。

我的专栏文章让他想起了几十年前，他还是30岁出头的研究生时，在阿富汗西南部的锡斯坦盆地（Sistan Basin）的一个考古遗址工作时发生的事情。"像所有年轻人一样，我认为自己不容易生病，但两年后，我病了，一开始我以为得了某种疟疾，但到第三天我就意识到我很可能没法活着离开锡斯坦。细节省略，反正经过一系列我都觉得难以理解的事情，我回到了600英里之外的喀布尔，最后先后在德国和波士顿的医院住了几周。出院时，我觉得自己的身体仿佛八旬老人。"

霍华德出现了一系列可怕的症状——漆黑的尿液、暂时失明和骨髓的持续损伤。但是，当时医生无法确诊他的疾病。医生预估他无法幸存。"我病得太重了，以至于死亡没有让我感到害怕（或者仅仅是没有真实感），但回顾过去时，我想了很多这方面的事情，我知道活在现在是句老生常谈。但这可能是世界上最难的事情。我们总是想以后的事情，制订计划，心存希望。然而，然而……"

他信的结尾让我落泪。"如果我相信祈祷的效力，我会为你祈祷。我不是信徒，但也希望让你知道人生中有很多奇迹，人的身体能够应对看似无法战胜之事。"

太阳低垂在一排带米色饰面砂浆外墙的房子上方。装饰着两只鹤的邮箱的出现说明我已经到达了目的地。我没有立刻下车：我需要花几分钟做点准备。我向乔恩保证，拜访所有人之前我都会做好尽职调查，但除了在信中分享的内容，我很难搜寻到任何关于霍华德的信息。我找到了他在期刊上发表的学术文章和一份俄亥俄州立大学的教师简历，但他基本上仍是一个完完全全的陌生人。我鼓起勇气，走上屋前的小径，随后按了门铃。

霍华德又高又瘦，留着雪白的胡须。他欢迎我进屋时说话有点结巴。我意识到他也很紧张，而这令我更加紧张。"非常感谢你接待我。"我说道，跟着他走进了门厅。

"收到你的信时我特别惊讶，"他说，"我没想到你会联系我。你说想来拜访，对我来说，真是太不寻常了。"霍华德穿了一件黑色羊绒衫，戴着一条围巾。只看上半身，他是一名有身份的知识分子，但他下半身的装束——人字拖和低挂在髋骨上的牛仔裤——标志着他是20世纪60年代的嬉皮之子。

"我的妻子梅拉尔很快会过来。"他告诉我，向我解释她正在家里的办公室里和一位病人见面。"来，我带你去看你的房间。"

他带我走下一段很陡的摇摇晃晃的楼梯，来到最后一层时，我环顾了地下室。地下室很宽敞，但塞满了东西。有手绘的抗议伊拉克战争的抗议牌。大量《纽约时报》杂志——可能已出版的每一期都有——被堆成高柱。镶着木板的墙面上有数十张简报和有框的照片。地下室里还有六七张椅子，和一张配有蜡染装饰靠垫的大沙发床，我和奥斯卡就睡这里。

"我们像林鼠一样爱收集杂物，"霍华德说，冲房间四周挥了挥手，"但我希望你住得舒适。"他告诉我梅拉尔在地下室为她的病人举办互助小组活动。谈到她时，霍华德整个人的举止都变了——他不再结巴，浑浊的眼睛充满骄傲。"她是全国最出色的帮助跨性别人士的治疗师之一，"他说，"她二十世纪四五十年代在土耳其长大，和我们熟悉的美国的情况相比，那里的物资要匮乏很多。她上小学时，他们只用铅笔写字，这样完成一份作业后，就可以把字擦掉，反复用同一张纸。当时很多东西在土耳其都没有。现在我们的生活物质过剩，但她还是难以扔掉任何东西。很显然，我也是这样！"

我们交谈时，梅拉尔，一位一身黑衣、戴着豹纹围巾的秀丽女子走下了台阶。她比霍华德更自信和外向，她抬起双臂拥抱我，因为霍华德忘记请我喝饮料而发出啧啧声。"我家霍华德这几周都在期待你的到来。"她带着淡淡的口音说道，"我们都是。现在，我们去吃晚餐吧？你一定饿了，可怜的孩子。附近有一家很不错的土耳其餐馆。霍华德开车。"

前菜上桌时，我们已经进入了良好的交谈状态。梅拉尔和霍华德很和蔼，对我的情况很关心，问了我很多问题。发现我也曾经在中东待过，他们很开心。我向他们讲在埃及留学的经历，我在后殖民时代北非女性权利方面的研究和我在突尼斯的家人。人们很少问起我生病之前的兴趣，说起这些早已忘却的往事时,我感觉好像在游览他人的人生。

突尼斯有句谚语说"你的一生都会被刻在你的额头上",然而确诊前所发生的一切似乎都被从我的额头上被抹去了。我不知道这一切是怎么发生的,也不知道是否可以避免,但近几年的某个时刻,我的存在、我的身份甚至是我的事业都和我最糟糕的经历联系在了一起。我的兴趣范围和我的世界等比例缩小了。结束治疗一年后,疾病仍支配着我的故事,似乎还挤走了其他可能性。

第二天早晨我与梅拉尔和霍华德一起待在客厅里。我们放松地坐在沙发上看新闻。他们的猫,一只老斑纹猫,蜷在霍华德的腿上。政治专家探讨奥巴马政府在阿富汗留驻军队的决定时,霍华德愤怒地瞪大双眼,发出不满的声音,抱怨世界要完蛋了。"该再写一篇评论文章了。"他说道。

"你一直这么会写信吗?"我问道。

"可以说写信是我的兴趣。"他说。他告诉我他是认识梅拉尔时开始写信的。他们恋爱的前两年是异地——她刚刚高中毕业,住在伯克利,而他在3000英里外的剑桥①读大学。"电话费太贵了,我们没那么多钱。我们只能寄得起邮资3分钱的信。"

"我们每人每天写一封信,"梅拉尔附和道,"有时候一天两封。"

"我都不知道我们都在那些信里写了什么,"霍华德说道,不可思议地摇头,"有一天我收到了一封她写的有27页之多的信!24小时之内能发生什么能填满27页的事情?"

此后多年,只要霍华德和梅拉尔分开就坚持通信——包括霍华德去阿富汗的那段时间。在喀布尔的病床上,以为自己再也见不到梅拉尔的年轻霍华德,口述了给她的最后一封信。事实上,后来他出人意料地恢复得很好,然而这并不是他最后一次与死亡做斗争。最终,医生诊断他患有普通变异型免疫缺陷病。他和我一样免疫减弱,在过去几十年中经历了一系列

---

① 美国马萨诸塞州剑桥。

的感染，其中有些危及生命。但霍华德和我不同，他不允许疾病妨碍他去爱人和被爱。他不仅接受了不确定性，还不厌其烦地构筑和重建着自己的生活。尽管有健康问题，他仍结了婚，生了两个孩子，并追求着他认为拥有无穷魅力的事业。

当然他不是没有遇到过困难。他告诉我他被任命为俄亥俄州立大学极具声望的艺术史系主任，却因为身体原因在五年后被迫离任。然而，霍华德一直在坚持寻找能够克服身体局限性的办法。"对我来说冬天是最难熬的季节。"霍华德说，他解释他时常得肺炎，"我需要冬眠，所以我开始只在温暖的月份教学。"

霍华德退休了，每天读书、在附近的公园长时间散步，偶尔给编辑写信。他和梅拉尔现在已经是祖父母了。他们最近庆祝了结婚50周年纪念日，每周还一起上了一次交际舞课。

我问他有没有给我的建议，他避而不答，让我去问治疗师梅拉尔。"她很会指导人，"他说，"她不相信人会奇迹般地找到自己的道路，因为他们不会。最终他们用数年时间——我能用个脏字吗？——意淫。"他笑着说道。

"拜托，我不会让你就这么糊弄过去的。"我给他加压。

过了一会儿，霍华德终于松口了。"慢慢地，只要有足够的耐心和毅力，你会再次全心投入生活，咱们不打诳语，生活可以非常美好。但我想最重要的是找一个能和你一起坚持到底的人。我的妻子帮了我很多——"他有些哽咽，"她为我做的一切无法用语言形容。"

"看来我也要给自己找一个梅拉尔。"我说道。

看到他们在一起的样子让我想要打开心门，面对未来，但我仍旧无法想象自己活到老年，无论是独自一人还是与某人一起。学习在未知的海洋中乘风破浪，这是我的长期功课。我不知道是不是还有一个捣乱的癌细胞潜伏在我的骨髓中。我无法预测我的身体会不会破坏我对自己或他人的承诺。我甚至不确定我想不想以一种稳定的、相对常规的方式安定下来。但我开始明白：任何人都无法预测。人生就是经历未知。

[第三十章]

写在皮肤上

在清晨的东方市场（Eastern Market），底特律的一个工业区，我和尼塔莎在一起，她30岁出头，留着一头黑色的长卷发，有一种女巫般的空灵气质。她白天是一家药店的数字营销员，晚上则是一名艺术家，另外她全天都是弗里达·卡罗爱好者。她在一间层高20英尺的开放式跃层公寓里接待了我，公寓的砖墙上挂满了她的画作。我昨晚到达时，她用炉子熬了自制哈里萨辣椒酱，以此向我的突尼斯血统致敬。我们撕下大块大块的面包，并用它们蘸辣椒酱吃时，她告诉我她多年以前就因为在网上关注梅利莎而知道我。"我看到她给你画的一幅肖像，你们的友谊令我非常感动。"她说道。她把我们的抗争作为灵感来源之一，计划将她的跃层公寓用作被她称为"治愈博物馆"的展览空间。这里会展示本地艺术家探索与疾病、医药和恢复有关的主题的作品。

我们早晨的第一站是几个街区外的农夫市集。尼塔莎带我穿过一个个卖装在玻璃罐里的酸黄瓜、水灵诱人的生菜和羊奶做的手工皂的露天摊位。我们一边逛，她一边告诉我，她从八岁起就患有一种名为"皮肤划痕症"的皮肤病。她也知道被瘙痒困扰的感觉："很痒很痒，然后会更痒，"她说，

"直到我希望撕掉自己的皮肤!"即便最轻微的划痕也会变成持续半小时的红肿。

但是尼塔莎像弗里达·卡罗一样把她的困境转化成了艺术。她随手用指甲在她小臂上按出了几个弧形,我看见它们红肿得像红色的糖霜一样。她说她以这种方式在她的皮肤上作画——有时绘制精细的几何图案,有时候书写信息——然后从中汲取灵感。在一件名为"皮肤套装"(Skin Suit)的装置艺术中,她尝试把生锈的物体放在织物上,然后把污迹层层叠加在一起形成图案,模仿放大镜下皮肤的样子。"我把我的身体视为素描簿的延伸。"她告诉我,我们离开了时髦的市集,开始在空荡荡的街道上闲逛,路过仓库和废弃的建筑。"要记电话号码的时候很方便。"她笑着补充道。

下午晚些时候,尼塔莎开车在城里转了一圈。我们路过了一间有树枝从墙壁中穿出的废弃房屋,遇到被都市农夫改造成有机农庄的空地,在海德堡街区(Heidelberg Project)的人行道上漫步,在这里,年久失修的房屋被改造成了公共艺术作品,上面涂满了迷幻的波点,草坪装饰则是成堆的娃娃和其他废弃物品。我们在一间仓库的砖立面前停下脚步,砖墙上用喷漆画满了橘红色和海蓝色的云朵。在右下角,有一段艺术家费尔3000英尺(Fel3000ft)的题词,读起来像适用于所有灾难后重建的集结号:

外界给我们扣了很多帽子:衰败的城市、陷入困境的城市、没有希望的城市。然而,我们从未言弃。我们是天生的斗士,我们在灰烬中浴火重生。无论他人向我们丢来什么,我们都是对未来充满信心的集体。我们是底特律!

我开始学会阅读城市的气氛,或许目前为止,和其他所有地方相比,我与底特律这座有很多故事的城市最有共鸣。这座由汽车行业驱动的城市曾经带动了美国的经济。种族隔离在这里留下了深深的烙印,但同样无法磨灭的是让成千上万的非裔美国人在大迁移①中定居于此的希望。因为汽车公司的裁员和离开，它命悬一线却拒绝就这样死去。在这里，未来的图景被描绘在痛苦的过去之上，被写在红肿的皮肤上，刺痛又美丽——一种超越愤怒，但又无法脱离愤怒而存在的美。而这不正是一种历劫重生的恒常吗？

离开底特律前，尼塔莎还带我去了一个地方：一家橱窗里挂着塔罗牌和解读茶叶广告的灵媒店铺。她坚称这个灵媒不是骗子，而是真的神视者，尤其擅长疗愈受伤的灵魂。我以前从来没接触过这些，我心中理性的一面认为这是浪费钱。但是我也想驱散我人生中的不确定性——制造知道未来会发生什么的幻觉——因此无法拒绝。

在简陋的店面后是一间点着香、烟雾缭绕的房间，里面有好几个放着水晶球、精油和销售的草药的架子。灵媒——一个年轻男子，穿着镶着仿钻的紧身T恤和酸洗牛仔裤——把我领到后面。我们面对面坐在一张很厚的帘子后面，握着彼此的双手，蜡烛闪烁的光照在我们的脸上。在接下来的几分钟里，他的身体开始颤抖，眼睛往后翻，我只能推测他应该是被"幻象"控制了。我怀疑地看着这一切，已经开始心疼结束后我要交出的崭新的50美元钞票。

灵媒睁开了眼睛，告诉我他见到了我的一位祖先——一位女性，可能是姑姑，我爸爸那边的亲戚。他把头往后仰好像在大口喝水，嘴唇一张一合，眼皮像被附身的人一样剧烈抽动。再次睁开双眼时，他告诉我，我的这位姑姑在去世前得过重病。然后他问我是不是也生过病。

我一边努力保持平静一边回答，是的，我生过病，另外，是的，现在想来，我爸爸有一个妹妹，格玛，很年轻时就因为一种奇怪的病过世了。他告诉我格玛日日夜夜为我担心，竭尽所能佑我平安。尽管我的身体已经脱离了危险，但如今我又踏上了另外一场艰苦的旅程——这场漫长艰巨的

---

① Great Migration，指1916年至1970年期间，约有600万非裔美国人从美国南方各州的农村地区迁往北方各州的城市地区。

旅程会让我先深入未知再找到清晰的方向。他说这些时,我的手臂上起了鸡皮疙瘩。我一度产生了怀疑,我有没有告诉他我的名字?有没有透露其他什么信息?是我的短发露馅了吗?我不这么认为,这对我来说也不再重要了。我在椅子上向前倾身,想听更多。

灵媒把一副塔罗牌摊在桌上,请我抽牌。每抽一张牌,他就对我更了解一点。我会写一本书,这本书会让我环游世界,他声称。他看到我难以与一位伴侣维系长期关系,但经过很长一段充满不确定性的时间,我最终会和一个女人——哦,不,等等,一个男人,他改口道——在一起安定下来,然后他嘀咕了一堆咒语。

我知道灵媒可能在对我说我想听的东西,但是在我的想象中我的未来像一条有很多紧闭的门的走廊,他每说出一个预测,就有一扇门打开,让我看得更远。至今我都以很小的增量看待时间——马上要做的活检、眼前的医院预约。当你的生活被彻底颠覆时,想象未来是相当可怕的;要对未来有希望,这很冒险,甚至危险。然而当灵媒讲述时,当他向我描述我注定要度过的漫长而宽广的人生时,当他将我有未来视为一种必然时,憧憬未来似乎成了一种可能。

"还有什么?"我问灵媒,一脸期待,完全上钩。

第二天,雨水穿过光秃秃的树枝落下。天空阴沉灰暗,空气潮湿沉重。在之前停留的城市,我总把坏天气当作该继续上路了的预兆——确实,我该动身了。但即便天气阴冷,雨水冲刷着挡风玻璃,而我打开了暖气,我仍旧舍不得离开底特律。

在路上思考我的下一站时,我想起了我第四次也是最后一次因为艰难梭菌住院时的事情。尽管才过去一年,我却几乎什么也记不得了——我努力忘掉接受治疗以及和威尔在一起的最后一段时间。但我记得最清楚的是我感到一种强烈的自我隔离的冲动,就像因为感到自己大限将至而离开族群的郊狼。知道威尔在准备搬离我们的公寓,我无法保持坚强。我让妈妈回家，不见任何访客。我对所有人说我没事，而事实上我需要私下崩溃的空间。

我即将要拜访的布雷特是我谁都不见的那段时间的例外。在这之前，他因为读过我的专栏，在移植门诊的候诊室认出了我并和我搭话。我曾无数次想到那天我们坐在彼此身边是多么幸运：那是我第一次一个人去化疗，也是他第一次去斯隆·凯特林，遇到另一位年轻病人令我们双方都备感安慰。那天之后，我们保持联络，偶尔发邮件、打电话、交流医疗建议。此后我们只见过一次面，但在一些方面，我感觉，和我的家人、朋友相比，我与他似乎更亲近，联系更紧密。创伤会把你的世界分成两个阵营：能理解这一切的，和不能理解的。

我们上一次见面时，布雷特即将开始自己的公路旅行。他的医生表示他的情况足够稳定，可以转到离他家较近的医院进行治疗，他和他的妻子奥拉准备返回芝加哥。出发之前，他们冲进我的病房，因未来充满可能性而兴高采烈。他们给我带了一顶在加油站买的愚蠢的帽子——一顶有闪亮的网状装饰和粘上去的水晶的白色贝雷帽，戴在我的短发上显得十分滑稽。看到布雷特状态很好令我非常开心。我立刻就喜欢上了奥拉，她容光焕发，光芒照亮了整个房间，而且从我听说的关于她的一切判断，在关爱护理方面，她应该获得一枚金牌。他们的来访令我开心，但他们走后，我又感到沮丧。他们——经历了这一切却仍旧开心地在一起——证明了爱情可以战胜久病，向我展示了我和威尔也可能拥有的另一种结局，让我痛苦地质疑为何我们未能如此。

在芝加哥南区（South Side），我在一个安静的街区中铺着木瓦的维多利亚式房屋前停车。布雷特带我参观，告诉我他们一年前买下了这幢超过他们预算的房子，他们的第一个家。他正忙着进行一系列小改造；他刚刚修好了屋顶上的一个漏水点。他们希望在不远的将来生孩子，他说，但是还有很多事情要做。我欣赏硬木地板和客厅里巨大的凸窗、阳光充足的餐厅和书房——他告诉我，他们计划把这个房间改造成儿童房。这一切——

他们在后廊喝精品咖啡、在房子里种花、还贷款——透出的成熟给我留下了很深的印象。他们 30 岁出头，只比我大几岁，但他们的生活似乎精致得多，与睡在露营地或沙发上，靠加油站的咖啡和花生酱果酱三明治过活有天壤之别。

奥拉是一位公立学校社工，她还在上班。布雷特告诉我，她一心扑在学生身上，而她的学生很多都住在危险的低收入街区。在业余时间，她不是照顾丈夫，就是组织教育改革运动和抗议。"我妻子工作非常努力，"布雷特对我说，"我至少要保证她下班时有美丽的家和丰盛的一餐在等她。"他开始做腰果鸡肉咖喱，开了一瓶红酒，并为晚餐布置餐桌。

外人很容易认为布雷特和奥拉过着幸福美好的生活，但当我们三人坐下吃饭时，他们向我讲述了去年发生的事情，包括最近差点让布雷特丢掉性命的一次心脏病发作——可能是接受治疗期间放疗导致的血管损伤引起的。布雷特也有移植物抗宿主病，我们都在与之抗争。谢天谢地，我的病情较轻，除了额头经常出疹子，其他一直控制得较好。但他的情况从我们上次见面至今显然恶化了不少，他的肺在遭到攻击，眼睛和皮肤红得厉害。

布雷特以前是一位电影人，现在因残障暂停了工作。免疫抑制剂让他手抖，无法拿稳摄影机。目前还不清楚他何时或是否能恢复到足以重返工作岗位。在可见的未来他必须依赖他的妻子——生理上和经济上都是。没有她的工作附带的医疗保险，他就活不下去。"我得到了很多的支持和爱，我极度渴望对世界做出贡献，但我做不到。"他说道，语气突然变得忧郁。

尽管摆脱了淋巴瘤，布雷特在很多方面却比以前病得更重。"我已经做完移植两年了，但我感觉仍然很糟，"我们饭后一起洗碗的时候他承认道，"我的手痛，我的肌肉和关节会在早晨 5 点把我痛醒。我的药盒因为里面的药片太多而盖不上盖子。"这正是医疗的残酷和讽刺之处：有时候你为了好起来而接受的治疗从长远来看会导致你身体更差，需要更多的护理，让你面临更多的并发症和副作用。这是一个能把人逼疯的循环。

"移植、心脏病我都挺过来了，我还活着真是太他妈幸运了。"布雷特第二天下午告诉我。大雨冲刷着窗户。我们在听唱片机上播放的蒂娜·特纳（Tina Turner）的歌。奥斯卡和他们的金毛柯基串串霍奇在沙发上蜷在我们之间。"但每次有事情发生，恢复都会变得更难一点，不是吗？"

我点头，低声说是，而他继续说道："就像拳击比赛的最后几局，你已经精疲力竭了，你知道往后情况只会越来越糟，但你不得不想办法继续战斗。可有时候不由得自问，有什么意义？很多人病情好转之后又得了更严重的病。先得淋巴瘤，复发变成白血病。肝满是毒素，随时可能撂挑子。"

"提前预订皮肤癌！"我插话道，然后我们都笑了。

布雷特和我都经历了很多才学会如何应对坏消息，我们的身体和我们的生活随时都可能瞬间崩溃。在一定程度上，接受治疗期间应对挫折相对容易：我们对事情可能在突然急转直下有所准备。但是被自己的身体一次次背叛的经历会彻底摧毁你对世界及你在世界中的位置所建立起的新的信任。每一次找回安全感都会更难。生活崩塌之后——无论是因为疾病还是其他灾难，你都无法再理所当然地认为人生是平顺的。你必须学会如何过这种危如累卵的生活。

那天晚上，我开始思考病人和健康人之间的界限是多么模糊。这不仅仅关乎我和布雷特这种在未知中摸索的疾病幸存者。随着年龄增长，我们中的大多数都要往返于两境之间，在某个中间地带度过很多时间。这是我们存在的必然。努力达到某种美丽的、完满的健康状态？这只会把我们拖入永远的不满足，一个永远无法触及的目标。

过好此刻，学会接受此刻的身心状态。

[第三十一章]

痛苦的价值

我们康复的方式有时看起来不怎么治愈。我 40 天前离家时，以为这场公路旅行是一个重新开始生活的机会。我以为我奔赴远方，就能远离医院走廊——在那里，我穿着棉质罩袍游荡，嘴里念念有词，因为吗啡而神志不清；就能远离希望之居的房间——在那里，我躺在床上等待威尔，冰冷的恐惧如鲠在喉；就能远离 A 大道上我们火柴盒般的小公寓——在那里，我们构筑了一个家，又亲手把它摧毁。

向前看吧，我对自己说，放下过去！然而我和威尔之间的物理距离越远，我就越对我们的结局耿耿于怀。看到布雷特和奥拉仍在与健康问题斗争，携手前行，甚至计划生孩子之后，我和威尔关系的破碎似乎显得更糟糕了。

现在我到处都会看到威尔的影子。像小树一样的高个子、方下巴、一头乱发的男孩的侧影会让我脉搏加速。我不理智地想，在艾奥瓦州乡村的一家夫妻小馆里，坐在富美家①吧台前狼吞虎咽地吃鸡条和薯条的那个人

---

① Formica，用作贴面板等的抗热硬塑料品牌。

会是他吗？在内布拉斯加桑德丘陵（Sandhills）——我曾在那里野营过一个周末——布满青草的河岸上钓鳟鱼的那个人会是他吗？这些幽灵多半是我想象出来的，但有时候，某人或某件事会让我毫无准备地想起他的名字，被埋在心里的往事猛然涌上心头，让我陷入悔恨和愤怒的汹涌旋涡，直到我的头脑被全部占据。我用了很久才埋葬对他和我们的回忆，然而似乎还是逃不过最终清算。

我正在开车穿过松树岭（Pine Ridge），全国最贫穷的印第安人保留地之一，路边有不少被刮来刮去的风滚草。荒芜的土地上长着一些灌木。凝滞的空气像尘埃一样沉下，覆盖在所有东西上——弹出式房车、废木料和油布搭成的棚屋、一堆堆生锈的、被肢解的汽车。前一天晚上，我借住在南达科他州利德一位留着马尾辫的摩托车手的客厅地板上。他曾经在保留地工作，说这里值得一看。我走之前，他帮我联系了"雷谷"，一个位于"雷兹"①——这附近的人都这么叫——的社区再生项目的工作人员。

在雷谷空旷的停车场，狂风呼啸，我的脸被扑面而来的寒气冻得刺痛。见我的是一位年轻男子，他是奥格拉拉·拉科塔部落（Oglala Lakota）的一员，自称是这里的负责人。他高大强壮，长着一张娃娃脸，茶色的皮肤上满是文身，颈后拖着一条发亮的麻花辫。"我叫尼克。"他说，有力地握了握我的手，带我走进雷谷总部所在的一间两室活动房屋

我们在桌边坐下，尼克开始向我介绍这里的工作。我对一切都很感兴趣——运用草垛建造技术的可持续住房试点项目，帮助改善保留地新鲜食物短缺的社区花园——但我似乎无法集中精力。尼克有点眼熟，这整个地方都莫名熟悉，这种似曾相识的感觉在我的脑中跳动，让我分神。

"我们以前见过吗？"我打断道。

"我也在想同一件事情，"他说道，"你刚才说你叫什么名字？"

---

① Rez，当地人对表示保留地的英文单词"reservation"的简称。

我重复了我的名字，名和姓，慢速地念每一个元音。

我们在座位上略微前倾，盯着彼此看，试图在记忆的档案柜里寻找某个被遗忘的文件夹。然后我们恍然大悟。"威尔。"我们异口同声道。

这一切仍旧令人难以置信。我拼命努力屏蔽过去，为此出走远方来到这里——来到松树岭，来到雷谷，遇到尼克——完全忽略了其中的联系：威尔的爸爸，一位纪录片制片人兼记者，在其职业生涯的早期曾报道过保留地。他曾告诉我，20 世纪 60 年代末，印第安人受够了联邦政府几个世纪以来对他们的虐待，曾组织被称为"美国印第安人运动"（American Indian Movement）的草根运动，并在全国各地领导抗议活动，其中一次抗议活动最终导致了 1975 年在松树岭发生的抗议者和两名联邦调查局特工之间的致命枪战。威尔的爸爸是唯一在枪战现场的白人记者。子弹横飞时，他在位于保留地西南角的跃牛牧场外。一颗流弹击中了他的皮卡，他带着便携式录音机蹲在卡车后面，为美国国家公共广播电台录下了一切。

我刚到巴黎，和威尔做笔友时，他告诉我他小时候和爸爸一起去外地采访，他就是那时结识了尼克和他的家人。他曾发过一篇关于尼克在雷谷的工作的文章给我。"如果你计划在美国待一周以上的时间，我们可以去那里，"他写道，"那是这个国家很少有人见过的地方。"那时我们还没有确定关系，我记得相较于关于雷谷的文章，我对威尔用的"我们"这个词的寓意更感兴趣，这给了我希望，让我相信他可能也认为我们的关系能够从信延续到现实。

尼克和我一边一起理清这一切，一边不停地摇头，因为今天，在这里，因为完全不相干的机缘相遇的奇怪情形而震惊。他从威尔处听说了我的一切——我的病还有我的写作——而我和他妹妹在脸书上甚至是好友。

"这世界真是太小了，"尼克感叹道。

"世界太小了。"我重复道，相较于惊喜，我更因为自己屏蔽了这一切而恼怒。

"所以威尔怎么样？"他问道，"我们有一阵儿没联系了。"

意识到尼克还不知道我们分手了，我的肩膀耷拉了下来。我仍旧不知道怎么讲述我和威尔的故事，但凡我尝试去叙述，无论我多么努力地去控制自己，我总能听见渗入我声音的怨恨。我知道把威尔说成坏人是不公平的——这样说无视了他爱我、支持我、努力留在我身边的无数举动——但我不知道如何用其他方式讲述这一切。

"我不知道他最近在干什么。"我终于说道，努力保持声音稳定，但愤怒已在表面下蠢蠢欲动。

"哦，"尼克说，"我不知道你们分开了。天啊，对不起。"

"我也很难过。"我用手背用力地抹了一把眼睛，然后改变了话题。干净的西部天空太辽阔了，我胸口被炸出的缺口太大了：这一切都让我感到被过度暴露。在极端状态下，你会有这种感觉，仿佛被剥了皮，以脆弱之身面对世界。

我晚上住在一家名为拉科塔草原牧场度假村的汽车旅馆里。我的房间俯瞰着一个停车场，里面有一张黏黏的地毯和磨损严重的床罩。我在卫生间洗手台上发现了一堆沾满油渍的毛巾，旁边有一张覆膜的卡片，上面写着："为您提供便利：请用这些抹布清洁溢出物、鞋子和枪支。"

我把床罩扔在地下，把我的睡袋铺在床垫上，在接下来的几个小时试图说服自己我睡着了，但我其实在想威尔。我记得在我确诊后尼克邀请威尔带我来松树岭，参加一个名为太阳舞的治疗仪式。医生说我的身体状况不宜旅行之后，威尔决定不带我一个人前往松树岭。只要威尔抛下我一人去旅行我就会生气，他能够去各处旅行而我不能的事实突出了我和他——我和我的同龄人，我和世界上所有身体健康之人——之间的区别。我仍旧无法理解为何有些人受苦，有些人不用，为何有些人的人生满是不幸，有些人则幸免于难。年纪轻轻就身患重病太不公平了，以至于有时令人感到无法承受。我一直明白，至少理论上，为此愤怒毫无意义，甚至有害，但我还是忍不住比较我的受限和他人的自由，我极度渴望拥有自由，以至于厌恶他人。

我闭着的眼皮后有一股悔恨的火在烧，让我无法入睡。毁灭过去很容易，忘记过去却要困难得多。我和威尔的第一次大吵反复在我脑海中重播。像很多初次争吵一样，这次吵架包含了未来会演变为熊熊大火的火种。当时，我们计划几天后去圣塔芭芭拉参加一位威尔发小的婚礼。我开始治疗之后我们就没有乘过飞机，我很期待去别的地方看看不一样的风景。但随着出发日期的临近，很明显，除非我的血细胞计数奇迹般地改善，否则我就去不了。然而，直到最后一分钟，我都一直坚持说我身体没问题，能去。

我对参与世界的渴望常常蒙蔽了我的判断力，这意味着威尔不得不硬着头皮给我泼冷水。原定出发日期到来的几天前，他让我坐下。"我和你父母讨论过了，"威尔轻柔地说，用一只胳膊搂着我的肩膀，让我靠在他身上，"你知道我非常想和你一起去，但我们都认为：你现在坐飞机太不安全了。你应该留在家里休息。"

我记得自己顿时只想尖叫，怒不可遏，简直想伸手把屋顶掀了。威尔是对的——以这样的状态上飞机就是活得不耐烦了。我知道他只是想保护我，但我不知道要往何处发泄我的怒火。我猛地推开他，说："你怎么可以背着我和我父母商量？好像我是不能自己做决定的小孩。难道我还不够可怜吗？而且让我猜猜——你要一个人去。"

我看着眼前的男孩被击溃——他已经好几个月没有回家见家人和朋友，在我确诊后就一直陪在我身边，整个夏天在我病床旁的折叠床上度过了无数个无眠的夜晚。"苏苏，"他恳求道，"拜托别生气。我需要休息一下。"

"是吗？那我也需要。"我气冲冲地回答道。

第二天，我醒来时满心愧疚。我明明知道这么做不对。我了解对于看护者来说，能够不愧疚地有一些属于自己的时间是多么重要。威尔应该也急需休息，我告诉自己我生病去不了不代表他也必须待在家里。考虑到这一点，威尔出门去参加婚礼时，我努力藏起我的怒火。但我坚持不了多久，无论埋藏得多深，它总是有办法钻出来。

接下来的几天，随着威尔去旅行的照片出现在我的脸书首页，我开始生闷气。每看到一张新照片——威尔和他的朋友在沙滩上玩、踢足球、去酒吧、跳舞——我心中都会涌起愤怒。我一个人在卧室里，被不理智的想法占据——也许我没能去反而让威尔感到解脱。我不在，他可以在外面想玩多晚就玩多晚。生病的女友是累赘，令人扫兴，时常毁掉派对或让美好的夜晚提前结束。

当然，我愤怒的真正源头是我糟糕的血细胞计数，把我拴在床上的身体，那一周晚些时候要接受的化疗和我的人生还没开始就已经结束的可能。但很难冲癌症这类抽象的东西发火。你最好在把某人当出气筒之前，将愤怒引向笔记本或画布——但我当时不知道怎么做。威尔在婚礼后的派对上给我打电话时——他的声音听起来傻乎乎的、无忧无虑，还像喝了酒——我找到了吵架的借口。整个周末我都在为各种荒谬的理由——他没有在约定的时间准时给我打电话，没有及时回短信——责备他。

我愤怒的核心是一种恐惧，我害怕威尔去了外面的世界之后会意识到他错过了什么。我害怕他逐渐厌烦照顾我，会一去不复返。

我希望当时的我明白：不加控制的恐惧会吞噬你，支配你，直到你最害怕的事情成为现实。

威尔的旅程快结束时，我发高烧，又进了医院，最终连续几周都在住院。威尔直接从机场赶到肿瘤科病房，看到我插着管子，连着机器，呼吸困难，面如死灰，感染又一次在我血液中肆虐。坐在我的床边，他低下头，用手捂住脸哭泣。"我不应该去的。"他说。

我要承认：当时，我偷偷为他不在时我的情况恶化至此而感到高兴。这意味着他不得不提前回来；意味着他回到泡泡里和我在一起，我就不那么孤独了；意味着下次他要离开之前会三思。我真的相信如果把他拴在身边，我们就不会渐行渐远。那时的我太年轻了。

离开松树岭之前，我阅读了关于太阳舞的资料，这是一个每年夏天举行的有几百年历史的神圣治疗仪式。开始是 100 多名男子合力在森林砍倒一棵大树。他们用一套复杂的绳索，把树放低，注意不让它碰到地面，然后把它装到卡车的平板拖车上。树被安全运回保留地之后，男子们把它抬到山谷中的圆形场地。

这棵树是仪式的物理中心和精神核心。树枝上装饰着数以百计的"烟草结"——把烟叶包在五颜六色的布里的供品，不同的颜色代表不同的祈祷。男子们用针刺破自己的皮肤，把胸口的绳子系到树干上。他们什么也不吃，只喝少量的水，在烈日下连续四天唱歌、跳舞和祈祷，很多人晕倒在地上。疼痛、炎热、脱水和饥饿是仪式的一部分。舞者们相信通过模拟死亡，会减轻社群和祖先的痛苦。这不是补赎也不是颂扬苦痛，而是对生死轮回的再现和尊重。在最后的净化仪式后，精神已经得到净化的他们将重新进入这个世界，以更加坚强的意志面对未来。

它是关于痛苦的价值的一堂课。

我意识到如果想走向重生，我不能尝试埋藏我的痛苦，而应该以之为指引进一步了解自己。直面过去时，我不仅要考虑失去他人的痛苦，还要正视我给他人造成的痛苦。我必须在漫长的高速公路上不断地独自寻求真相和导师，甚至——尤其是在这种追寻让我不适的时候。

在南达科他州和怀俄明州之间的某地，秋日的微寒变成了要人命的霜冻，树上一只鸟也没有。我放下车窗，把一只手伸出窗外，手指很快就冻僵了。空气中有一种潮湿的尘土味道。开始下雪了，雪花零星落下，我的思绪开始飘荡。在两境之间旅行时，有时我感觉自己只有回忆。我重播过去的场景，看到无数错误和令人悔恨的决定，往事已成定局，如今我只能更好地理解发生了什么。

此刻，我发现我在回忆自己最后一次住院快要出院时和爸爸的一通电话。我刚刚告诉他威尔要从我们的公寓搬出去，我想我们不会复合了。"你是我的女儿，我比任何人都更爱你，"爸爸告诉我，"但我不确定在威尔的年纪我能不能像他那样一直在你身边。"

我记得挂了电话后感到难过。他应该因为威尔离开我而生他的气，而不是夸奖他。当时，我太愤怒了，没有理解爸爸真正的意思。开车时，我仍在尝试理解。理智上，我原谅了威尔搬出去，但情感上，我仍旧感到他背叛了我。威尔没再和我说话，但他偶尔会用电子邮件或短信给我发一张照片——他在笔记本上写下的我的化疗药物清单及注意事项或者我躺在轮床上、脸上戴着氧气面罩的照片。我不知道他这么做是出于怀念还是仇恨——这是不是他在说"看看我为你做了多少"。我讨厌这些信息让我想起我曾经多么需要他，以及现在他仍旧对我有极大的影响。单是想到这一点我就会十分愤怒。"去死，去死，去死。"我一边开车一边重复。我希望他不要再把他遇到的麻烦怪到我头上。我希望他为他对我造成的伤害道歉——然后我就可以停止愤怒，我告诉自己。

大蒂顿山的群峰把地平线变成了锯齿形。我并上了小约翰·D. 洛克菲勒纪念公园大道，一条通往黄石国家公园的风景秀丽的高速，但我全神贯注地想着自己的心事，根本无暇欣赏周围的风景。我意识到我现在 27 岁，和我生病那年的威尔一样大。当时，我们之间 5 岁的年龄差似乎很大，22 岁时每年都像 10 年那么漫长——我的老伙计[①]——我们住在巴黎时我曾这样叫威尔。

我开车穿过一片打着转的雪雾，尝试想象如果是威尔遭遇的一切，我会怎么做。我尝试想象试图陪伴和我刚约会几个月、被确诊患有绝症的人，想象收拾行装，飞到一个我以前从未去过的小镇，搬进他父母的家；想象一连几个月睡在医院的折叠床上；想象在我的所有朋友都一心构筑自己的事业时拒绝升职；想象我如果成为他发泄怒火的对象会如何应对；想象明知爱人可能无法幸存却仍要去选订婚戒指的心情。当我想象自己做这一切

[①] 原文为法语。

时，我动摇了。我做不到。我怀疑我连威尔为我做的一切中的一小部分都做不到。

其实，在我的种种需求的嘈杂叫嚣中，我根本听不见威尔的需求。我需要不断确认我的需求没有超过他的承受极限。而当他无法承受时，我又无法让他获得休息。在最后几个月，他每次陪我去急诊室，脸上的表情都显示他早已疲惫不堪，只是出于义务才这么做。我认为这恰恰证明了我是累赘，他正在等待彻底抽身的时机。但是最终，把他赶走的并不是疾病，而是我。多年来我以各种方式把他从我身边推开，测试他敢不敢离开，直到某一天，他终于真的走了。

真的对不起，我对着黑暗轻声说。

雪下得更大了，我的雨刮器在超负荷工作。我考虑今晚收工，找了家汽车旅馆，等暴风雪平息，但我担心这段朝西的旅程越耽搁，驾驶条件就越差。我决定继续开，直到我进入蒙大拿州。周围看不到其他车，我的车轮在刚下的、尚未被弄脏的粉雪上压出痕迹。两侧的黄松被积雪压弯了腰，树枝上挂满了冰柱，一切都在蓝色寒光的照射下闪闪发亮。

在接下来的一个小时中，我对威尔的愤怒逐渐消失殆尽。取而代之的是愤怒让我感受不到的东西，我想说的话太多了。威尔没有陪我走到最后，但当我急需陪伴时，他在我身边。我希望请求他原谅我。我想告诉他我有多么想念他。

如果这是一部电影，那我此刻就应该在路上给威尔打电话了。也许我们甚至能够找到再次走到一起的办法。但这不是电影。我们上次交谈时，威尔找了一份在一个运动网站做编辑的新工作。我听说他已经有了新的约会对象，他们在一起很开心。现在对威尔的爱是珍惜我们的回忆，但坚持不被它们的呼唤所诱惑，是忍住不拿起电话，是给他找回自己的生活所需的空间，是选择最难的那条路，是放手让他走。

快到蒙大拿州时，我穿过了一个在高速边、眨眼就会错过的城镇。主干道空荡荡的，只有一辆车跟着我。在接下来的几个街区，那辆车向前移动,直到以近到令我难受的距离跟着我。透过风雪,我能看到那辆车的车顶闪着红光,但我沉浸在自己的思绪之中,没有注意。听到警告的哔哔警笛声时,我才意识到跟着我的是警车。

我从来没有被截停过,我的老驾驶教练布赖恩给我上课时漏掉了这个内容。我惊慌失措地靠边停车,然后用一种严重错误的方式试图表现我的服从——我打开车门,想着在两车之间和警察会面。然而我的靴子碰到冻硬的地面的那一瞬间,我就意识到我犯了一个严重的错误——对于和我长相不同、没有我的特权的人来说,这个错误可能是致命的。

"回车里去!"警官大喊,"回——车——里——去。"

我吓坏了,钻回车里,用力关上门。奥斯卡在狂吠,我凶它,让它闭嘴,警官出现了,用被手套覆盖的关节敲了敲车窗。

"对不起,"车窗下降时我说道,"我以为我应该下车见你。我以为那是礼貌的做法。"我像个白痴一样解释道,有点喘不过气。警官的脸颊上有很多青春痘,看起来像个大男孩,但他脸上的表情并不友好。"下次千万不要这样,"他居高临下地盯着我说道,"你知道我为什么让你停车吗?"

"不知道,警官。"

"你超速了。"

我张嘴再次道歉,但警官举起手,让我不要说话。"驾照和登记证。"

我在杂物箱里翻找,里面塞满了各式垃圾——地图、碎纸、唇膏,不知为何存在的小孩的弹簧玩具。

"就在那里。"警官说道,指给我看。

几分钟之后,警官把我的驾照和注册证还给了我,隔着打开的车窗盯着我看。他还有几个问题,首先是作为一名新手司机,我怎么会开着一辆纽约牌照的车出现在怀俄明州,还有为什么车是注册在他人名下的。

"这其实是个有趣的故事。"我说道,开始滔滔不绝地解释癌症和两个国度,百日公路旅行以及借我车的朋友等。我在肾上腺素的驱动下说个不停,也不知道有没有解释清楚。

"好的,小姐,你冷静。"他嘴角抽动,强忍着没有笑。"这次我只对你进行警告,"他说道,"但让我理一理。你是新手,你借了朋友的车,你在进行一场公路旅行。"

他每说一句我就点一次头。

"但你到底为什么要在暴风雪中开车?"

[第三十二章]

萨尔萨和生存主义者

随着我深入蒙大拿州的荒野，连续几英里都看不见人烟。土地辽阔，覆盖着没过膝盖的积雪，天空无垠，让我感觉自己仿佛是世界上唯一的人。我已经静静地开了几个小时，随后电话突然响了。我吓了一跳。我偏头看到乔恩的名字在屏幕上闪烁，我没接，让来电转到了语音信箱。最近我脑子里的事情太多了，我不知道如何与他分享。这些天我们的交流仅限勉强的闲聊。我们已经无话可说了吗？我们之间隔着半个大洲，我已经想不起是什么让我们在一起。我们的未来岌岌可危，我们之间的感情看似越来越不可能持续到这场旅行之后。

失去让我心存戒备、精疲力竭，不仅仅是因为过去几年我目睹的生命的逝去，还有疾病带来的附带损失：威尔，生育和成为妈妈的能力，我的身份和我在世界中的立足之地。有时，我心中满是过去的鬼魂，没有给新生活与新感情留空间。

就在昨晚，我收到的一条消息让我再次高度戒备，渴望逃避。在暴风雪里开了一天车之后，我在蒙大拿州加德纳入住了一家提供住宿和早餐的旅馆，并决定在爪足浴缸里泡个澡暖暖身子、放松一下。我往浴缸里放水直到水几乎要溢出，我脱掉了靴子、羊毛袜和所有衣服，把身体浸入热水中，随着每一块肌肉的松弛长舒了一口气。泡了一会儿之后，我把手伸到浴缸外，用湿滑的手指拿起了我的手机。出发以来，我的收件箱里堆了很多电子邮件，我想我应该看看最新的消息了。

浏览了几十条未读信息后，我看到了一条来自我的朋友马克斯的消息，是他一周半之前发送的。邮件主题——病情更新——让我紧张了起来。很多病人都会群发邮件让朋友和家人了解近况——这种邮件不一定包含坏消息。但在我认识马克斯的四年里，他从来没有发过病情更新。我知道这封邮件的内容一定不是好消息。

我盯着手机看了一会儿，然后把它放在了铺着地砖的地面上。我不想读那封邮件，不想走过那扇门。我向下滑，直到脸没入水下，睁开眼睛看着小气泡从我的嘴角冒出来，浮到水面。我重新浮出水面，水在我身边晃荡。水面再次平静下来之后，我又拿起了我的手机开始读那封邮件。

大家好！

我的癌症在肺和喉咙复发了，明天我将在洛杉矶的西达赛奈医院（Cedars-Sinai）接受手术。这次手术的恢复时间是未知的——我们不知道难度有多大。目前我们也不知道我所接受的免疫治疗在一定程度上是有效，还是完全无效。这一切都会在手术中确定，手术也会帮助我们计划下一步的行动。

如果你有事找我或要发东西给我，我应该可以查邮件，但我不知道我能有多清醒……请不要问太多具体的问题，以及我何时会在哪里之类的问题——我现在真的不知道，而且一段时间内都不会知道。

好的邮件："祝马克斯一切顺利！不用回复！"

糟糕的邮件："马克斯下次上厕所会是何时在哪座城市——我想带我的雪纳瑞去看他，他是一只来自爱尔兰、能带来好运的治愈按摩雪纳瑞。马克斯会死吗?马克斯多久死一次?他能参加四个月后我的活动吗?"

我很爱你们每一个人,非常感谢你们的支持。

"能带来好运的治愈按摩雪纳瑞"的部分让我露出了微笑。马克斯自称喜剧演员,总是努力逗所有人笑,即便在此刻。然而读完之后我开始思考这一切意味着什么——我想到他 16 岁确诊后多次复发,尽管接受了这么多治疗,癌症还是复发了。该死的癌症。浴缸里的水好像很重,让我难以抬起手脚。我再次没入水中,这一次,我闭上眼睛尖叫。

也许对爱最大的考验是我们在危急时刻该如何行动。所有关系似乎都会走到要人负起责任的那一刻。我为自己在艰难时刻仍是一个好朋友——能够在我的朋友遇到危难时与他们共渡难关,以超人的付出支持他们——而自豪。在过去的几年中,我寄过关怀包裹,送过花束和音乐祝福视频[①],我帮助他人实现了遗愿清单上的愿望,在许愿基金会资助的冒险中当别人的电灯泡,组织送餐、举行募捐,还在临终安养院守过夜。

然而当我想到马克斯时,这些举动的源头似乎干涸了。我甚至没有勇气回复。我离开浴缸去睡觉时对自己说,明天再说。

现在,"明天"已经到了,但我仍旧没有和他联系。

我踩下油门,踏板在我脚下颤抖。不。不。不。沿着一截上冻的高速公路行驶时我想到。我不能再经历一次了。没有什么比被你以为会第一个站出来说"我在这里,我爱你,你需要我做什么"的朋友漠视更残酷。我曾亲身体验过。但现在我的本能是保护自己,是后退,是逃避失去他的痛苦。想到还要经历更多的心碎让我想与世隔绝。我这辈子再也不想亲近任何一个人了。

我上了通往蒙大拿州埃文的 141 号高速公路。这里是那种牛的数量远

---

① musical telegrams,指请音乐家为某人录制的个性化祝福音乐视频。

超人类居民的乡村牧区。我正要去拜访牧场厨师萨尔萨,我住院时她给我寄过一个关怀包裹,并承诺如果我有机会来这附近,一定会为我准备大餐。关于如何找到她家的农场,她给了我详细却神秘的指示。我问她要地址或坐标,提出直接在导航软件中输入这些信息可能更简单时,萨尔萨的回复是:你相信上帝就好。

我沿着一条土路开了三英里。发现了萨尔萨描述的小屋——是木头的,侧面画着一条蓝金相间的被子——我立刻右转,轮胎在冰上有点打滑。我压过防畜沟栏,开上了另一条弯弯曲曲通往山上一座绿色牧场的土路。我靠近时,萨尔萨跑了出来。她有一张圆脸,面颊红润,金色的头发从一顶冬帽下露出来,看起来好像可以在当地的圣诞庆典上扮演圣诞太太。我从车里出来时,穿着靴子和带帽防寒短上衣的她蹦蹦跳跳,带着极富感染力的热情欢呼。"欢迎来到我们巨大的、美丽的蒙大拿州!一想到你要来,我们就都紧张得想尿裤子。"她说道,把我按进她怀里。

萨尔萨告诉我她为了我来已经准备了好几天了,她做了足以喂饱一群牛仔的食物——很多盘千层面,大量烤到软度正好的巧克力豆曲奇和当深夜零食吃的成堆的焦糖爆米花。她打扫了牧场上我要住的工棚,在床上铺好了手工缝制的床罩,在柴火炉里提前生好火,这样我到达时屋里就是暖融融的。仿佛这一切还不够,她还给我准备了一顶"真正的蒙大拿帽子"——大卫·克洛科特[①]式的浣熊皮帽,后面挂着一条长长的有黑色和棕色环形条纹的尾巴。

萨尔萨就是这样的人:她用力爱人,毫无保留。我第一次感受到她慷慨的性格是两年前我们短暂相遇时,当时我们都参加了一个被我们称为"癌症夏令营"的活动——一家名为"绝妙降落"(First Descents)的非营利组织为年轻癌症患者组织的为期一周的免费户外探险项目。

萨尔萨在那里担任"营地妈妈"——她鼓励所有人这么叫她。她主动

---

① Davy Crockett,1786—1836,美国开拓者和政治家。

每天做三顿饭,确保我们所有人在这一周都被照顾得很好。她对他人充满关怀,有一种吸引人的粗俗的幽默感。我但凡太累不想参加营地活动时,就会躲进厨房,她会给我大量还带着烤箱的温度的布朗尼蛋糕。她曾依据身材结实性感程度对辅导员们——都是高大健壮的年轻户外从业者——进行排名,逗得我直笑。她还会偷偷喝非法威士忌,把酒藏在一个表面装饰着《圣经》语句的带拉链的钱包里,以防"营地当局"发现,这让我更加喜欢她。

在癌症夏令营度过的每一分钟我都很开心。辅导员教我们划皮艇,我们每天都在河上漂几个小时,每划一下,就离医院预约和化疗的事情更远一点。我不再关注我的身体是如何背叛我的,或担心它此刻各方面能不能顶住,而是专注于小的胜利——鼓起勇气从悬崖跳进河里,学习在我的皮艇里做一个"扫桨翻滚",在急流中航行而不翻船。一周结束时,我浑身又痛又酸,但我在确诊后首次为我的身体感到骄傲。

我回家后决心践行营地的口号,做一个"去户外,尽兴活"的人。我决心周末离开城市去远足,于是向威尔提出去阿迪朗达克山脉(Adirondacks)露营。但我回去之后因为支气管感染住院,连续好多天连着氧气管吸氧。萨尔萨不知怎么知道了我住院,立刻连夜给我寄来一个包裹,里面有一只可以挂在我病房窗户上的漂亮的玻璃蓝鸲和一张邀请我好起来之后去蒙大拿找她的卡片。"你可以来我女儿的牧场,见几个真的牛仔,骑马逛逛牧场。"她写道。我躺在病床上,努力在脑海中想象牧场的模样。我看到了大山,白色的恢宏的山峦拔地而起。我想象着自己骑着马穿过树林。监视器的哔哔声把我拉回现实,通过一根管子向我鼻孔中输送氧气的氧气罐脱落了。蒙大拿在千里之外。

我们到达几分钟之后,奥斯卡开始追鸡。鸡们绕着谷仓一圈一圈跑。奥斯卡拼命追,耳朵在空中飘,但腿短的它其实不太能跟得上。它尤其喜欢追一只胖乎乎的赤褐色母鸡,那只鸡一边逃一边大叫,看起来与其说害怕,更像是被它追烦了。

"对不起，"我对萨尔萨说，"我觉得它以前可能没见过鸡。"

"亲爱的，我不担心，"萨尔萨说道，"我没有冒犯你的意思，但是看你的小狗的样子，我估计它什么也抓不到。"奥斯卡穿着红黑格子的冬季外套，这显然对它的形象没有帮助。

萨尔萨的女儿埃琳也来到外面，我们三人一边笑一边欣赏眼前的画面。就连牧场的狗——因为常常被牛踢到而门牙不全的彪悍牧牛田园犬——仿佛都在笑。但是随着时间的流逝，奥斯卡越来越快，小爪子在空中飞速移动，棕色的眼睛泛着坚定的光芒，离母鸡越来越近。然后它成功了：奥斯卡猛地向前一扑，抓住了母鸡的尾羽。

"哦，糟了，住手住手住手。"我一边大喊一边跑了过去。我抓住奥斯卡的项圈，扣上牵引绳，与此同时，埃琳检查了母鸡，还好它没有受伤。"还好我丈夫不在，"她说道，"牧场工人会开枪打死追鸡的狗。"

萨尔萨丰满白皙，埃琳则有一双黑亮的眼睛和一头栗色的长发，她身材矫健，像那种一刻都停不下来的精干女人。除了操持家务、照顾孩子、帮人缝制被子、主持《圣经》学习，她还帮助丈夫管理牛群。她告诉我，这个牧场已经在她丈夫的家族中传承五代了。

尽管发生了追鸡的小插曲，埃琳和我立刻就喜欢上了彼此。我们走向山上的绿色牧场住宅。在屋里，我们脱掉靴子，把靴子整齐地排在烧柴火的炉子边。"我带你参观一下，"她说道，挽着我的胳膊。我跟着她参观房子，她指了卧室和山景给我看，然后带我去了地下室，里面的架子上堆满了数量惊人的罐头食品、补给品和威士忌——他们称之为"私酿烈酒"（hooch）。"我们打猎，采集，在这里，在我们的土地上种植我们所需要的一切。"埃琳骄傲地说。

我们上楼回到厨房，她和萨尔萨做舒芙蕾蛋卷和厚切培根时，我尽力给她们打下手。埃琳的四个孩子被香味吸引，出现在了厨房门口，好奇地盯着我看。他们在路尽头只有三个房间组成的学校上学，其他的学生也都是牧场主的儿女。他们穿工作靴上学，课外参加四健会①的活动，开奶牛放屁的玩笑，萨尔萨一边说一边揉乱了最小的男孩芬恩的头发。

孩子们走开听不见我们的对话后，埃琳告诉我她也生过病。"宫颈癌。"她轻声说。我遇到的人中有很多都在默默地经历苦难，这总是让我吃惊。我旅行的距离越长，认识的人越多，就越坚信这些经历能够超越人类看似无法克服的差异。

我帮忙摆餐具时，埃琳的丈夫威廉回来了。他穿着在牧场工作的服装——戴着羊毛帽、丝绸领巾，守着贴身的卡哈特（Carhartt）夹克、蓝色牛仔裤和皮靴。他令人印象深刻的胡子长而蓬松，看起来适合鸟类筑巢。他友好地冲我点了点头，摸了一下帽檐，然后坐在了大木桌的顶头。

"我们祷告吧。"威廉说道。所有人伸手与旁边的人握手时，我感到全身一僵。我这辈子从来没有祷告过，但不参加似乎很粗鲁，所以我低下头，闭上了眼睛。然后他领头祈祷，祷词简短而温馨："感谢主赐予我们今天和食物，并保佑我们的身体得到滋养。阿门。"

每周，牧场主的妻子们会在镇上一起上有氧健身操课，小镇有一座三间房构成的学校、一间邮局和一个小体育馆。埃琳邀请我一起去，萨尔萨也跟来了。体育馆照明充足，抛光的木地板在我们的运动鞋下吱嘎作响。十几名不同年龄段的女子穿着风衣和运动服在拉伸。我被介绍时，她们盯着我看，我感觉这里应该很少有陌生人。估计我的外国名字也不怎么能给我加分。但是当埃琳告诉她们我的公路旅行时，她们好奇地聆听着，听到"白血病"三个字，她们的表情明显柔和了很多。

"欢迎，"女子之一说，"我也是癌症幸存者。"

"很高兴你能加入我们。"另一个人对我说。

"你见过威廉的弟弟吗？"第三个人插话道，"他单身。而且很帅。"

---

① 4-H，是美国农业部的农业合作推广体系所管理的一个非营利性青年组织，四健（分别对应4个"H"开头的英文单词）代表健全头脑（Head）、健全心胸（Heart）、健全双手（Hands）、健全身体（Health）。

"等等！如果你嫁给威廉的弟弟，我们就是姐妹了！"埃琳惊叫道。

"我们是该给你找个真正的牛仔了，油头滑脑的北方城里人不行。"萨尔萨顽皮地说。

开始锻炼后，牧场主的妻子们一点儿也不糊弄。在接下来的一个小时中，我们沿着健身房的边缘移动，在训练路线上，每到一个点就进行一种新的自虐。我们做开合跳，直到双腿发抖，深蹲，直到臀肌火辣辣地痛，再做波比跳①，直到恨不得立刻瘫倒。但令我十分惊讶和满意的是，我能跟上。

结束后，我去洗澡，浴室的镜子里反射出的形象令我感到陌生。我的肤色原本是银桦一般的月光白，但现在我脸颊红润，眼睛闪闪发光。内啡肽像电流一样在我体内流过，我感到强壮、充满活力。我抚平翘起的发尖，现在我的头发已经长到了刚好可以别在耳朵后面的长度——很像20世纪90年代的莱昂纳多·迪卡普里奥，我心想。我已经不再是50天前离家时的那个女孩了。尽管每天晚上我入睡时都精疲力竭，但我是旅人、是冒险家、是公路勇士，我勇闯天涯。

当天晚上，我们聚在工棚吃晚餐。威廉的弟弟来了，他和所有人说的一样帅，不停地从房间另一头害羞地看我。外面的温度已经降到零下，萨尔萨告诉我晚上气温跌到零下30华氏度②也不奇怪。他们用一个烧木柴的炉子取暖，烧的是威廉自己砍的木柴。即便烤着火，牛仔裤里面穿了秋裤，我还是被冻到怀疑自己能否再次觉得暖和。他们递来一杯杯"私酿烈酒"，每喝一口威士忌都让我们感到身体里热起来一点。威廉和他弟弟喝到位之后就不再格格不入，他们也加入了对话。

"对了，你有什么保护措施？"威廉转向我问道。

"你指什么？计生用品吗？"我问道。

萨尔萨狂笑，把啤酒都喷了出来。

---

① burpee，结合了深蹲、伏地挺身及跳跃动作的运动。
② 约零下34.4摄氏度。

"不是，"威廉微微皱眉，澄清道，"比如枪，为了防身。"

"哦，不，没有。我这辈子从来没有摸过枪。还没拿出来自卫，我大概就会先不小心射中自己的脚。没有，只有我和这个小伙子。"我说道，拍了拍奥斯卡。

"你不害怕吗？"威廉的弟弟问道。我连一把折叠小刀都没带就走了这么远似乎令他们很不安。他们坚称用一只已经绝育的小狗防身的女孩不应该不带武器旅行。威廉提议让我带走一把他的枪。我拒绝了，但也不得不妥协：我要先学会从至少 20 英尺外击中金属罐才能离开农场——次日下午的大部分时间我都在挑战这个目标。

晚餐我们大啖驼鹿肉香肠，然后是一碗又一碗埃琳炖的牛肉。他们告诉我驼鹿是威廉猎的，他们自己养牛。"我不喜欢依赖任何东西或任何人。"威廉说道。他用了几分钟详细阐述了他对政府、公立学校甚至医生的怀疑。"这里有我们生存和保护自己所需的一切。"

夜越来越深，威廉的弟弟移到了沙发上，坐在我身边。他有姜黄色的胡子和蓝眼睛，身着法兰绒衬衫。他话不多，但即便如此，我觉得他可能喜欢我。我能感觉到我说话时他注视着我，当我和他对视时，我们都脸红了。这些天，受到男性的某种关注总是让我很意外。治疗期间，我感觉自己已经完全失去了性吸引力。妈妈用轮椅推着我在街上走时没有人尖叫。除了想看清从我领口中伸出来的导管，没有人打量我骨瘦如柴的身体。其实人们都刻意移开目光。如今，每次有男人跟我调情，我甚至不认为有必要设定界限或提及我有男友。我享受，甚至渴望，这种关注。

我们的膝盖时不时碰在一起，我允许自己花几分钟沉浸在和威廉的弟弟在牧场共度余生的奇怪幻想中。对我来说稳定就是被人搂在怀里，哪怕只是一瞬间。只要我感到迷茫或陷入困境，我总是习惯性地结束任何现有的感情然后在一个新男人身上找到方向。这么做很方便，让我可以不去思考我到底想要什么，逃避解决眼前的问题。但我知道这是多么自欺欺人的把戏，所以我站了起来，向我的牛仔追求者道晚安，然后上床睡觉。

第二天下午，我们来到树林外侧的一片空地，威廉把六个罐子摆在一根落下的树枝上。我戴着我的新浣熊皮帽子，在威廉教我如何装子弹和开枪时，不由得感到一丝荒谬。我从手枪开始练手——他们告诉我，手枪又叫"女士枪"。开了几枪之后，他觉得我可以进阶到学习长步枪了。"如果不小心，后坐力可能会把你的牙崩掉，用你的肩膀顶住它。"他调整我的姿势。

我用的是一把旧".22 步枪"，威廉就是用这把枪教他的孩子们射囊鼠，后来他们还去猎聚集在森林里的驼鹿。扣动扳机时，我的肩膀被后坐力向后推，鼻孔充满火药的刺激味道。试了十几次之后，我终于打中了一个罐子，埃琳和萨尔萨大声欢呼，庆祝声在树林中回荡。

我们走回了房子，我收拾行装并把行李放进车里。萨尔萨和她的家人聚在一起与我道别，给了我许多自制曲奇。"那个，我们讨论了一下，"威廉对我说，"我们商量过了，我们决定你可以被列入我们的名单。"

"是吗？"我回答道，"什么名单？"

"在世界末日可以来农场找我们的非家庭成员名单。"威廉说道，他看起来是认真的。

"哦，哇，谢谢。"我说道。我想起了他们的地下室，装满了一辈子都用不完的罐头补给品、应急用品、水罐和烈酒。此刻我理解了他们对主流生活的怀疑、持有的枪支和对在自己的土地上通过打猎、采集和种植获取所需的一切的坚持。萨尔萨和她的家人是生存主义者①。我问他们时，他们解释说，与其说这是一种生活方式，不如说这是在蒙大拿州这一区域生活的简单现状。不过当我们熟悉的世界崩塌时，他们已经做好了充足的准备。

"名单上的每个人都必须有所贡献，"萨尔萨插话道，"你基本不具备任何实用技能——对牛和放牧一无所知，不会射击。"她笑着用手肘捅了捅我。"但你可能可以做我们的书记员。"

---

① survivalist，为在可预见的社会崩溃后的无政府状态下生存做好准备的人，如收集大量食物或学习如何户外生存。

这一举动——尽管我们存在分歧他们仍然欢迎我来这里，让我感动。追求自给自足的本能，将自己与世界隔绝，为最坏的情况做准备——这些都是我在一定程度上能够理解的。我就是这样与乔恩相处的，现在又这样对马克斯，保护我的心，让其不要经历更多的失去。但是在这个家庭，可能的灾难带了亲密和慷慨。对于他们来说，对死亡的恐惧成了亲密，而非疏离的源头。

离开牧场时，我的手机响了。是一条来自陌生号码的短信。内容是："下次再来——你的蒙大拿老公（威廉的弟弟）。"我以为自己完成最后一段往西的旅程时，会感到疲惫，甚至想家。然而，开车前往西雅图时，我丝毫没有这些感觉，只觉得为这个国家狂野的地貌和慷慨鲜活的人们所倾倒。我不知道这种惊喜敬畏是不是就是重新开始生活的感觉。

[第三十三章]

做一次布鲁克

作为一名独自旅行的年轻女子，我总是从陌生人处得到很多不请自来的建议。无论我去哪儿——在路边小餐馆吃饭、在营地的盥洗室前排队、在长途卡车服务站加油——我都会遇到想要分享自己智慧的人。

有些建议什么用也没有。出发前，一位有钱的熟人提到如果雇"一个司机"，我的公路旅行就会更安全。（"哦！你的建议很不错。"我礼貌地回答道。）一些其他的建议相对实际。我在俄勒冈州海岸一位名为布伦特的渔民家里住了一夜，他给了我靠谱的驾驶建议。"挡风玻璃开始起雾的时候，要按汽车除湿的按钮，"他说，"要不然你就什么都看不见，会完蛋的。"另一位接待我的人，温迪，一位传奇的波特兰女演员、喜剧人，自称"对抗食物成瘾和CJPD（慢性犹太人格障碍）的老年公民"，提供了关于如何走出忧郁的可靠建议："一、写下让你感激的事物的清单；二、打起精神来，去外面散散步；三、如果你没有饮食功能失调，吃点好的巧克力，喝一杯浓咖啡。"

还有一些建议极具预见性，简直难以解释，这样的建议摇晃了我内心的万花筒，让事物按照全新的方式排列。比如我在西雅图认识的年轻男孩艾萨克,他刚从阿拉斯加州乡下开车过来,所有的家当都在后备厢里。我们住在同一家客栈,整个周末他都在哭泣的边缘,告诉我他妻子刚刚离开他的事。他感到失落,但头脑很清醒。"原谅就是拒绝给你的心穿上铠甲——就是拒绝活在一颗狭隘的心中。"他说。看起来既是对我说,也是对他自己说。"敞开心门活着就意味着感受痛苦。这不好受,但如果不这样就只能选择什么都感觉不到。"

天色很快暗了下来,我在洪堡县一座住宅的木门前停车时,皎洁的月光斜照在泥土车道上。这不是提前计划好的拜访。我跟渔民布伦特提起我要在加利福尼亚北部找地方住时,他把我的电话给了他女婿,而他女婿又把我的电话给了他一位叫里奇的朋友,里奇今天早晨早些时候给我打电话,主动提出让我今晚住在他土地上的小木屋里。

里奇带着大大的、温暖的微笑欢迎我,他灰色眼睛周围的细纹皱得更深了。他的妻子乔伊去参加合唱排练了,所以晚餐只有我们两人。"我希望你不介意素食。"我跟着他进屋时他说。

里奇一边在厨房里忙,一边告诉我他是一名已经退休的心理学家,现在在业余时间制作雕塑。房里有一些他的作品,用木头手工雕刻的扭曲的小雕像。有一座小雕像特别打动我。它有一种诡异的美感,性感又空灵——是一个在蜕变中扭动、展开的形体。里奇告诉我这个雕像是用一棵巨大的枫树的树干做的。他称之为"科谢(Koschey)的蛋",并解释在斯拉夫人的民间传说中,科谢是一位巫师,他为了长生不老,把自己的灵魂藏在被安放在巢穴里的东西中,比如埋在大树根下面的鸭蛋中。他告诉我,他借鉴了做心理学家的经验:"我对被打垮的人如何进入一个仅凭我们的理智与情感无法找到答案的世界感兴趣。"

他说这些时我点了点头。他的话显然让我很有共鸣。

我们在客厅,坐在一个巨大的黏土壁炉边。享用烤南瓜、羽衣甘蓝沙拉和卡拉马塔橄榄构成的晚餐时,里奇给我讲述了他和妻儿20世纪80年代中期开面包车环游欧洲的故事。他有一个理论：旅行时，我们实际上进行了三段旅程。第一段是准备和期待，收拾行李和幻想。然后是实际的旅途。最后是回忆中的旅行。"关键在于把三段尽量分开，"他说，"最重要的是活在你的当下。"

在所有建议中，这一条最令我难以忘怀。

第二天清晨，我起床，开始沿着加利福尼亚海岸向南开，而里奇的理论仿佛还在我耳边回响——努力投入这次公路旅行，不让我的思绪向未来和过去飘移。到达西海岸是一个转折点。除非开进海里，否则这就是我驾驶的最远距离。我很难不为接下来会发生什么焦虑。很难不想回纽约之后的事情。我以为至此我会找到更多的答案，然而我却有了更多的问题。

在路边看到红杉国家公园（Redwood National and State Parks）的路标时，我停车让奥斯卡出去。所以这些红杉到底有什么不得了的？我想，等奥斯卡小便时我瞥了瞥登山口的信息牌。因为好奇，我决定徒步走一小段。

从太平洋上飘来的雾气在低处翻滚，漫过森林。奥斯卡和我无声无息地走在3英里长的步道上，我们的脚步声被苔藓吸收了。随着步道不断深入，我们身边的树越来越高，树叶在我们头顶织成厚厚的浓荫。我停在一棵巨大的、上面有黑色的火烧伤疤的红杉前，用指尖触碰它的树干。红杉是仅剩的可以追溯到侏罗纪时期的物种。它们不仅成功幸存，还能够为其他生物提供空间，催生并支持新生命——大量的蕨类悬垂在它们的树枝上，毛茸茸的黄绿色地衣覆盖着它们的树干，美洲越橘丛从它们的土壤中汲取养分。

走到步道尽头时，奥斯卡停下来在一个水潭中喝水，我坐在一块石头上喘气。我把头往后倾，仰望天空。高达300英尺的红杉好像无所不知的巨人先知般耸入云霄、俯瞰大地。你能看见什么我看不到的东西吗？接下来我要往哪里走？我想问它们。我听着高处的树枝随风嘎吱作响，呼吸变得缓慢而深长。我想到红杉轻松忘我地完成了令我苦苦挣扎的事情，它们让我眼中的存在——以 100 天为增量计算——显得天真到好笑和目光短浅。身在它们中让我感到渺小和无依。此刻，我不是红杉。我是一粒尘埃，是随风飘荡的孢子，没有方向又易受影响，被吹来吹去，完全不知道最终会落在何处。

我拉开背包的拉链，拿出我的笔记本写道：

最近，我每到一个新地方，都会像试衣服一样考量它是否适合我。我能搬到这个城市、地区或州生活吗？这里会是我最终的栖身之地吗？昨晚睡前我花了一小时看洪堡县的地产目录，想象在某个安静又偏僻的地方买一块属于我的地。在这个幻想中，我一个人生活，只与我的书和几只狗为伴。

那天下午晚些时候我在大苏尔（Big Sur）扎营，把帐篷支在菲佛州立公园（Pfeiffer State Park）的一片草地边上。太阳西下，阳光像打碎的蛋黄一样倒映在海面上。空气还很温暖，我还不需要拉上帐篷门。我舒展身体躺在我的睡袋上，沾满泥的靴子从帐篷里伸出去。奥斯卡学我向后一倒，四脚朝天。我伸手去挠它的肚子，它满怀爱意地看着我。在旅行的路上 24 小时生活在一起让我们变成了那种不知不觉模仿彼此姿态的"老夫妻"，不用问就知道对方有什么需要。很难相信我已经把它带回家三年多了。"恭喜，你已经正式成为我成年后和我在一起时间最长、最成功的伴侣了。"我说道，翻身面对奥斯卡，它舔我的鼻子作为回应。

要是所有感情都能这么简单就好了，我想。想到乔恩，我叹了口气。我不知道该对他说什么。除了给彼此发短信——他问我是否安全，我说安全；我问他好不好，他回答好——我们几乎没有其他的交流。我们之间的关系非常紧张，已经到了随时可能破裂的地步。

如果可以，我想修改我们交往的时间线。我先找到我在世间的立足之地，再和他约会——或者至少等到我不再经常为我的前男友哭泣的时候。

但是这就是里奇曾警告过我的时间旅行思维。我无法改变已经发生的事情，必须决定此刻要怎么做。真相是，我不认为自己在以乔恩应得的方式去爱他，更配不上他对我的爱。不接他的电话是不对的，他是一个好人，一个非常善良、耐心的人，给我空间让我理清我的生活，相信我在公路旅行结束后会回到他身边。在我们交往的过程中，我总是陷在转变的泥潭中，我开始思考是不是彻底结束我们的关系对他更加公平。

在我退缩之前，我拿起手机给乔恩发了一条信息，问他能不能聊聊。我盯着屏幕，看着三个点随着他的输入又删除，出现又消失。他写回复时，我能隔着屏幕感觉到他的忧虑。他最终发短信说他现在在忙，问我们能不能周末再聊。我松了一口气。我想我们都知道这次对话的主题是什么，而我们都没有做好今晚就聊的准备。

第二天早晨我开上了1号公路，这是一段656英里的、从北到南连接旧金山和洛杉矶、沿着太平洋海岸的公路。这段高速公路很窄，有大量惊险的转弯，越爬越高，路边只有一道可怜的金属护栏防止汽车从锯齿状的悬崖上飞出去，下落几百英尺，掉进海里。我嘴里骂着脏话，双手紧握方向盘，瞥了一眼后视镜，发现高调的跑车和复古帐篷车在我后面排成一排。路过草莓田、布满晒日光浴的海豹的金色海滩时，我感到前所未有的敬畏、害怕——还有晕车。

惊悚的四个小时之后，我离开了1号公路，向位于洛杉矶西北80英里的山中城镇奥哈伊开。大地在暮色中变得十分迷幻：连绵的山丘闪着诡异的粉红色光。我要去见在儿子布鲁克自杀后给我写信的凯瑟琳。她说，写信是受到儿子布鲁克的启发。布鲁克曾经给一位科学家写信，告诉对方他非常欣赏对方的研究。收信人颇受打动，邀请年轻的布鲁克在他值班答疑时去见他，最终给了他一份工作。之后，他们家称给陌生人写信表达感激之情是"做一次布鲁克"，他们认为如果你想与世界上的另一个人——一个与你的生活距离很远，看似没法认识的人建立联系，不要让距离阻挠你——管他呢，写信吧。凯瑟琳本着这样的精神联系我，因我的专栏感谢我："故事的力量是治愈和支持，如果我们敢于讲述自己的故事，我们就会一次次意识到我们不是孤身一人。"

我穿过红色的晨雾，在一座小山山脚下的一幢小白房子前停车。凯瑟琳，一位高中英语和法语老师打开纱门，对我表示欢迎。她的边境牧羊犬阿蒂克斯跑到车边，摇着尾巴。凯瑟琳身着一件挺括的白色牛津布衬衫，下摆塞进牛仔裤里，头戴一顶黑色平边牛仔帽，脚踏带马刺的牛仔靴，看起来气度不凡。她一头浓密的深色头发夹杂着几缕灰色，长发及腰。

她提出我们——我们两人和我们的狗，在家度过一个安静的夜晚，吃烤金枪鱼排做晚餐，我感激地点头。我们把盘子和红酒杯拿到后廊。我们看着逐渐变暗的山谷，没有任何热身就开始深谈，我与她一见如故。我在她的举手投足和她眼中偶尔滑过的悲伤中看到了自己的影子。我注意到了她选择用哪些词又省略了哪些。我们相见恨晚，对彼此的信任尽在不言中。

当凯瑟琳问我过得如何时，我告诉了她不加修饰的真相：我载着前男友的鬼魂旅行，尽管竭尽全力仍旧无法甩掉过去。我与她聊了梅利莎和我失去的其他人还有正在洛杉矶家中进行术后恢复的马克斯——我太懦弱了，不敢给他打电话。我告诉她，我和乔恩的恋爱，以及我决定下次和他对话时与他分手。

凯瑟琳没有退缩。她没有移开她的眼睛，没有试图用一堆陈词滥调安慰我或提建议指导我。她全身心地听，坐在椅子上往前倾，在我说话时微微点头。我说完后，她告诉我，她对这一切都有共鸣，宇宙让我们相遇，她感到很开心。"悲痛不应该被静音，"她说道，"不应积在体内独自承受。"

我们起身，把空盘子和杯子拿回厨房，然后转移到客厅，那里有高高的塞满书的书架，咖啡桌上还放着凯瑟琳正在学习弹奏的曼陀林。我在壁炉前停下，上面摆着很多她孩子的照片——三个女孩和一个男孩。那男孩一定就是布鲁克，他英俊智慧的脸被祈祷蜡烛照亮。

第二天下午，我和凯瑟琳站在她房子附近的马厩里，她刚在这里给我上课，帮我复习如何骑马。她是一位老练的骑手，经常与学生和她喜欢的阉马布卢去内华达山脉进行为期一周的骑马旅行，看她上马让人觉得骑马一点也不难。我十几岁之后就再也没有骑过马了，凯瑟琳借给我的牛仔靴大了一码。把脚塞进马镫后，我稍微滑了一下，我尝试跳上去，差点从马上翻过去。但一旦在马鞍上坐好，肌肉记忆就占据了主导，我很快找到了打浪[①]的节奏，我们快步走，穿过橙子林，走过凯瑟琳的家，走上一条向山上延伸的漫长而曲折的小路。

凯瑟琳告诉我布鲁克喜欢来这里思考。我们走近一块巨大的砂岩石——"他最喜欢的地方。"她说道，然后下马，向石头走去，把手放在一块写着布鲁克名字的牌子上。

"他是什么样的人？"我问道。

"哦，你们俩一定能成为好朋友，"她说道，"他有一个不凡的灵魂，是一个对语言学和科学都颇有研究的户外爱好者和登山者，特别开朗，聪明得不得了。"她告诉我布鲁克能说流利的汉语，从烘焙面包到有机化学，对一切都感兴趣。大学毕业后，他搬到了佛蒙特州，在那里做树木栽培师和义务消防员。但是布鲁克大一就开始秘密地与抑郁症斗争，在佛蒙特州，他经历了一段病情加重的时期，随后初次狂躁发作。陷入疯狂的可怕经历导致他在精神病院住了好几周，尽管布鲁克试图控制他口中的"恶魔状态"，但他认为自己永远无法自控——至少不是以他本人和爱他的人所能信任并依靠的方式——并因此感到绝望。凯瑟琳告诉我双相障碍在不同的人身上表现不同。和任何疾病一样，有的病况更严重，有的个体更易被伤害。2009年11月的一个寒冷的清晨，布鲁克结束了自己的生命。他当时26岁。

凯瑟琳凝视着巨石，脸上写满悲伤。"他有一个异常强大的大脑，但在他生病时这也令他格外受折磨。"她说，眼泪顺着她的脸颊流下。

[①] 指骑手在马快步走时，随着马的起伏离开马鞍。

"如果太痛苦，我们不用说这些。"我说。

"事实上，谈及布鲁克对我来说是一种疗愈，谢谢你问他的事情。人们将自杀视为可耻的秘密——在讣告中不提真正的死因，把这一切从家族故事中抹去。但谈论离开我们的人是对他们生命的延续。"

凯瑟琳告诉我，布鲁克在去世之前写了一封信。她后来读给我听时，我非常感动：那是一根充满同情与爱的救援绳，他在其中试图回答不可避免的问题——为什么。他的信清晰全面，仿佛有生命，会在悲伤的不同阶段支持爱他的人们。布鲁克说他知道亲朋会问是否可以为他做更多，但他向他们保证，他们已经做了能做的一切。他知道他们会很难过，但希望他们不要像他留在这世间那么痛苦。他告诉他们无论发生什么，他都相信他们能够继续生活。他说他很抱歉，他会一直爱他们，对他们的爱多到无可估量。他的信宽厚又深情，尽管布鲁克被痛苦折磨，你仍能感到他越过巨大的鸿沟向他的家人伸出援手。这是他最后一次"做布鲁克"。

孩子的自杀是毁灭性的、无法想象的、无法承受的悲恸经历，我根本无法理解这种失去——但是凯瑟琳的故事还没有结束。我们骑着马沿着小路小跑时，她告诉我，布鲁克去世后仅四个月，她外出骑马时摔断了腿。之后不久，她去做第一次常规结肠镜检查，然后得知自己患有结肠癌。她说那是一种类似灵魂出窍的体验——那种你觉得，这不可能是我的人生的时刻——但另一方面，又觉得冥冥中一切都是合理的。"悲痛既是情感体验又是生理体验，"她说，"骨头折断、内脏出现癌症似乎是我内心的一种表达。"

我问凯瑟琳，她如何应对这接二连三的沉重打击，她停了停，让马慢些走。"只能卧床休息，脱离日常教学和承担其他责任的生活，去真的体验我的痛苦。"凯瑟琳表示。她转身指向远处停在她房子一侧的一辆白色皮卡。追悼会之后独自回家已经很难了，她告诉我。她去佛蒙特州拿布鲁克的东西时，决定穿越美国把他的皮卡开回来。这是带他回家的一种方式。布鲁克的牌照来自他志愿服务的消防队，在加油站和路边的餐厅，留意到的人们会表达感谢。当人们这么做的时候，她就会热泪盈眶——不是因为悲伤，而是出于骄傲。这场漫长的旅行也有一种仪式感，给了她理解无法想象的事情已经发生、开始接受新的现实所需的时间。

凯瑟琳告诉我布鲁克的去世改变了她和死亡的关系。确诊之后，她的癌症又复发了两次，她最近又做了一次手术，这次是切除一个肺结节的开胸术。如今癌症可能会结束她人生的想法变得相对容易接受了。"如果我的孩子能从这个物理世界离开，我肯定也有办法做到，"她歪着头继续说，"我不害怕死亡。真正难的是受折磨。"

为了继续生活，凯瑟琳每天都提醒自己让生命变得丰富——布鲁克和他的一生、她的儿孙们、阿蒂克斯和布卢以及悲痛本身。"最终，过去几年发生的事情给我上了一节可怕的课，教我活在此刻——不仅专注于自己的生活，还有与所爱的人相处，"她说道，"明天可能会到来，也可能不会。"

那天晚上晚些时候，把马送回马厩、遛过狗、吃完晚餐、洗完碗之后，我回到客房。坐在床上，我打开我的日记本开始反思，我与凯瑟琳的做法正好相反——我避免真正感到痛苦。从注射吗啡到刷《实习医生格蕾》，我想尽一切办法自我麻痹。拒绝承认痛苦的存在，拒绝让他人走进我的内心。如今我意识到这些方法并没有消除我的痛苦，只是使其变形和推迟：如果我不再将痛苦视为需要麻痹、修复、逃避和抵挡的东西呢？如果我尊重它的存在，允许它进入我的现在呢？

我原本认为治愈是去除让身体和心灵感到痛苦的一切。意味着把痛苦抛之脑后，留在过去。但我逐渐学到治愈并非如此。治愈是想办法和永远会存在于你体内的痛苦共存，不假装它不存在，也不让它支配你的生活。是学习如何面对鬼魂和不会消散的事物。是学会拥抱所爱之人，而不是把因失去他们而伤心欲绝的未来拒之门外。凯瑟琳的经历和她的感悟令我难忘。她以为自己无法承受这一切，最终却从中幸存。"你必须放下阴霾和不幸，专注于你所爱的，"我们去睡觉之前她对我说，"这是你在这一切面前唯一能做的。爱你身边的人。爱现有的生活。面对人生的悲痛，没有什么比爱更有力的回应。"

我合上了我的日记本，做了两件我逃避了太久的事情。首先，我给马克斯发了邮件。然后，我给乔恩打了电话。电话只响了一声，他就接了。

"你离洛杉矶有多远？"他问我。

"大概一小时。可能两小时。怎么了？"

"我正在订机票，明天去那里。我们应该当面谈。"

第二天清晨我穿上了我的赶路制服——一双饱经风霜的靴子、黑色李维斯牛仔裤、白T恤和一件我从大学穿到现在的、非常喜欢的皮夹克。我和凯瑟琳一起喝了最后一杯咖啡，她把她的旧公路年鉴送给我当分别礼物，我俯身挠了挠阿蒂克斯的耳朵。"谢谢你所做的一切，"我上车时说道，"你一定想不到你对我有多大的帮助。"

我开车前往洛杉矶，到达机场时，乔恩在接客区外的人行道上等我，戴着我在印度给他买的棉围巾，看起来和以往一样衣着精致。他在车流中发现了我，尽管我们努力做出应有的阴沉表情，但却都露出了傻傻的笑容。他上车之后，我们紧紧拥抱，一时忘记了他为何急急忙忙来到这里。

"你在这里我很开心。"我说。

"真的吗？"乔恩问道，松开我向后靠。从他声音中的不自然我能听出他很难过，我感到一阵心疼。鉴于他非常忙，我知道跑这么一趟对他来说很不容易。但穿越整个国家来和我见面也是他能做的事。乔恩总是在我遇到困难时出现，甚至早在我们成为情侣之前就是这样。

我们有太多话要说，以至于一开始只能沉默。我一边开车，一边想乔恩刚听说我确诊时就直接来医院看我，还带着他的整个乐队。乔恩带来了一个口风琴，伊班达拿着大号，埃迪拿着萨克斯管，鼓手乔拿着一个铃鼓。他们在肿瘤科病房走廊中为我演奏。当《圣徒行进》（"When the Saints Go Marching In"）的曲调充满走廊时，护士和病人们走出了他们的病房。能走路的病人就自己走，不能走的被护士和家人推到门口。还有一部分在床上听。病房的每一个空间都充满音乐。大家一开始还有些胆怯，但很快病人、护士和医院工作人员开始跳舞与拍手。病房放松了下来，大家暂时忘掉了忧愁，沉浸在喜悦和音乐之中。我戴着口罩，不由自主地露出了笑容。

想起这一切，我不再确定接下来要做什么。在过去几周，我每次想到结束这段恋情，总会对拿起电话感到抗拒。现在我们在一起，我更没有自信了，但我努力像之前几天与凯瑟琳交谈时一样，不加修饰地告诉他事实。"我知道我近期很冷淡，"我们在车流中缓慢行驶时，我说，"当我有这么多事情需要独自理清时，维系这段关系变得很困难。说实话，在旅途中我花了很多时间思考是不是分手更好。"

"我想问你一个问题。"乔恩说道。

"什么？"

"你喜欢我吗？"

"喜欢，当然。"我说道。

"说实话。你喜欢和我在一起吗？"

"喜欢。我爱你。"我承认道。

"那为什么要把一切都搞得这么复杂？"

我们都沉默了一会儿。"你听我说，"乔恩更加温柔地说，"也许现在没有答案也没事。我想和你在一起，哪怕这意味着继续给你空间，这一点我能接受。但我需要你在我们解决这一切期间敞开心扉，诚实待人。你不能再把我关在门外了。"

在过去几周，我给自己施加了很多压力，逼自己在继续和分手之间二选一。我一直沉浸在评估和抵御风险中，甚至没有想到还有第三种选择：让事情前进、变化和发展，在这一过程中弄懂我们是谁、想要什么——在中间地带生活。遇到红灯放慢车速时，我伸手捏了捏他的手。

"我们没事了？"乔恩问道。

"我们没事了。"我回答道。

"别那么快，"他说道，"过来。"我照做了。

我们接吻，直到信号灯变绿，后面的车开始按喇叭。我不知道这一切意味着什么。时机尚未成熟时清晰的结论强求不来。但从我认识他开始，乔恩就在教我，有时候你所能做的一切就是在场。遇到困难时，一直坚持在场。

离开洛杉矶之前，我做了最后一次拜访。穿过雾霾和上下班高峰的车流，我开车前往布伦特伍德——一个富庶的街区，这里有别墅和由园艺师团队打理的修剪得无可挑剔的草坪。这是我第一次访问马克斯的老家，我敲门时，他的妈妈阿里和她的标准贵宾犬出现在了门口。我们在富丽堂皇的门厅闲聊时，面色苍白的马克斯走下了楼梯。他看起来特别瘦，双颊凹陷，这让他被眼镜放大的蓝眼睛显得更大了。他用沙哑的男中音和我打招呼，解释说他的声音因为胸部的肿瘤而变得沙哑，并把我带到了他的卧室，方便我们私下交谈。他坐在床边，我坐在他对面的办公椅上，紧张地来回转动，直到他伸手扶住我让我停下。

我盯着地毯，咬着自己的嘴唇，害怕如果看他的眼睛就会哭出来。"我知道我没有陪伴和支持你。"我用颤抖的声音说道。我告诉他在过去几周我无数次想打电话给他。我告诉他我知道自己的做法很糟糕——我曾遭遇过这样的沉默——如果他无法原谅我，我也能够理解。"我如此懦弱，找任何借口都说不过去。我真的很抱歉。"

马克斯没有放过我。这不是他的风格。"我注意到了你的疏远，"他平静地说道，"我不生气。我想我只是想知道为什么。知道我快要死了会让你感到不舒服吗？"

"不舒服？不，"我回答道，"我怕得要死。"我告诉马克斯我以前不知道自己可以拥有——而且认为以后多半也不会再有——这么深刻的友谊和这么懂我的朋友。当我因为即将到来的活检焦虑时，我半夜只会打电话给他——也只有和他交流时，我才能无须解释地赞美魔法漱口水[①]有多么好

---

① Magic Mouthwash，一种漱口水，可缓解口疮引起的不适。

用。他和我一起参加了梅利莎的追悼会，在我最后一次住院期间每天都在，在威尔搬走之后的第一周，每天晚上都来陪我。"你那么了解我，在我说不见访客的时候出现在我的门口，"我对他说，"我觉得自己要给你一个交代，甚至现在也是。你是我认识的最有趣、聪明和古怪的人，我无法想象失去你。"

"我理解。"马克斯说道，凑过来拉住我，"我猜也是这样。我原谅你。但是现在我需要你。"他用力拥抱我，用他的每一根肌腱和每一块肌肉，令人喘不上气的那种紧紧的拥抱。马克斯总是给人最好的拥抱。

我们重新坐下之后，我问马克斯他的健康状况，他告诉我，他开始用一种副作用应该非常轻微的新药。"但我们都知道实情是怎样的，"他说，"我这辈子从来没有这么痛过，每天只有两三个小时可以正常生活。但在这两三个小时中，我是马克斯，做马克斯的感觉很好。"

接下来我们聊了几个小时。他问我关于我遇到的人和我去的地方。我问他婚姻生活怎么样，我们追忆了几个月之前他的婚礼。与我和乔恩一样，马克斯和他的妻子维多利亚是少年时在暑期活动中认识的。他们做了近十年的好友，之后才开始恋爱。尽管他在化疗，马克斯从他们开始交往的前几周就知道他要在他们第一次约会的纪念日向维多利亚求婚。马克斯是应对无常的大师，我被他强烈的希望和乐观所打动。当他问我是否愿意做他的伴娘之一时，我感到十分荣幸。他的婚礼在托潘加峡谷（Topanga Canyon）一座被古老的悬铃木、瀑布、野花所包围的旅馆举行。他的导师，诗人露易丝·格丽克（Louise Glück）主持仪式。

马克斯告诉我，他在读露易丝的书《阿韦尔诺》(Averno)，而那是一部杰作——那种汇集几十年的智慧才能写出的书，死过很多次才能创作出的作品。"每次我经历重大的创伤，我的写作就会成长，我就会成长，"他说，"我觉得如果我能活到50岁，我也会写出一部杰作。如果我有更多的时间。"他的声音中有一种我以前从未听到过的怒意和冷硬。"我很愤愤不平，"他承认道，"我最近意识到这么年轻却知道自己就要死了是多么奇怪。

真的非常、非常孤独。"

　　他暂时沉默，看起来比以往任何时候都要悲伤。他说他的人生丰富而顺利——他拥有最好的家人、最好的朋友，他的首部诗集几个月后就要出版了。"看到一切都这么快开花结果我很开心，"他说，"什么都不缺。但我更愿意慢慢来。"

　　马克斯的声音越来越嘶哑，他看起来很累。"现在，我想卷一根大麻烟，看一集《钻石单身汉》(The Bachelorette)，再和你热烈地讨论它有多糟糕，但我可能应该小睡一下。"他说道。

　　起身离开时，我告诉马克斯我爱他，并保证每隔几天就给他打电话讲讲路上发生的事情。"在经历了你所经历的一切之后，你能一个人独处这么久，在我看来简直难以置信。"他说道，"多年来人们在你身上做实验，而你有勇气用自己做实验——逼迫自己成长。这正是你的力量。"

　　"哦，马克斯，"我夸张地抓住我的胸口，"没有你的支持我简直不知道该怎么办。"

　　"你真的很鼓舞人心。"他说道。

　　"上帝不会让你面对你无法应对的事情。"我说道。

　　"每一天都是一份礼物。"他说道。

　　说完，在我出门离开之前，他最后给了我一个用力的拥抱。

　　离开加利福尼亚州时，我穿越莫哈韦沙漠，在浩渺的黑色星空下路过开花的仙人掌和丝兰。我不知道我和乔恩的关系会走向何方以及我还有没有机会再见到马克斯，但我再也不想保护我的心了。你无法保证他人不会伤害你或背叛你——他们会的，或许是分手，或许是死亡。但逃避心碎会让我们错过重要的人，偏离目标。我和自己立下盟约并与沙漠分享：愿我足够清醒，不错过爱的萌发，愿我足够大胆，勇敢追求，不问结局。

[第三十四章]

回家

　　雪下得很大，奥斯卡和我挤在帐篷里，像连体婴儿一样面对面躺着。旅行的第 66 天的清晨，我在大峡谷外的一个营地醒来。我起床，用麻木的手指点燃炉子，颤抖着做咖啡时，一种渴望充满了我的身体。我又一次把帐篷收起来并把装备装进车里时，这种感觉仍旧跟随着我。在接下来的几天，我穿越了西南部火星般的地貌，并和在推特上认识的一个人一起在新墨西哥州蒂赫拉斯庆祝了我人生的第一个光明节，这种渴望越发强烈。之后，我一个人在圣菲积雪的街道闲逛，商店门面都挂着松枝花环，为节日购物的家庭在人行道上穿梭，这让我感到一丝忧郁。

　　最终，我意识到，上路以后我第一次开始想家。我想回家，我想回家——开车时这种渴望变成了我在脑中反复默念的语句。但家在何方？我没有工作，没有自己的家庭，没有房贷，在我脑中飘荡的家的概念十分缥缈。我需要在第 100 天左右回到纽约城，把车还给我的朋友并见我的医疗团队——但此外一切都是不确定的。我感到自己迫切需要明智地利用我最后的旅程，通过我见到的人和造访的地方寻找答案。

我南下得克萨斯州，开过孤独的边境巡逻检查站和一丛丛灌木丛到达马尔法——奇瓦瓦沙漠外一个灰蒙蒙的只有一个交通信号灯的小镇，这里近几年因为众多艺术爱好者以及 Instagram 用户的造访而著名。我原本只计划在马尔法短暂歇脚，但我被这个奇怪的地方和它奇怪的居民——牧民、作家和画家的混合所吸引，最终多留了几天。在接下来的三天中，我认识了各式各样的人物：一位让我住在她家的得克萨斯州女继承人；一群高中戏剧俱乐部学生，我晚上看了他们的剧；我在参观博物馆时遇到的两位穿作战靴的古董商人，他们邀请我去他们的拖车喝一杯厉害的梅斯卡尔[①]鸡尾酒。作为一位独自旅行的女性，我感觉自己像格洛丽亚·斯泰纳姆（Gloria Steinem）描述的"天选调酒师"：陌生人总是邀请我去他们的家，与我分享他们不愿告诉心理医生的秘密，邀请我参加他们的家庭传统活动并在我离开时给我自制的派。

我在马尔法的最后一个早晨，在公立图书馆外，见到了一对引起我兴趣的夫妻。"我们叫它阳光。"在自我介绍之前他们向我介绍了他们的 1976 年大众露营车。尽管已经近 50 岁了，阳光看起来和它的主人一样年轻和充满自由精神。它是橘黄色的，窗户上装饰着用时髦的印花布缝制的窗帘，仪表盘上装饰着羽毛。它有两张床、隐藏的储藏隔间和一个临时厨房。

"你们在煮红茶菌[②]吗？"我问道，指了指塞在前座之间的一大壶有泡沫的琥珀色液体。

"我可以教你。很简单，对身体特别好。"年轻女子说道，她自称姬特，一双蓝眼睛炯炯有神，金色的卷发里编着野花，有种精灵般的美丽。她的男友 JR 正在摆弄阳光的引擎，扎着马尾辫，有着橄榄球中后卫的宽阔肩膀。他们俩的皮肤都晒成了很深的小麦色，是一对回头率极高的俊男靓女。他们告诉我，他们过去三年住在露营车里。

---

① Mezcal，龙舌兰酒的一种。
② Kombucha，一种茶发酵后的饮料。

我立刻喜欢上了阳光和它的乘客。我想知道有关他们的一切，他们旅行去了哪里，看到了什么，遇到了什么人，他们如何谋生，到底是怎么变成以这辆橙色的露营车为家的。

"是一见钟情。"姬特和 JR 告诉我。这辆露营车在姬特上的位于北卡罗来纳州群山中的阿巴拉契亚州立大学对面的一个停车场里停了好几个月。毕业后，从高中就开始恋爱的两人花了 5000 美元买下了这辆车，搬进了位于威尼斯海滩的一间狭窄的单间公寓并找了工作——她在红酒吧做服务员，他在一个冲浪网站做摄像师。城市生活令他们感到窒息，漫长的工作时间无法带给他们满足感，于是他们做了一个冲动的决定：辞职，放弃公寓，尝试过在路上的生活。阳光不仅是旅途上的住所，更是一种生活方式，一种观念。他们摆脱了朝九晚五工作的支配，开始探索这个国家最偏远的角落。

"我们跟着农时旅行，"我问他们如何赚钱加油时，JR 告诉我，"我们靠很少的钱生活，需要现金的时候就做一两个月的农场工人或者临时工。采收水果、奶牛养殖、喂马、挖沟——你能想到的，我们都干过。"

姬特和 JR 不交房租，而是在国家公园、森林、红杉树林和沙漠中野营。他们在河流和温泉中洗澡，每餐都从头开始自己做，吃从大地上采集的食物。不挤山羊奶、不收桃子、不翻山越岭的时候，他们就进行各类创作。JR 拍照片、做木工。鉴于阳光年纪大了，JR 还成了一名业余机械师。姬特做菜、观鸟、学习形而上学，她喜欢写作、画漫画，两人共同编写关于他们冒险的小杂志。

JR 和姬特将无常转化为永久的生活方式，这一点很吸引我。他们摆脱了传统的成功标准和社会期望，似乎在路途的无限可能性中找到了目的。他们向我证明了家不需要是一个地方或者一份工作，在任何地方都可能找到家。

JR 在一块木砧板上切了一条农场面包、一块切达奶酪和几个苹果，姬特则给我们再次倒满红茶。我们坐在阳光后面吃零食时，一头黄发、微笑的冲浪者米凯伊也加入了我们,他这周与 JR 和姬特同行。"我们准备去大弯国家公园(Big Bend National Park),"我们吃东西时他们说道,"你想不想和我们一起去,我们晚上可以一起露营?"

我在心里迅速计算了一下。我在马尔法停留的时间已经超过了计划。我今天应该开车前往奥斯汀。大弯国家公园不顺路,要往南 100 英里,这意味着在接下来的几天我要开很长时间的车。

"当然。"我说。

我们两辆车排成一列慢慢行进,阳光在前,我满是泥点的斯巴鲁在后。我的新朋友们不用导航,鉴于阳光最快只能开每小时 55 英里,我们避开了高速。我们沿着乡村小道行进,这些不知道从哪里钻出来的蜿蜒小路把我们带到了似乎未被文明触及的地方。作为旅客,他们效率极为低下,只要有东西吸引他们的注意力,他们就会停车探索。如果他们喜欢一个地方,就会在那里停留一阵,有时一整天,有时是好几周。

几个小时之后,里奥格兰德河(Rio Grande)出现了,这是一条分隔得克萨斯州和墨西哥的蜿蜒绿丝带。我们离开主路,在一条土路上颠簸,在一个俯瞰河谷的岬角上慢慢停下来。开裂的红色土地、一望无垠的蓝天和延伸到起伏的金黄色草原的崎岖溪谷——这个下午这一切仿佛都属于顺着岩石往下爬、顶着热浪徒步,最终到达水边的我们。除了几只走鹃和一家西獾在灌木丛中嗅来嗅去,我们几个小时都没有见到一个人。我的新朋友脱掉衣服,跳进了水里。我犹豫了一下,也加入了。天气实在太热了,我顾不上在意难看的伤疤和笨拙的体型。我蹚水向前走时,感到河水清凉丝滑,我们四人尖叫打水,扬起泥沙,河水的颜色和质感逐渐变得像巧克力牛奶。就连之前一直不怎么擅长游泳的奥斯卡都一头跳了进来。

随着太阳西下,我们又开了一段,继续越野,直到按计划到达一块山脚下的空地,附近山上的悬崖有红色的条纹。JR 和米凯伊出去收集柴火时,我帮助姬特用有两个炉头的科尔曼牌(Coleman)炉子准备晚餐。她在一个置物箱中翻找,拿出了一瓶他们为特殊场合存的落满灰的红酒。我们挤在后座上一起吃晚餐时，奥斯卡累了，躺在我们脚下，暮色像煤灰般静静落在我们小小的营地上。露营车的侧门外是噼啪作响的火堆，我们把碗放在膝盖上，用大块的面包蘸美味的炖菜，我们边吃边聊，话题从最佳洗头频率跳到休闲理论和哲学。

午夜时分，我告别了我的新伙伴，我困了而且被晒蔫了，在黑暗中快步走向我的车。我已经没有力气撑帐篷了，所以把所有装备放到前座，然后把后面的座位放平。在空出来的货箱里，我在一块泡沫野营垫上铺了毯子和睡袋。我开心地发现我的临时床铺很舒服，而且有足够大的空间，可以把腿伸直。所有的窗户和尾门都开着，一股暖风吹拂着我。除了刺柏抖动的声音和远处郊狼偶尔的嚎叫，万籁俱寂。夜空中群星闪耀，这是我此生第一次见到这么多星星。

我仰望银河，想起我曾经只渴望此刻所拥有的一切。我曾经坐在旧公寓的厨房地面上，感到比以往任何时候都要虚弱和肝肠寸断，那时，我需要相信我的生命可以更真实、更广阔、更充实。我无意活成一名烈士，永远被我经历的最糟糕的事情定义。我需要相信，当人生变成牢笼，人可以解开镣铐，重获自由。我能够改变我自己的发展轨迹——我一遍遍对自己重复这句话，直到说服自己。

我在睡袋里调转了一下方向，脚趾对着方向盘，头枕着后保险杠，这样我就能毫无遮挡地看到北斗七星冲我眨眼。几秒钟之内，我看到了一颗流星。又一颗。很快，我看到漫天流星，根本数不过来。看着闪烁的天空，一种温暖欣喜的感觉流过我的身体，这种感觉大约只能用喜悦来形容。我活着，而且像我期望的那样活得很好。我在把人生活成我想要的样子。今晚我的感觉最接近于内心安定自在。

然而我一合上双眼，流星消失了，我的视线又开始转向内部。我又开始在脑中重播我和威尔最后一次见面的场景。那是一个闷热的夏夜，我开始公路旅行的几周前。我真希望这么长的时间足够让我们达成某种和解。对话开始时气氛还是很友好的，但几个小时之后，我们在东村一家酒吧门口的人行道上相互指责。分别之前，我们达成了一项协议：我们最好永远不要再说话和见面了。

　　我的胸口越来越紧。我想从令我难以释怀的事情中解脱。我想要简单的快乐。但我发现我其实一直在不自知地等待——只有得到梅利莎、威尔和所有从我生命中消失的人的允许，我才能感到如释重负。我希望我再次恋爱、梦想全新的未来和向前进发都能得到他们的认可。我一直在等待某个征兆，某种确认，告诉我即便整日都没想起他们也没关系，为了继续生活，我可以忘却一些东西。我意识到无论我如何道歉、忏悔或主动牺牲，我都要接受问题——与仍健在的和已经去世的人之间的问题——可能永远无法彻底解决。

　　第二天早晨我和露营车住户们共进早餐，然后分别，大家相互保证会保持联络。在接下来的几天里，我路过被废弃的城市、大片的刺梨仙人掌和巨大的写着"烧烤爱好者大口吃肉处"的路边广告牌。我开车穿过奥斯汀，然后在一个游泳洞①附近徒步，那里的水特别碧蓝清澈，就像被氯化过一样。我继续前进，向东横穿得克萨斯州，沿着一条又一条漫长的高速一直开，直到它们开始与其他道路交汇。傍晚，我把车开进位于利文斯顿59号高速上的贝斯特韦斯特酒店的停车场，这里邻近路易斯安那州州界，有一些萧条的快餐店和连锁店。接待员，一位身着拐杖糖花纹毛衣，贴着粉色假指甲的女子给我一把房间钥匙。"入住愉快，亲。"她说。

　　我选择住贝斯特韦斯特是因为这是我能找到的最便宜的酒店，而且距离监狱只有10分钟车程。第二天早晨，我计划拜访利尔·GQ——这位囚犯是最早给我写信的陌生人之一。一般，囚犯每周只有两小时的探视时间，

---

① swimming hole，河流、池塘中可游泳的区域。

但我被批准进行"特殊探视"——两天可进行两次四小时的探视，一般仅限密友和家人。现在我到了，和利尔·GQ共度八个小时的想法让我紧张得啃手上的死皮。和任何人交谈八个小时都很久，更别提和一个陌生人，一个过去14年都在死囚牢房度过的陌生人。

我在位于贝斯特韦斯特酒店二楼的房间里重读了利尔·GQ给我写的第一封信，重新体验我在病房想象他在美国另一头的牢狱中的生活时感到的困惑。在被关在泡泡中的那些漫长的、令人想要发疯的日子里，我常常想到他。我想知道他孤身一人是如何打发时间的。我想问：当你原本熟悉的人生已经结束之后，如何继续生活？如何面对过去的鬼魂？当前方全是可怕的未知时，如何度过现在的时间？

我的房间俯瞰着停车场。我从窗户能看见我的车，上面覆盖着厚厚的尘土，全是泥点，看起来好像打了一架。天色渐暗，睡前我要去后备厢拿点东西。我穿上靴子出门，穿过停车场时，注意到站在几辆皮卡边的一群男子。那些人让我停下了脚步，直觉告诉我应该转身回酒店。我上路第一周在马萨诸塞的营地发现拖着油布袋的邻居杰夫和他的狗从树林中走出来时也曾同样本能地感到不安——不过，事实证明杰夫是个很好的人。我想着他，以及我无数次因为莫须有的事情惊慌失措的经历之后，忽略了我脑中的警钟。

我在后备厢里找一管牙膏和奥斯卡的狗粮时听到了一声挑逗的口哨尖锐地撕破黑暗。"过来和我们聊聊。"男子之一大声说。我没有理他和他的朋友。我告诉自己，他们只是在胡闹。"你一个人？"他继续说道，其他人大笑，他们笑得太大声了，我能听出来他们喝了酒。我低着头，拿起剩余的东西，锁上后备厢。我大步走向距离我最近的酒店侧门时，那个男子脱离了他的朋友们，大摇大摆地向我走来。我加快脚步，脑中的警钟越来越响。就快到了，我告诉自己，但当我走到入口处时，门却打不开。我摆弄把手时意识到这是那种有房卡才能打开的磁力锁的门。我能听见那个男子的脚步声越来越近，当我抬头看时，他浮肿而醉醺醺的脸上露出了冷笑。

"嗨，美女，"他柔声说，毫不掩饰地打量我的身体，"别害怕。"我惊慌失措，动作笨拙地在我的包里翻找，不小心把一些东西撒在了人行道上。我蹲在地上，慌忙地寻找我的钥匙时，一对老夫妻出现在了门的另一侧。他们把门推开时，男子向后退，退到了停车场的阴影中。我抓起我的包，钻进走廊，手臂上的汗毛全都竖了起来。

回到我安全的房间，我把门关上并锁好，心在胸腔里怦怦直跳，我告诫自己要镇定。我尝试回忆我为什么要来这个荒凉的地方，然后提醒自己利尔·GQ是我最想拜访的人之一。为了联系他，我必须通过一家公司建立线上账户，这家公司能够让你购买电子邮票并给全国任意地区的囚犯写电子信息。当时我不知道利尔·GQ是否还记得我，以及他是否还在死囚区。出发前几周，我记得我每天都迫切地查邮件，希望收到回复。两周的静默之后，我通过那家公司的网站又去信询问，仍旧没有收到回音。我几乎已经放弃联系他时，突然意识到：我没有附回邮地址，我无知地以为我给利尔·GQ发电子消息，他可以直接回复，而他显然不能，因为他无法使用电脑。

我给利尔·GQ写了第三封信，告诉他如何联系我，他立刻就给我回了信，对我说，他知道我成功幸存之后非常兴奋，我们即将见面更是让他十分激动。"收到你的来信我真是太意外了。说实话，我已经忘记了我给你写的信，因为我猜你看了之后就扔掉了。"利尔·GQ问我们可否在见面之前一直通信以加深对彼此的了解。鉴于我的行程很多都是临时匆忙决定的，我们要另辟蹊径保持联络。我请他把信都寄到我父母在萨拉托加矿泉城的地址。我父母再扫描他的信，通过电子邮件发给我。这不是最高效的系统，但有效。我到达利文斯顿时，我们已经交换了十几封信。

我舒展身体躺在床上，开始浏览之前的信件，为我们明天的见面做准备。利尔·GQ是一名优秀的笔友：认真、有趣、回复快。他练笔很勤，多年来和很多人通信。他说这让他有事可做，每晚守卫分发邮件时能有所期待。"我喜欢写信和从比我经历丰富得多的人那里学到新的东西。我20岁就开始坐牢，而且高中就辍学了。"采取书信的形式，他坦承，也有实际的原因："我口吃，所以写信让我能够自我表达，不会在无法表达时感到没有安全感和愤怒。"

利尔·GQ 在给我的信中无事不谈。他写他的兴趣："书是单独监禁的囚犯最好的朋友。"他提到他的第一辆车，一辆偷来的凯迪拉克："我曾经一大早起床坐在我车的引擎盖上，看贫民区逐渐苏醒。"在乳腺癌宣传月，他给我寄了一张画着粉丝带的手工贺卡，上面写着："勇气！幸存！友谊！勇士！力量！"多数时候利尔·GQ 的语调都是欢快的，但有时我能感觉到他的文字有一种挫败感："这里的生活千篇一律。"他承认有时很难找到继续生活的动力，但他总是注意避免自怨自艾："我知道很多人渴望像我这样拥有大量的业余时间，只不过不是以我这种方式。"

利尔·GQ 现在 36 岁了，人生几乎一半的时间都在死囚区度过。"外面的世界"已发生巨变，他知道这一点，并坚持要我告诉他有关世界的一切。我尽量给他写信，分享我的旅行。我在艾奥瓦州的一家六号汽车旅馆给他写信，在怀俄明州杰克逊的一座 20 世纪中叶现代风格①的别墅给他写信，在芝加哥和一所公立学校的一个八年级班级的学生交流后给他写信，学生们以"我来自何方"为题写诗，我把这些诗作分享给利尔·GQ 后，他也尝试写了一首自己的诗："我来自在家里感受不到多少爱的地方。我来自四处只有黑帮、毒贩和瘾君子的地方。我来自你会一遍遍被告知不听话就会被打的地方。"

随着我靠近得克萨斯州，利尔·GQ 把我加到了探视名单上，并告诉我规则：探视时间是早晨 8 点到下午 3 点。是无接触探视，也就是我们坐在一块有机玻璃板两侧用电话听筒对话。我问利尔·GQ 能否给他带书或者任何他需要的其他东西，他的回复是："你的时间和在场就足够了。我可以把和你见面视为提前收到圣诞礼物。"

---

① mid-century modern，是 1945 年—1969 年之间的家装、建筑设计潮流。

窗外大呼小叫的声音打断了我的阅读。我把信叠放在床上，站了起来。拉开窗帘，我发现了之前那群男子。他们从停车场隐蔽处转移到了我的车边，其中两人坐在了后保险杠上，其他人在旁边围成半圆。我看到那群人的首领——刚才跟着我的那个人——发出醉醺醺的大吼并把啤酒瓶中剩下的酒浇在头上，然后把酒瓶摔碎在人行道上。我不安地拿起了房间的电话，拨给前台，解释情况。几分钟之后，我看到一个保安走了过去。我听不见他说了什么，但几分钟之后，所有人都散了。

我拉上窗帘，关灯并钻进被子。我又要感冒了，呼吸困难，无法入睡，所以我爬起来在我的旅行包里找还没有喝完的奈奎尔感冒药（NyQuil）。我喝了几大口，然后把被子往上拉，盖过头顶，头脑很快变得模糊。我不知道我睡了多久，但夜里被梦中的一种沉闷的、重复的捶打声吵醒。我呻吟了一声，翻身趴着，把枕头拉过来蒙住头。那声音停止了一会儿，然后我又听见了——砰！砰！砰！——像枪炮连发。我吓得坐了起来，奥斯卡从床上跳下去，怒吼吠叫。我没戴隐形眼镜，什么也看不见，跟在它后面在黑暗中摸索。声音似乎是从酒店房间门后传来的。

"开门，"门背后传来男人的声音，"打开这该死的门。"这个声音，含混不清的语句，让我觉得有些耳熟，我意识到这是停车场那个男人的声音时不寒而栗。我把奥斯卡抱起来，捂住它的嘴，试图让它不要再叫了。

"开门，如果你不开这该死的门……"我出发以来第一次感觉真的遇到了严重的危险。我深知只需要一个糟糕的夜晚或者一个坏消息我就会彻底改变对所有事情的记忆。男人用拳头把房门捶得咔嗒咔嗒响，他的声音越来越大，越来越生气。我蜷缩在门后，全身颤抖，大脑慌乱地试图理解正在发生的一切。这个男人一定知道是我打电话向酒店保安报告了他和他朋友的事。也许我让他们遇到麻烦了。所以他才这么生气。我想到我有一小瓶辣椒喷雾不知道放哪儿了，我不记得有没有把它从车里拿出来。我希望相信如果这个男人真的闯进来，别无选择时我能和他打斗，但我吓得浑身僵硬，根本无法冷静思考。

"巴勃罗！开门。给我赶紧开门，巴勃罗！"男人大喊道，这是我唯一能听懂的话。这个男人不是来找我的，他在找他的朋友——一个名叫巴勃罗的人，因为烂醉如泥，他错误地来到了我门前。他用拳头愤怒地最后锤了一下门，终于放弃了。我从猫眼看到他摇摇晃晃地顺着走廊离开。我站了很久。没事，我对自己说，把奥斯卡紧紧地抱在胸口。我没事，我很安全。他已经走了。但无论我怎么安慰自己，我似乎都无法停止发抖。

我已经独自旅行了三个月，在露营地和卡车休息站的停车场过夜，借住在网友和在旅途上认识的陌生人的家里。每一次，世界都张开双臂迎接我，以善意待我。公路旅行重燃了我以为自己再也无法找回的力量和独立，说确认了我对人类的信任也不为过。在过去几周中，我感到自己比以前任何时候头脑都更清晰、更勇敢、对未知的态度更加开放。然而今晚，我意识到我只是幸运而已。回床上睡觉时我忍不住一直在想这些。

艾伦·B.波伦斯基监狱（Allan B. Polunsky Unit）是一座臭名昭著的全男子监狱，得克萨斯州的死囚都被关押在这里。监狱位于利文斯顿外五英里处一个名为皮内伍兹的森林茂密的地区，不是那种人们会碰巧路过的地方。下高速之后左转，我跟着导航在低矮的灰色天空下穿越农田，路过了一个房车公园，几座教堂，牧马的田地和被遗弃的汽车。

靠近监狱入口时，我看到了蛇腹形铁丝网编成的围墙，更远处是一组有几百个窄窗的低矮混凝土建筑。在其中某扇窗背后，利尔·GQ在他的牢房里，准备和我见面。我把车开到警卫小屋前，一名身着制服的男子绕着我的车走了一圈，然后用关节敲了敲窗户，示意我放下窗户。"囚犯编号？"他说道。

我没有记住利尔·GQ的编号，也没有把它写下来，这是我那天所犯的众多失误中的第一个。守卫告诉我不用担心，他自己查。"你从纽约一路开到这里？"他问道，边问边检查我的驾照。

我点头。

"那挺需要毅力的！"他吹了声口哨，"你一定是来见很特别的人。"

"可以这么说。"我回复道。

"我曾去过一次纽约。我70年代在德国服兵役，曾经路过机场。我不怎么喜欢那里。我是乡下男孩。大苹果是你老家？"

"没错。"我一边点头一边说。

"你看起来太友善了，不像纽约人。好吧，事实摆在眼前。这里有一位友善的纽约人和一位友善的得克萨斯州人。谁能想到世界上有这种事呢？"

守卫为我在附近的停车场上指定了一个停车位，并祝我圣诞快乐。我们的对话令我感到很受鼓舞，但是进入监狱后我似乎总是犯错。我刚踏进主楼，一位穿制服、把一头耀眼的红发盘在头顶的女士就拦住了我。"不能把这些东西带进这里，"她说，指着我拿着的钢笔、笔记本、驾照和车钥匙，"所有东西都必须放在透明的袋子里。你有吗？"我摇头。她示意我跟她走，我们又走回了停车场，她打开了她的车的后备厢，拿出一大盒透明塑料袋。"密保诺（Ziploc）还没倒闭要感谢我们得克萨斯州刑事司法部（Texas Department of Criminal Justice）。"

回到监狱，我填了几份表格，穿过通往探视区的迷宫般的好几道门。进去后，我又遇到了第三名守卫，她拿走了我的访客通行证，上下打量我，看到我的密保诺袋之后眼睛眯了起来。"你里面有什么东西？"她用略带指责的语气问道。"不可以带钢笔和纸。"

"没人告诉我。"我结结巴巴地说。

"如果你再这样，会被禁止探视。"她严厉地说，然后没收了我的东西，"在R28坐一会儿。囚犯很快会被带出来。"

和她的对话让我紧张了起来，我走进了一间有很多类似电话亭的白色隔间的房间。门边有一棵挂着装饰品的塑料树和一个有木马和几个玩具的小游乐区，这些东西在这里显得格格不入，并让这里的环境显得更加阴冷。我走到R28坐下。我左侧有一个电话听筒，前面是有机玻璃，和利尔·GQ在信中形容的一模一样。有机玻璃另一侧是一个像笼子一样的隔间和一个凳子，我猜应该是给他坐的。隔间没有什么隐私，我等待时能听到低低的交谈声。我左边有三个孩子，在害羞地和他们的爸爸说话。右边是一对头发花白的老夫妻，在和他们的儿子一起重温圣诞颂歌。"圣诞快乐，繁荣快乐的新年。"①他们温柔地通过话筒唱给他听。

我等了 45 分钟后，有机玻璃另一侧的一扇门开了。利尔·GQ 走了进来。守卫解开他手上和脚踝的镣铐时，他冲我露出了紧张的微笑。他比我想象的矮，跟我差不多高——5 尺 7 寸——很帅，刚剃了 2 号渐变短发②。他身穿一件白色短袖监狱连体服，露出布满文身、肌肉发达的手臂。守卫在他身后锁上门，利尔·GQ 坐下并拿起了听筒。"我……我……一紧张就口吃，我现在真的很……很紧张，所以如果一直这样，我提前道歉。"他说道。

"我也很紧张，"我承认道，这似乎让他放松了下来，"我一直想问你，利尔·GQ 代表什么？"

"黑人都有昵称，我的表示'黑帮奎因'。你有昵称吗？"

"苏苏。我小时候大家都不知道怎么读我的大名的时候，人们都这么叫我。"

"苏苏，"他说道，第一次和我对视，"我喜欢这个名字。苏苏，在我们正式开始探视之前，我想要谢谢你花时间来这里。已经十年没有人来探视我了，我一直在倒数期待这一天的到来。真的。"

在接下来的几个小时里，利尔·GQ 开始向我讲述他的人生，他滔滔不绝地描述种种轶事和回忆，仿佛我是听告解的人，而这是他最后一次讲述他的故事的机会。他给我介绍他的兄弟姐妹，五人中有四人都曾在不同时间点坐过牢。他向我讲述他的妈妈，第一个用枪指着他的人："我们之间没什么爱可言。"他向我描述他住的公共住宅区域，以及沃思堡南侧的一个被

---

① 原文为西班牙语。
② number two fade，两侧和后面的头发是 4/1 英寸长的发型，理这个发型一般会用 2 号推子防护头（clipper guard）。

称为"艾格兰德"(Agg Land)的街区。他低着头,告诉我有亲戚从他小学开始就猥亵他,但当他说出这件事时没有人相信他。"那时,我意识到如果想在这个世界上生存,我就要学习如何为自己而战。"他说道。

利尔·GQ把小臂按在有机玻璃上,给我看一条粗糙的伤疤——一条皮肤褶皱的、字母C形状的疤痕——C代表臭名昭著的街头帮派"瘸子帮"(Crip),他解释道。他告诉我早在上幼儿园时他就知道自己长大想做什么:"在附近最受尊敬的就是帮派成员。"他告诉我他12岁时是如何在炉子上把一个衣架的挂钩烧烫,在自己的身体上烙下印记,以宣誓自己的忠诚。他给我看了另一条伤疤,这次是在他的手上,他曾因为和人打赌,在其他帮派成员的欢呼声中用一枚子弹射穿自己的手掌。他说他想证明自己尽管年纪小,个头也小,却是个不好惹的狠人。"什么样算狠人?"我问道。

他用一个词回答:"暴力。"

趁守卫不注意,利尔·GQ解开了他连体衣的前襟,给我看了他胸口由伤疤、文身和烫伤痕迹构成的人生故事图。他告诉我还有一处枪伤也是他自己造成的,是在肋骨上。但在这个故事中,没有欢呼的观众。他15岁时,并没有像他想象的那样成为备受尊敬的帮派成员,反而沦落成了所谓的"最低级的生物"——从毒贩变成瘾君子,私自吸原本应该用来卖的毒品。一天,他在街上走时拿出了枪,用它对准自己的胸口然后扣动了扳机。他在急诊室醒来,当时伤口正在被缝合。

"你为何这么做?"我问道。

"当你被你所信任的人背叛时,就会感到迷茫。当你一直迷茫时,就会开始厌恶自己。"他沉默了一分钟,一片阴云掠过他的脸庞。

此刻似乎是一个问他是什么事情导致他被关在这里的好时机。利尔·GQ直截了当地告诉我,导致他被判死刑的谋杀不是他犯下的唯一一桩案件。"其他的杀人并不会让我难受,因为都和帮派有关,"他说道,"在我的世界,丛林法则是如果你不开枪,他们就会开枪。这就是现实。至于最后一次杀人,他们把我抓进来的这一次,很糟糕,因为我杀了我爱的人。

我吸毒后神志不清，还想要更多毒品。但我不认为我所做的事情是毒品的错。是我的错，很长一段时间我都认为自己应该被判死刑。"

我不知道利尔·GQ告诉我的事情有多少是真的。我没有在其中搜寻漏洞、不一致之处、矛盾和重复，我只是倾听。他已经为他的所作所为受到了审判，而这也不是我来这里的原因。因此我点头，偶尔插入一个问题或者说"了解"，但大多数时候都只是倾听。我无法假装非常理解他所面对的现实，但我能理解他，即便作为一名死囚，也需要分享这所有的故事，以此尝试赋予发生在他身上的事情某种意义。被迫直面自己的死亡时——无论是因为疾病诊断还是法律判处的死刑，你会迫切需要掌控自己的生活，用自己的方式、自己的话语塑造自己留在世上的东西。讲述自己的人生故事就是拒绝被归为平淡无奇的必然。我坐在那里，听利尔·GQ的话时，想到了琼·狄迪恩[①]的一句话："我们为了活下去给自己讲故事。"然而对于利尔·GQ来说，他是为了缓解死亡之路的痛苦而给自己讲故事。

"你还剩几次上诉机会？"我问道。

"还有一次。"他说道。他解释行刑之前的过程时，额头上的一条血管在跳动。法律通知会送到牢房，告知你执行日期已确定。犯人在行刑前60天会被转移到特殊牢房，并被24小时监控，这是因为有很多人试图自杀。"有的人会要求他们的家人在行刑时到场，但我不要。我希望人们记忆中的我是现在这样的，而不是被捆在一张桌子上，像狗一样被杀死。任何人的脑中都不应该出现那样的画面。我独自来到这个世界，我也要独自离开。"

第二天早晨再来的时候，我做好了准备。我把利尔·GQ的囚犯编号写在了一张即时贴上，带了一个透明袋子装我的钱包，还准备了20美元的硬币在有需要的时候买自动贩卖机里的零食。我穿过迷宫般的走廊和检查点，没有被任何守卫吼，松了一口气。一切似乎都很顺利，直到利尔·GQ出现在油腻的有机玻璃隔板的另一侧。他看起来心烦意乱，我注意到他眼睛下

[①] Joan Didion，美国随笔作家和小说家。

出现了昨天还没有的黑眼圈。

"你感觉如何？"我问道。

"说实话吗？我没怎么睡觉。"他告诉我，摆弄着连接听筒的线。"我昨天太紧张了，像个白痴一样满嘴跑火车，想给你留下好印象。你离开时，我确信我肯定冒犯你了，你会觉得我是个精神失常的杀人狂，"他说道，"我告诉隔壁牢房的伙计我觉得你肯定不会回来了。我一夜没睡，试图把我的所有想法都写下来，把它们整理清楚，这样如果你回来了，我就可以更好地自我表达。"

利尔·GQ弯下腰，去够他的鞋子。他从鞋子里拿出一张折成小正方形的纸。他把纸打开时，我看到上面全是笔记。他开始念一系列问题。他问及我的健康和家人。他问我最喜欢什么书，这样他也可以读。他问奥斯卡是什么品种的狗以及我喜欢什么样的音乐。他问我在医院那么长时间都做什么。"我的拼字游戏水平大有提升。"我告诉他。

"真的吗？我也是！我是说，我不是很擅长玩拼字游戏但我在尝试这个游戏。"他的神色一下明快了起来，并向我解释他和住在他附近的狱友如何用纸制作游戏，通过牢房递送餐盘的槽口告诉对方下一步怎么走。他告诉我，他们用这种方式可以玩各式各样的游戏，包括下十五子棋（backgammon）和打牌。

利尔·GQ说他这辈子从来没有生过病——他每天早晨先做1000个俯卧撑，但我患癌症的经历让他很有共鸣，他懂得被困炼狱、等待命运的裁决的感觉和被无期限地关在一个小房间里的孤独和幽闭恐惧的感觉，以及要想办法保持理智的必要性。这些意外的相似之处是他最初给我写信的原因。"你曾在疾病的牢笼中面对死亡，就像我仍在面对死亡一样，"利尔·GQ说道，"最终死亡就是死亡，什么形式并不重要。"

我们努力尝试越过有机玻璃，在我们都能理解的中间地带相会，但我们的经历之间的共同点是有限的。在不刻意忽视自己痛苦的独特性的同时尝试在他人的故事中寻找共鸣是一种很微妙的平衡状态。除了肤色、地位、性别、教育方面的明显不同，我进行公路旅行来拜访利尔·GQ 就凸显了我们之间的巨大差异：我在移动，而他被关在牢房里。但见面时我们假装差异不存在，表现得像两个在某个咖啡店闲聊的普通人，努力——尽管并不能完全做到——相互理解。

有人拍我的肩膀，我吓了一跳。是守卫告诉我已经下午 3 点了。"时间到了。"利尔·GQ 说道。离开之前，他问了最后一个问题："如果可以重来，你会吗？"

如果可以重来？我很震惊。"我不知道。"我小声说道。

这是我最后的旅行。我开车穿过路易斯安那的长沼，虫子撞在挡风玻璃上。我在亚拉巴马州的海岸遇到了风暴，因为忘记换机油而遇到了引擎问题，在代托纳比奇住了一家名不副实的凯富酒店①，醒来发现全身都被跳蚤咬了。我在佐治亚州的杰基尔岛上露营，迎来了新年，度过了绝妙的夜晚，在大海的摇篮曲中进入梦乡。我在查尔斯顿住在以前的暗恋对象的家里，收到了我的第一张超速罚单——妈妈警告我这最好是最后一张罚单。沿着东海岸蜿蜒而上之前，我最后一次短暂停留，拜访清单上的最后一个人：一个名叫尤妮克的娇小女孩，她青春期几乎一直在医院病房度过，但现在正准备重返病房外的大世界。共进午餐时，我问她接下来想做什么。"我想上大学！旅行！吃章鱼之类我以前从来没有吃过的奇怪食物！还要去纽约看你！露营，不过我害怕虫子，但我还是想要露营！"或许是因为她的乐观，或许是因为我开了很久的车才到这里，或许是因为我知道我的旅途即将结束——反正当我把一根咸薯条丢进嘴里时，我觉得那是我此生吃过的最美味的薯条。

我继续开车前行，同时继续思考利尔·GQ 提出的问题。我想象威尔

---

① 凯富酒店的英文名 Comfort Inn 中的"Comfort"一词意味"舒适"。

来到巴黎我的门前的样子，我们都天真并充满希望。我记得医生说出我的诊断时妈妈痛苦的表情和我爸爸每次去树林散步之后充血的眼睛。我想起弟弟大四严重下滑的成绩，他作为我的骨髓捐赠者所肩负的压力，他的需求总是被我的所掩盖。在睡前的寂静中我听到了回响：低声的痛苦呻吟和动物的哀号。当然，我愿意不惜一切代价让我爱的人免于经历所有的痛苦、恐惧和悲伤。当然，如果我从来没有生过病，我的人生会容易很多。

然后我想到了我病床上写下的所有文字，我收到的信件和意外收获的友谊。等红灯时，我把手向后伸去，摸在后座睡觉的奥斯卡。我想起了马克斯，想起了梅利莎——还有如果不是因为病房的孤独和恶性肿瘤细胞就不会认识的人们。我回想过去三个月我的旅途——对过去的反思、高速公路和营地。我拜访了内德、塞塞莉娅、霍华德、尼塔莎、布雷特、萨尔萨、凯瑟琳和其他推动我探索新深度的人们。我听见红杉高处的树枝被清凉的海风吹得嘎吱作响，一只被追得绕着谷仓跑圈的赤褐色胖母鸡的尖叫，松树岭原野上大风的呼啸声和我第一次支帐篷时松果被我的靴子踩到时发出的清脆好听的声音。

尽管我20岁以后的这几年过得痛苦、迷茫、艰难——以至于有时令我感到痛苦到无法承受——但它们也是我人生中最塑造我人格的一段时间，充满重获新生的甜蜜美好和太多的幸运，如果幸运这个概念真的存在的话。如此多的残酷和美好缠绕在一起，把我的人生变成了奇怪、不协调的图景。它让我时刻不忘一切都可能瞬间改变，但也赋予我一双慧眼。

如果撇去我的病对我身边人的影响，我的答案是：不，即便可以我也不愿抹去我的确诊。为了我所得到的一切，我愿意承受我所经历的痛苦。

尾声

人生不是一个控制实验。你无法准确记录转变发生的时间，无法量化是谁以什么方式影响了你，无法分离出是哪些因素汇成治愈。没有地图集描绘出发时的你和改变后的你之间那段孤独而黑暗的高速公路。但是当纽约——这座城市疯狂、流光溢彩的天际线令星空暗淡——映入眼帘时，我体内发生了某种改变，甚至可能是在分子层面。

穿过乔治·华盛顿大桥（George Washington Bridge）时，我脑中满是梦想。即便我无法看到它们清晰的形状，或暂时无法用语言形容，但我已经有了一定的方向。我归还借来的车，去见医生，搬到了佛蒙特州的小木屋，在那里住了几个月并开始写这本书。我在火边读书，在森林里漫步，坐在后廊。就是在这里，在后廊，在那个夏天的一个下午，我收到了马克斯去世的消息。"天堂，"他在他最后的几首诗之一中写道：

是灵魂的医院。
我去了，就是去了
一点也不复杂

  天堂没有重病。

  每当我清晨醒来，想念我的朋友时，我通过他们的话语和水彩画作品与他们重逢。

  我的免疫系统仍旧不起作用。我仍旧让我的身体超负荷运转。我会因流感的并发症演化为脓毒症而住院。我被迫接受我行动的有限和缓慢——这是我反复学习的一堂课。我会感到受挫。我中断了写作。我休息，恢复，然后再次拿起笔。

  我和乔恩用了更长的时间，又走了好几段冤枉路，但最终认真尝试共度人生。我们搬到了布鲁克林一个安静的、绿树成荫的街区。在那里的第一个夜晚，我们庆祝，在一大堆装行李的箱子中，在烛光下吃外卖。我拿出我的低音提琴，多年来第一次擦掉上面的灰，乔恩把钢琴准备好。我们一起演奏。

  我弟弟现在是一名四年级老师，住在我位于东村的老公寓里，那里的墙壁已经被他的故事、回忆和心碎所覆盖。我父母暂时移居突尼斯，我大学毕业后首次回去探亲，吃了我姑姑法蒂玛著名的蒸粗麦粉，和我的表亲们在一起，在撒哈拉庆祝了新年。我爸爸正在做退休的准备，他退休后计划按照我的行程进行一次自己的公路旅行。我妈妈不再是一名全职家长或看护，把精力重新投入绘画，继续艺术事业，获得了她本以为早已错过的成功和能动性。

  还有一些梦想是我原本想都不敢想的，因为我不认为它们会实现。满30岁的第一周，我跑完了半马。我回到奥哈伊，在凯瑟琳的学校做了三个月的客座老师。受认识利尔·GQ的经历的启发，我写了我的第一篇关于北加利福尼亚州的一座监狱临终关怀中心的专题报道，不是躺在病床上写，而是在现场。一天下午，写作拖延症发作时，我发现了有人在卖一辆和阳光同样颜色的 1972 年的大众露营车。我给所有者——一位退休的美国空军军官——写信，结果发现他正在斯隆·凯特林接受治疗，并因读过多年前我为《纽约时报》写的专栏，而认出了我的名字。"你随便说个价，她就是你的了，"他说道，"没有人会为了满足现实需求买一辆这种老太太。"

我把露营车放在佛蒙特的小屋，尝试学习开手动挡。我无数次失速，手忙脚乱地换挡，恼火地拍打方向盘。我沿着小屋附近的小路磕磕绊绊地向前开，从一档换二档，开上附近一个仍旧被白雪覆盖的山顶，引擎一路噼啪作响，发出哀号。达到山顶后，路变得顺畅平坦。我沿着一条土路加速，路过挂着冰凌的常绿树。奥斯卡坐在副驾驶上，看着模糊的树影向后移动。我在冰箱里装了一只熏鸡、一瓶红酒和一本书。我们已经有一阵没有单独出门了，接下来几天就是我们的"二人世界"。无论我身处何处，无论我们走向何方，我永远以两境之间为家，我爱上了这片荒原。

致谢

感谢经纪人之王理查德·派因和卡丽·库克帮助我把写在一张酒吧餐巾纸上的想法变成一本书——我对你们充满无限的感激。感谢我的编辑安迪·沃德，予我关怀、善意待我、给我指引，感谢已经去世的传奇苏珊·卡米勒，谢谢你从一开始就相信我。感谢我的老朋友和助理编辑萨姆·尼科尔森以及企鹅兰登书屋的很多其他出色同事：尤其是苏珊·梅尔坎代蒂、卡丽·尼尔、保罗·佩佩；感谢我的海外编辑们，尤其是安德烈亚·亨利。特别感谢本·费伦，他承担了进行事实核查这个艰巨任务，并以无双的敏感性、同情心和良好的幽默感完成了这项工作。

我的挚友莉齐·普雷瑟做出了很大的贡献，她总是我的第一个读者，在我还没有信心写这本书之前，就一直支持这个项目。感谢卡门·拉德利，我聪慧的隔离伙伴，作家兼读者，一直陪我到最后。感谢唯一的林赛·瑞安让这本书大有提升，感谢薇琳达·孔狄亚克看到欠缺之处并帮助我理清条理。感谢我最早的读者和我的导师们：格伦·布朗、莉萨·安·科克雷尔、克里斯·麦考密克、珍妮·布利、彼得·特拉赫滕贝格、埃斯梅·蔚君·王、莉莉·布鲁克斯-达尔顿、凯瑟琳·哈尔西和邦尼·戴维森。感谢我的写作小组，在这条有时孤独，总是艰辛的道路上给我绝佳的陪伴：约尔丹·基斯纳、杰森·格林、弗朗克·斯科特，尤其是给予我宝贵建议的梅利莎·费博斯和塔拉·韦斯托弗。

感谢优克罗斯基金会、凯鲁亚克计划、纽约公共图书馆、阿纳卡帕奖学金、石田农场还有佛蒙特的小木屋——本书中的大量文字都是在那里完成的——在我最需要的时候给我时间和安静。感谢本宁顿写作研讨会组建的深受喜爱的社团。深深感谢克里斯蒂·梅里尔的慷慨，感谢吉迪恩·欧文把车借给我，感谢普雷瑟一家、纳尔逊-格林伯格一家和罗斯一家在我最需要的时候为我提供住处和支持。我还要感谢埃琳·奥尔维斯、玛丽萨·马伦、林赛·拉托夫斯基、马娅·兰德，感谢他们在幕后的不懈努力。

最后，向那些让我得以拥有如今的生活的人们致以深深的敬意：我的父母。向我最爱的人致以最深的感谢——我的弟弟亚当，谢谢你真的救我一命；霍兰医生、纳瓦达医生、西尔弗曼医生、卡斯特罗医生、利贝斯医生和我的护士阿利·塔克、阿比·科恩、桑尼和尤妮克，以及无数其他医护人员，没有他们，如今我就不会在这里。致乔恩·巴蒂斯特，感谢你教会我再次相信，感谢你以风度和耐心应对我离开的漫长时光。感谢塔拉·帕克-波普给我第一次机会，感谢我的老师马蒂·戈特利布教授引荐我。感谢马拉、纳塔莉、克里斯滕、埃丽卡、米歇尔、莉莉、贝希达、露希、阿齐塔、凯特、西尔维和其他许多无法在这里一一提及的女性，是你们用友谊鼓舞了我。最后感谢我的旅途守护神们，感谢你们向我敞开家门并与我分享你们的故事。感谢你们指引我走过最艰难的旅程。

图书在版编目（CIP）数据

身栖两境：一场与绝症共处的生命思旅/(美)苏莱卡·贾瓦德著；邵逸译. -- 北京：九州出版社，2023.12

ISBN 978-7-5225-2442-9

Ⅰ.①身… Ⅱ.①苏… ②邵… Ⅲ.①回忆录—美国—现代 Ⅳ.①I712.55

中国国家版本馆CIP数据核字(2023)第211300号

BETWEEN TWO KINGDOMS
Copyright© 2021 by Suleika Jaouad
This edition arranged with Ink Well Management, LLC.
through Andrew Nurnberg Associates International Limited

著作权合同登记号：图字：01-2023-6093

身栖两境：一场与绝症共处的生命思旅

作　　者	［美］苏莱卡·贾瓦德 著　邵逸 译
责任编辑	陈丹青
出版发行	九州出版社
地　　址	北京市西城区阜外大街甲35号（100037）
发行电话	（010）68992190/3/5/6
网　　址	www.jiuzhoupress.com
印　　刷	天津中印联印务有限公司
开　　本	690毫米×960毫米　　16开
印　　张	18.5
字　　数	177千字
版　　次	2023年12月第1版
印　　次	2024年12月第1次印刷
书　　号	ISBN 978-7-5225-2442-9
定　　价	49.80元

★ 版权所有　侵权必究 ★